옥황상제 막내딸
설화
2

옥황상제 막내딸
설화
2

이지혜 장편소설

네오
픽션

차례

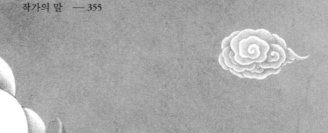

11장 / 꽃을 꾀는 벌이 되리

하룻밤을 보내고 반나절이 더 지났다. 하지만 설화는 아직도 믿을 수가 없었다. 그녀가 떠난 단 하루가 어떻게 8년이라는 시간이 되어 돌아올 수 있는 것인지. 시간이 어그러졌다고는 하나 밤이 되는 것을 한 번도 본 적 없이 8년을 보낸 것이었다.

'아, 내 8년. 아까워서 어떡하누.'

높지 않은 절벽 아래로 우렁찬 소리를 내며 쏟아지는 물줄기를 바라보며 설화는 자신의 시간도 저렇게 속절없이 쏟아졌다는 것을 한탄했다. 그리 성급하게 선계로 떠나는 것이 아니었다. 적어도 함에게나 월하에게 한 번이라도 묻고 떠날 것을. 결국 서두르다가 더 많은 시간을 쏟아부은 꼴이 되었다.

'태율이는 어찌 8년을 보냈을까. 그는 어떤 8년을 살아왔지?'

설화는 태율이 보낸 그 오랜 시간이 어찌 채워졌을지 궁금했다. 그가 어찌 자라서 어떤 사내가 되었을지 미치도록 궁금했다. 그리고 묘하게 서운하고 아쉬운 마음도 들었다.

"크흠흠."

대롱거리는 발로 절벽 안쪽을 툭툭툭 차던 설화가 갑자기 들려오는 소리에 고개를 돌렸다. 언제 온 것인지 새까맣고 결 좋은 머리를 하나로 높이 묶은 현오가 그녀 옆으로 털썩 주저앉았다.

"또 무슨 시비를 걸려고 오신 거예요."

"시비는 무슨! 까마귀처럼 부드러운 새가 없어요."

"피이."

설화는 입술을 삐죽거리면서도 풀이 죽은 저를 걱정하러 와준 현오가 고마웠다. 이래저래 말도 많고 퉁명스러운 남자였지만 그녀를 만난 이래로 계속 도와주려고 하는 것을 알기에 미워할 수만은 없었다.

"진짜래도! 까마귀는 머리도 좋고, 깔끔하고 또 멋있

는 새라 두고두고 곁을 내어주기 좋은 새지."

"흐음, 그래요? 정말?"

설화는 고개를 주억거리며 부리부리한 눈을 빛내는 현오를 보고 웃음을 터트렸다.

"다리 말이에요."

절벽 아래로 발 장난을 치던 설화가 문득 현오의 다리를 힐끔 바라봤다. 삼족오라고 했다. 헌데 다리 하나를 빼앗겼다고 했다.

"응?"

"다리, 세 개였을 때는 바지 어떻게 입고 다녔어요?"

"뭐?"

설화의 황당한 질문에 현오는 순간 얼이 빠지고 말았다. 풀이 죽었던 눈빛은 어디 가고 호기심 가득한 눈으로 그를 바라보고 있는 설화의 눈망울이 순진하기 그지없었다. 현오는 한숨부터 나왔다.

"너, 내가 진짜 다리 세 개 달고 다닌 줄 알았어?"

"삼족오잖아요! 다리 세 개!"

"그거야……."

저도 모르게 벌컥 소리를 지르고 만 현오가 서둘러 소리를 죽이고 최대한 나긋하게 대답했다.

"그거야, 새로 화했을 때의 이야기고. 인간이 되었을

때는 다르지. 너 다리 세 개 달린 사람 봤어? 못 봤지? 다리 세 개인 선인 봤어? 못 봤지?"

"못 봤죠."

"그거 봐. 어찌 불편하게 그리 다니겠어? 사람으로 화할 때는 세번째 다리는 다른 형태로 변형되는 거지. 그런데 그걸 옥황상제님이 거둬 가신 거지. 그게 실상 힘의 원천이었건만."

"에? 뭐요? 뭐였어요?"

"지팡이."

설화는 현오의 말을 듣고 기억을 되짚어봤다. 그녀의 기억 속에 상제님이 들고 다니시던 지팡이가 있던가? 아니, 없었다. 그럼 그것을 다른 곳에 치워두셨나? 그렇다면 설화가 한 번도 보지 못했을 가능성이 컸다.

"아무튼 그게 왜 갑자기 궁금한 거야?"

"아아, 그냥요. 그냥."

원하는 대답을 듣고 나니, 설화의 시선이 다시 쏟아지는 폭포 줄기로 향했다. 그 멍한 시선을 보고 있는 현오의 가슴은 답답했다. 저 시선의 끝에 자신은 모르는 어린 사내의 얼굴이 달려 있을 것만 같았기 때문이다.

오래간만에 만난 친우와 밤새도록 향긋한 국화주로 회포를 달랬던 그는 언뜻 함이 들려준 이야기에 가슴이 쿡쿡 쑤셔왔다. 이 눈앞의 귀한 아가씨가 이리 지상계를 헤매며 꽃을 찾는 연유에서부터 그 꽃이 실상은 이 세상에 없다는 것 그리고 그녀가 만났던 어린 황자의 이야기까지. 듣고 싶지 않아도 어쩐 일인지 함은 쉴 새 없이 떠들어댔다. 자꾸만 신경이 쓰이니 현오는 함의 입을 막을 수도 없었다. 특히나 맹랑한 꼬마 황자 이야기를 할 때는 어찌나 고깝던지 향기 올라오는 국화주를 그대로 병째 들이켜고 말았다.

'그 자식이 감히 황후화를 미끼로 설화를 불러낸다 이거 아니야? 같잖기는!'

"안 되겠어요!"

"깜짝이야!"

속으로 투덜대던 현오가 불현듯 고개를 번쩍 들어 올린 설화 때문에 화들짝 놀라고 말았다. 설화의 눈에는 반딧불이보다 더 반짝이는 빛이 들어 있었다.

"아무래도 안 되겠어! 당장 찾아가볼 테야."

"뭐, 뭐야 갑자기?"

"일단 가야겠어요."

"어딜?"

놀라서 허겁지겁 되묻는 현오를 획 돌아본 설화가 활짝 웃으며 대답했다. 배꽃 같은 웃음 사이로 작은 볼우

물이 슬쩍 모습을 보였다. 그 말간 웃음에 현오의 가슴이 파르르 진동했다.

"황궁!"

그리고 그녀의 말에 그 미약한 진동이 커다란 박동으로 바뀌어버렸다. 벼락을 따라 쏟아지는 돌 비를 맞은 듯 그의 가슴이 따끔따끔 내려앉았다.

지금 당장 채비하고 떠난다는 설화를 함이 붙잡았다. 밤이 모습을 가려줄 때 먼저 살짝 보고 오라는 것이었다. 황궁이라는 곳은 인간 세상의 중심과 같은 곳인데, 그곳으로 하늘을 날아서 찾아간다면 큰 혼란이 야기될 것이라 했다. 그렇다고 인간 모습으로 평범하게 간다면 문전박대를 당하기 일쑤일 것이고. 그 말에 설화는 얌전히 그녀를 가려줄 밤이 오기를 기다렸다. 오랜만에 태율이를 보러 간다는 생각에 동동거리는 발걸음이 들뜨기까지 했다.

'날 못 알아볼까? 아니 뭐라고 말하지? 그것보다 이렇게 찾아가면 놀라려나?'

반나절의 시간 동안 짧은 여행을 준비하는 설렘이 가득 찼다. 어찌나 시간이 가지 않는지 이리저리 왔다 갔다 하는 통에 현오가 정신 사납다고 소리를 질렀다.

"조심히 다녀오십시오!"

"네, 이번에는 정말 금방 다녀오겠습니다. 헌데 갑자기 나타나면 태율이 놀라지 않을까 걱정이네요."

"후후! 그렇게 놀라지는 않을 것입니다."

'아마 대충은 우리에 대해 짐작하고 있을 테니까요.'

함은 뒷말을 곱게 접어 마음 한편에 넣어두었다. 그 모습을 보며 설화도 달덩이처럼 고운 미소로 고개를 끄덕였다. 오랜만에 꺼내 신은 청색 운혜가 발에 꼭 안겨왔다. 그것으로 야무지게 땅을 밟고 선 설화가 요랑의 손을 붙잡았다. 밤이 오기를 기다리는 내내 불퉁불퉁 투덜거리던 요랑도 어느새 처음 찾아가는 황궁이라는 곳에 대한 설렘으로 조금은 들뜬 모양이었다. 설화의 곁으로 가직하게 붙어 선 요랑도 함과 월하를 향해 꾸벅 인사를 했다. 그렇게 휙 돌아서는 두 사람 곁으로 현오가 살짝 발걸음을 더했다. 그 모습에 함과 월하가 눈을 마주했다. 함의 고개가 저절로 좌우로 흔들렸다. 어제 그리 귀에 박히도록 네 인연이 아니라고 말해주었건만 저 사내는 한 귀로 듣고 한 귀로 흘렸나 보다.

함은 한숨을 한 번 내쉰 뒤 손을 휘휘 내저으며 인사를 건넸다.

묘한 기분에 뒤돌아본 설화는 그녀와 그리 멀지 않은

곳에서 다붓하게 따라붙은 현오를 보고는 놀라서 소리
쳤다.

"또?"

"뭘 그리 놀라? 이제 너 가는 곳에 나도 가는 거지."

"아, 이 까마귀 왜 또 따라오느냐!"

요랑이 펄쩍 놀라 그를 밀어내니 현오가 주먹을 들어
요랑의 머리 위로 작은 꿀밤 하나 내려줬다.

"아야앗!"

"아니, 왜 또 애를 때려요!"

"때린 거 아냐, 꿀밤 준 거다."

설화의 눈빛에 머쓱했던지 현오가 딴청을 부리며 하
늘을 바라봤다. 날기 좋은 하늘이라고 흥얼거리는 그를
보며 설화가 한숨을 내쉬었다.

"한숨 쉬지 말고. 자자, 내 얘기를 들어봐."

"뭘요. 또 재미있을까 봐 따라가시는 거잖아요."

"아냐, 내 너에게 날개가 되어주려고 하는 거야. 언제
고 너를 위해 날아다녀줄 터이니 그리 싫은 티만 내지
말고 한번 잘 데리고 다녀봐. 어때? 응?"

"무슨⋯⋯. 현오님이 애완 까마귀도 아니고."

한풀 꺾여 중얼거리는 설화의 말에 현오가 냉큼 한 발
자국 더 다가섰다. 살살 구슬리듯 그답지 않게 부드러

운 미소를 짓는 모습에 설화가 놀라서 뒤로 물러났다. 그러자 다시 한 발 다가온 현오가 그녀의 손을 덥석 잡아챘다.

"자, 이 꼬맹이는 너의 호위로, 나는 너의 전용 날개로. 내 날갯짓이면 금세 황궁까지 날아갈 수 있어. 너도 빨리 가는 것이 좋지 않겠어?"

"그건 그렇지만서도……."

"자자, 얼른 가자고!"

설화의 긍정적인 반응에 현오가 재빨리 그녀를 들어 올렸다. 설화가 비명을 지를 새도 없이 까만 깃털 휘날리며 날아오르는 통에 요랑도 헐레벌떡 하늘을 향해 뛰어들었다. 하늘 위로 어느새 까만 점이 되어버린 그들이 어둑한 밤의 장막 속으로 모습을 감추었다.

하늘 높이 떠올라 내려다본 황궁의 모습은 화려함 그 자체였다. 흑색 돌과 단청과 기와 그리고 붉은 기둥으로 화려하게 치장한 황궁은 천계의 궁에 버금갈 만큼 눈부셨다. 그 크기도 어지간한 고을 하나는 저리 가라 할 정도였기에 설화는 연신 고개를 돌려 아래를 구경했다.

그 화려하고 웅장한 전각들 사이에서도 유독 화려한 몇몇 궁들 사이를 배회하던 현오가 천천히 날개를 내렸다. 분명 창칼을 든 무리들이 삼엄하게 주위를 살피고 있었건만 어쩐 일인지 설화를 좇아오는 눈은 하나도 없었다. 설화는 요랑이 앞장서는 대로 어느 웅장한 전각 안으로 들어섰다. 어둑한 실내를 비추는 가녀린 등불 두어 개와 방문 앞을 지키는 나인들이 보였다. 미동도 없이 석상처럼 서 있는 그들을 보며 설화는 허리춤에 매달린 무낭에서 작은 호리병 하나를 꺼냈다. 호리병을 톡톡 털어내니 붉은 가루가 손안으로 쏟아져 내렸다. 사람들을 향해 후 하고 불었더니 붉은 가루는 마치 주인을 찾아가는 것처럼 나인들 어깨 위로 살포시 내려앉았다.

"그게 뭐야?"

"잠이 오는 가루요."

소곤소곤 대답해주던 설화가 까치발을 들고 그들을 지나쳤다. 과연 그들은 어느새 몰려오는 잠을 이기지 못하고 꾸벅꾸벅 졸고 있었다.

"둘 다 여기 있어요. 나만 들어갔다 올 거야."

기어코 같이 들어가려는 현오와 요랑을 엄한 눈으로 떼어놓고 설화가 두근거리는 발을 뗐다. 소리도 없이 조용히 열리는 방문을 열고 안에 들어서니, 어쩐지 그리운 소나무 향 같은 것이 느껴졌다. 이상하게 자꾸만 마음이 떨려왔다. 바싹바싹 입이 타들어가고 얼굴은 벌겋게 달아오르는 통에 차가운 손으로 볼을 식혔다. 다시 두 겹의 문을 더 열고 들어가니 그제야 널찍한 침상 같은 것이 보였다. 그 위로 옆으로 돌아누워 있는 누군가의 모습에 설화의 가슴이 쿵 하고 떨어졌다.

꿀꺽 침을 삼키고 조심조심 그곳을 향해 가는 발걸음이 어찌나 저릿한지 설화는 몇 번이나 발을 멈춰야 했다.

'어떻게 자랐을까, 너는.'

두어 발자국 앞에 서서 코끝을 간질이는 그리운 향기에 흠뻑 젖어들었다. 육각 창호문으로 스미는 어스름한 달빛에 조금은 낯선 사내의 얼굴선이 보였다. 그 낯선 사내에게서 태율의 향이 느껴졌다. 설화는 한 발자국 더 다가갔다.

'그를 깨워야 하나, 말아야 하나.'

고민하는 설화의 손이 태율의 어깨 위에 멈췄다.

'조금만 더, 몰래 보자.'

돌아누운 그의 어깨를 잡지 못한 설화가 고개를 살며시 내렸다. 반대편으로 돌아선 얼굴이 참으로 무심했다. 조금 더 자세히 보고 싶건만 그의 얼굴은 여전히 잘 보이지 않았다. 설화는 하는 수 없이 다시금 살짝 고개를 내렸다. 그런 그녀의 어깨를 타고 반만 묶은 머리카락이 쏟아져 내려왔다. 조용한 새벽에 쏟아지는 가랑비 소리처럼, 사르륵 소리를 내고 아래로 떨어지는 머리카락이 잠들어 있는 태율의 팔과 허리를 덮었다. 그와 동시에 태율이 눈을 번쩍 떴다.

"누구냐!"

"엄마야!"

번쩍 몸을 일으킨 태율이 번개처럼 설화의 손을 잡아채 침상 아래로 내리눌렀다. 베개 아래 숨겨둔 단도 하나가 어느새 그의 손에 들려 있었다. 그 날카로운 끝을 침입자의 얼굴 아래 가져다댄 그는 아래에 있는 사람이 여자라는 것을 깨달았다.

"누구……?"

희미한 달빛이 두 사람의 모습을 뽀얗게 비춰주었다. 어둑한 실내에 두 눈동자만 초롱이 빛나고 있었다. 그 영롱한 두 쌍의 눈이 하염없이 얽혔다. 태율은 숨을 멈춘 채 그를 올려다보고 있는, 떨리는 눈동자를 집요하게 바라보았다. 시간이 지날수록 그의 숨이 가빠졌다. 그의 숨결을 따라 향긋하고 그리운 복숭아 향이 몰아쳤다. 떨리는 그의 손에서 힘이 빠져나갔다. 파르르 떨리는 입술을 깨문 그가 괴롭게 눈을 찡그렸다.

놀라 숨을 헐떡이는 설화의 입술이 살짝 떨리고 있었다. 저 떨리는 입술에서 왈칵 진득한 향수가 올라왔다.

그리움, 그리움과 또 그리움에 미쳐 그를 수없이 잠 못
들게 하던 여인의 향기.

"설화……?"

그 언젠가 황산의 폭포 위에서 먹었던 복숭아처럼 달
콤한 이름이 한숨처럼 터져 나왔다.

설화는 숨을 멈춘 채 그대로 얼음처럼 굳어버렸다. 날
카로운 칼끝이 그녀를 위협하고 억센 힘이 그녀를 내리
누르고 있었다. 곧은 콧날과 그 옆에 시원하게 뻗은 눈
매는 익숙했지만, 그녀를 내리누르고 있는 이 커다랗고
무시무시한 기백의 사내는 조금 낯설었다. 낯설지만, 익
숙했다. 그래서 설화는 미약하게 몸을 떨 수밖에 없었
다. 그런 그녀의 떨리는 눈동자를 얕게 뜬 눈으로 내려
다보던 태율의 입에서 미약한 헛웃음이 터져 나왔다. 마
른침을 꿀꺽 삼키던 설화가 당황하고 놀란 눈을 동그랗
게 뜨고 그를 올려다봤다. 숨결을 타고 시원한 솔 내음
이 흘러들었다. 싸하게 가슴 안으로 퍼지는 그 향내에
설화의 가슴이 속절없이 두근거렸다.

"꿈이로구나. 꿈인 게야."

태율의 허허로운 음성이 그와 그녀 사이에 내려앉았
다. 스스로에게 말을 걸듯 낮고 작은 속삭임에 어쩐지

설화는 마음이 울컥했다. 꿈인 게야. 중얼거리는 태율의 목소리에 쓸쓸함이 묻어 나왔다. 그의 손끝에 힘이 빠지면서 그녀를 위협하던 작은 칼이 뒤로 물러났다. 애처로운 눈동자는 초롱불처럼 아스라했다. 입가로 설핏 올라오는 미소도 구름에 얼굴을 내미는 달처럼 희미했다.

"사람을 홀리는 꿈이 있다던데. 내가 지금 그 꿈을 꾸고 있나 보구나. 설화, 나의 허상."

그리움과 애정을 듬뿍 담고 그녀의 이름을 중얼거리는 태율의 목소리가 허공을 맴돌았다. 그녀의 몸을 내리누르고 있는 그의 체온이 이토록 따뜻한데, 어찌 이것을 꿈이라 치부해버리는 것인지. 그토록 그녀의 모습이 그에게는 아련한 것인지. 그녀가 알던 소리보다 한층 묵직해지고 낮게 깔리는 목소리가 그녀의 마음을 다시금 두드리고 있었다.

태율은 정말 믿을 수가 없었다. 그랬기에 꿈이라 여겼다. 으레 그녀 곁을 맴돌 때면 맡을 수 있었던 달큼한 복숭아 향기조차 또렷했다.

'아아, 정말 내가 단단히 홀렸나 보구나. 꿈속을 노니며 장난을 친다던 귀신이 들렸구나.'

파르르 떨리는 손이 더듬더듬 설화의 얼굴로 다가갔다.

'꿈이면 어떨쏘냐. 이렇게 가까이서 볼 수 있는데. 이

토록 뚜렷한 것을.'

차마 꿈에서 깰까 아쉬워 설화의 말간 얼굴 앞에서 태율의 손이 멈췄다. 이대로 깨면 어쩌나 싶어 마음 졸였다. 차마 움직이지 못하는 그 손이 참으로 절박했다.

"이토록 생생하고 반가운 꿈이면 평생 깨지 않아도 좋을 것 같다. 은은한 복숭아 향기마저 이리 가까울 수 있다면 나는 여기서 평생 살다 죽으련다."

조금은 느릿하게 끝나는 그의 마지막 말에 설화의 가슴이 철렁 내려앉았다. 그의 음성은 쓸쓸하고 애틋했다. 태율의 입에서 터지는 단어 하나하나가 미친 듯이 그녀의 마음을 조여왔다. 그녀는 단지 긴긴 하루를 보내고 왔건만, 그 하루의 시간이 태율에게는 사무치는 아련함이 되었나 보다. 그 시간이 태율에게 저런 아픈 눈빛을 심어주었다니.

황태자라고 하기에는 너무나도 거친 손끝이 조심스럽게 설화의 뺨을 쓰다듬었다. 꿈이라고 여기기에는 무척이나 따뜻한 온기에 태율의 손가락이 떨려왔다. 그런 그의 손 위로 설화가 손을 올렸다. 달꽃처럼 맑은 미소를 살갑게 입에 올리며 그녀의 뺨에 닿은 태율의 손을 힘주어 잡았다.

"8년이 지났다고 하더니 정말 많이 컸네."

"설화?"

믿을 수 없다는 듯 망설이던 목소리에 놀라움이 차올랐다. 꿈이라도 좋으니 깨지만 말아다오 바라던 마음에 손도 대지 못했던 태율이 두 손 가득 그녀의 얼굴을 더듬었다.

"복숭아 도령, 이제는 그렇게 부를 수 없는 거야?"

"설화!"

기쁨이라고 설명하기에도 모자라고, 좋다고 말하기에도 턱없이 부족했다. 심장을 타고 흐르는 격한 감정의 물살에 휘말리며 태율이 왈칵 그녀를 끌어안았다. 으스러질 듯 그녀를 끌어안고도 믿기지 않는다는 듯 그녀의 향기 가득한 머리카락에 제 고개를 파묻었다. 그 다정하면서도 거친 접촉에 설화는 말가니 웃으며 그의 등을 쓰다듬어줄 뿐이었다.

"꿈이라고 하지 말고, 죽으련다 하지 마. 나 그러면 진짜 다시 간다?"

"꿈이, 꿈이 아니야? 정말 다시 온 게야? 몽귀夢鬼 따위가 아닌 게야?"

"바보, 이리 만져보고 있으면서도 못 믿는 거야?"

잠든 아이의 배를 토닥이듯 부드럽고 따스하게 태자의 등을 토닥이는 설화의 목소리도 어느새 조금 떨리고 있었다. 어쩔 줄 몰라 하며 몇 번이고 그녀의 이름을 되새기고 있는 태율을 다독여주면서 설화도 계속 그의 중얼거림에 다정히 대답해주고 있었다.

"칫!"

현오는 태자궁 앞으로 흐드러지게 꽃을 피운 꽃나무를 발로 걷어찼다. 그의 발길질에 하얀 꽃잎이 너울너울 떨어졌다. 그 하얀 낙화落花의 비명을 멀거니 바라보던 현오의 눈이 획 하고 돌아갔다. 그의 시선 끝에는 초롱불이 장식된 태자의 방이 있었다. 현오는 남자답고 큼지막한 눈을 구기며 차마 뱉지 못하는 욕설을 중얼거렸다. 한참 전에 그곳에 들어가 아직 소식이 없는 작은 여인네가 그의 마음속에서 어지러이 뛰어다녔다. 성질 같아서는 왈칵 그곳에 쳐들어가 당장 나오라고 고래고래 소리치고 싶었지만 그리했다가는 다시는 얼굴을 보지 못할 것이라는 사실을 알고 있었다. 현오는 왈칵 솟아오르는 답답함에, 그의 발밑에 떨어진 꽃잎을 이리저리 모아 손장난 치고 있는 요랑의 엉덩이를 발로 툭툭 건드렸다.

"야, 새끼 늑대! 넌 주인 걱정도 안 돼?"

"저 안에서 아가씨한테 손댈 놈도 없거든요?"

"그걸 네가 어떻게 알아!"

"아, 무슨 일 있으면 나보다 까마귀 당신이 더 귀신같이 잘 알 거 아닙니까? 그리고 내 보기에 저 안에 복숭아 도령 놈이 당신보다는 안전합니다! 아, 엉덩이 좀 차지 말라고!"

"이놈이 왜 존대를 했다가 말았다 해!"

"내 맘이다!"

손안 가득 하얀 꽃잎을 주워 담은 요랑이 발딱 일어나 악다구니를 썼다. 그 소리에 다시 인상을 팍 찌푸린 현오가 거칠게 제 머리를 헤집었다. 요 작은 새끼 늑대를 괴롭혀봐도 뒤틀리고 초조한 심사가 영 풀리지 않았다.

"아무래도 안 되겠다. 들어가보자!"

"아, 어딜 들어가요!"

"너도 속으론 불안하잖아! 봐, 난 들어가볼 거야."

"그랬다가 아가씨 화나면 어쩌려고 그래요! 난 혼나기 싫단 말이야."

"에잇, 내가 무슨 상관이야. 봐!"

현오가 궁이 떠나가라 고래고래 소리를 질렀지만 어찌 된 일인지 궁 안은 쥐 죽은 듯 고요하기만 했다.

호롱불 아래 침상에 걸터앉은 태율의 손에는 설화의 손목이 가지런히 잡혀 있었다. 연기처럼 사라지기라도 할 듯 여린 살결에 붉은 자국이 날 만큼 꼭 잡고 있는 그의 손은 절박했다.

"저어, 나 좀 아픈데……."

"아파? 미안해."

미안하다 중얼거리면서도 손을 놓지 못하는 태율이 느슨하게 힘을 풀었다. 설화의 수줍은 미소를 보며 마주 웃는 태자의 얼굴에 미처 여미지 못한 흥분이 물들어 있었다. 그런 태자를 바라보는 설화의 얼굴에도 붉은 물이 들었다. 이제는 저보다 훌쩍 커버린 태자를 힐끔 올려다본 설화가 그와 눈이 마주치자 황급히 눈을 내렸다. 조금 전 그 격한 감정의 물결이 무색하리만치 어색해하는 그녀의 모습을 태율은 홀린 듯 바라보았다.

어제 보았던 그 모습 그대로, 한 치의 세월도 지나치지 않은 그 모습 그대로의 설화가 그의 앞에 있었다. 그게 묘하게 그를 설레게 만들면서도, 동시에 알 수 없는 시간의 격차가 느껴져 마음에 싸한 바람이 들기도 했다.

'아무렴 어때.'

태율은 이내 그녀의 온전한 모습에 가슴을 쓸어내렸다. 누가 되었건, 무엇이 되었건 그것은 중요하지 않았다. 이미 그것에 대한 사념은 접은 지 오래였다. 그녀로만 채웠던 무수한 밤을 지새우며 필요한 것은 채웠고 필요 없는 것은 치워놨다. 그중 하나가 그녀에 대한 의심과 의문이었다.

태율의 깊은 눈동자는 그녀의 깎아 자른 듯 고운 이마를, 깜빡깜빡 수줍게 빛나는 눈동자를, 귀여운 콧방울을 한참 동안 배회했다. 그런 그의 시선이 깊어질수록 설화는 조용히 입술을 깨물었다. 익숙지 않은 사내의 시선이었다. 반갑고 기뻤지만 자꾸만 둥둥대는 가슴 한편이 불편했다. 작게 한숨을 내쉰 그녀가 떨리는 목소리를 가다듬으며 먼저 입술을 뗐다.

"이렇게 밤에 찾아와서 미안……."

"언제든 와도 좋아."

"아아……."

미안하다는 말도 채 뱉지 못하고 설화는 수줍게 웃음을 터트릴 수밖에 없었다. 그런 그녀를 보며 태율도 따라 웃었다. 어찌 저 미소를 보고 따라 웃지 않을 수 있을까. 설화를 보며 마주 웃던 태율의 얼굴이 짐짓 엄하게 바뀌었다. 그 엄한 얼굴만큼이나 묵직한 목소리가 방 안에 울렸다.

"어떻게 된 거야? 바른대로 낱낱이 말하지 않으면 절대 이 손 놓지 않을 거야. 허언虛言이 아니야."

"그건, 지금은 조금 곤란한데……."

그녀의 말에 진득하니 그녀를 바라보던 태율이 대화의 공백을 만들어냈다. 그 날카로운 시선으로 그녀를 바라보는 통에 설화는 다시 힐끔 어색한 미소를 지었다. 그 잠시간의 정적을 옅은 한숨과 함께 종식시킨 태율이 다시 부드럽게 눈을 휘었다.

"다시는 어디 가지 마."

"그게…… 내가 일부러 그런 건 아닌데."

"일부러든 아니든 그게 중요한 게 아니야. 절대 내 곁에서 떨어지지 마."

"그건 좀…….”

설화가 곤란한 표정을 짓자 태율이 다시 무섭게 눈을 찡그렸다. 그 얼굴을 본 설화가 찔끔 눈을 돌리고 말았다. 설화의 숙인 얼굴에 태율의 손이 닿았다.

"고개 돌리지 말고 나를 봐. 8년을 기다려 마주한 눈빛이야. 피하려고 하지 마."

간절하면서도 담백하게 느껴지는 태율의 기백에 설화가 고개를 끄덕였다. 그러자 겨우 안심이 되었는지 태율이 청아한 미소를 지었다. 설화에게 익숙한 바로 그 순한 소년의 미소를.

"다시 황산에 있는 거지?"

"응, 거기 있어."

"그래, 그렇다면 이제 어디로 다시 가지 않는 거지?"

"그거야……."

'황후화를 찾으러 가야 하는데.'

차마 꺼내지 못한 말이 설화의 혀끝에 맴돌았다. 그 들리지 않는 독백이 태율에게 용케 닿았는지 태율이 그녀의 간지러운 곳을 긁어주듯 먼저 이야기를 꺼냈다.

"황후화는 나에게 있어."

"그래! 그거 찾은 거야?"

손뼉을 치며 흥분한 듯 보이는 설화의 모습에 태율이 고개를 끄덕였다. 정확히 말하면 찾은 게 아니라 '만든 것'이지만. 헌데 아무리 생각하고 찾아봐도 그것은 세상에 존재하는 것이 아니었다. 존재하지 않는 것을 찾아 헤매니, 태율은 제 손으로 만들어 안겨주리라 생각했던 것이다.

"이 황궁 어딘가에 있어. 설화, 너에게 주려고 간직하고 있는 거야."

"율아!"

"그러니까……."

두 사람 사이로 멀리 보이는 창에 푸르스름한 새벽빛이 물들고 있었다. 태율은 설화의 손을 꼭 잡았다.

"황산으로 데리러 갈게. 사흘, 아니 닷새 안으로 갈 거야. 황궁에 오지 않으면 황후화는 없어, 설화."

"뭐?"

"황후화, 그냥 줄 수는 없다는 말이야."

설화의 눈동자에 당황한 빛이 서렸다. 그 눈을 바라보는 태율은 흔들림이 없었다. 비겁하다 해도 좋고 치사하다 욕해도 할 수 없었다. 태율은 무슨 수를 써서라도 설화를 그의 곁에 둘 것이었다. 그리하기 위해 수년을 칼을 갈고 있었으니까.

*

"도대체 그놈은 뭐냐?"

꽃이 그득한 정원 가운데로 우뚝 솟은 전각이 보였다. 그 안으로 하얀 포를 헐렁하게 매어 입은 함이 늘어지게 누워 있었다. 그리고 바로 그 옆으로 전각 밖을 하염없이 바라보는 현오가 앉아 있었다. 그의 눈에는 자꾸만 정원을 부산하게 움직이는 설화가 걸렸다. 설레는 것인지 불안한 것인지 그녀는 아침부터 황산이 떠들썩하게 들추며 돌아다니고 있었다. 현오는 그것을 또 아침부터 하염없이 바라보고 있었다.

"뭐가?"

"…… 알면서도 그리 물어보는 게 더 얄밉다는 거 알고 있지?"

"그래? 난 몰랐지."

함은 느긋하게 눈을 감고서는 정원에서 올라오는 꽃내음을 맡고 있었다. 순간 현오의 검은 눈동자에 살기가 감돌았다. 부리부리한 눈이 함을 죽일 듯 노려보다가 이내 한숨을 쉬고는 다시 설화가 있는 곳으로 눈길을 돌렸다.

함은 그런 친우의 모습에 혀를 찼다.

"그만둬라."

"뭘."

"몰라서 그리 물어보는 거, 아니지?"

"…… 쳇!"

'그게 뭐 내 마음대로 되는 일인가?'

현오는 말없이 인상만 구겼다. 보지 않으려고 해도 그의 눈은 하릴없이 누군가를 찾아 움직이고 있었다. 화들짝 놀라 정원 어딘가로 억지로 시선을 보내도 이놈의 눈알에 저주라도 걸려 있는지 어느새 다시 설화를 쫓아다니고 있었다.

"그만둬. 왜 안 되는 일에 마음을 주고 그래?"

툭 내뱉는 함의 말에 현오의 가슴이 덜컥 내려앉았다. 무심하게 말하는 것 같지만 걱정이 담겨 있는 말이었다.

그것을 알고 있음에도 현오의 속이 좋지 않았다.

"너는 되는 일만 했냐? 너는 네가 신선이 될 거라 확신하고 이 길을 걸었던 거야? 월하를 그리 죽도록 쫓아다닐 때도 네놈에게 얼마나 승산이 있었던 것이냐? 너도 몰랐지 않냐? 그 무엇도 확실하지 않았지 않느냐. 너나나나 안 된다고 그리 쉬이 말하면 안 되는 거다."

"쯔쯧!"

현오의 말에 함은 그저 혀만 찼다. 틀린 말은 아니었다. 그렇지만 끝이 훤히 보이는 시작이었다. 만약 그녀의 마음이 바뀌고 운명이 현오를 도와주고 태자의 마음이 변한다면 승산이 있겠지만. 그것은 정말 하늘이 도와도 일어나기 힘든 일이었다.

"그놈, 얼마 살지도 않은 놈이 무슨 잔머리가 그리 잘 돌아가는지."

"그치? 그 태자가 꾀가 많아. 영악하고 기회를 만들 줄 알지. 생과 사를 여러 번 들락거리더니 필사적으로 사는 법을 배운 게지."

"…… 약은 자식이네."

현오의 말에 함이 히죽 웃었다.

"그놈 이기려면 너도 머리 꽤나 써야 할 것이야."

"이기기는 뭘. 내가 그놈이랑 시합하나!"

현오가 성질을 이기지 못해 다시 빽 소리를 지르자 함이 두 손으로 귀를 막았다. 소리통이 워낙 큰 현오였기에 함의 귀가 다 찌릿했다.

"그, 그 소리 지르는 버릇부터 좀 고쳐라 이놈아!"

"네 놈이 자꾸 승질 건드리잖아."

함을 향해 눈을 부라리던 현오가 팽하니 고개를 돌렸다.

'하여튼 나이를 헛먹었다니까.'

함도 오래간만에 지기를 향해 욕지거리를 내뱉었다. 그러면서 씁쓸한 한마디를 보태는 것을 잊지 않았다.

"여자들은 소리 지르는 남자 싫어한다. 특히 설화 아가씨 같은 경우는 아주 딱 질색일걸? 어디 정 붙이고 싶어도 옆에서 떽떽거리는 놈팡이에게 정이 가겠냐."

"떼, 떽떽거린다니!"

"봐봐, 떽떽거리네."

현오가 막 달려들려 할 때 함이 순간 하늘을 올려다봤다. 짐짓 심각해 보이는 얼굴이 조용히 하늘을 향하자 현오의 고개도 하늘로 향했다. 그의 눈이 차가워진다.

"다 왔네."

"진짜 왔고만."

진득한 한숨을 내쉬는 현오의 어깨를 함이 툭툭 내려쳤다.

"그래, 이제 어떡할 거냐?"

"……."

함의 물음에 현오는 답을 할 수가 없었다. 그 자신조차 자신이 어찌해야 할지 몰랐기 때문이다. 그의 눈이 다시 진달랫빛 분홍 치맛자락을 휘날리는 설화에게 향했다. 그의 까만 눈길을 따라 거친 사내의 마음길이 속절없이 열리고 있었다. 전각의 뒤로 붉은 해거름이 지고 있었다.

황궁에서 말을 타고 하루 반나절을 꼬박 달리면 황산 자락에 있는 별궁에 닿는다. 가마를 타고 가면 이틀하고 도 반나절이 걸리는 거리였다. 그 먼 길을 태자와 태사 그리고 그들의 호위 몇 명이 서둘러 내달리고 있었다. 거친 말발굽 위에서 하루 종일 버티고 앉아 있는 것이 쉽지 않을 텐데도 중년의 태사는 군말이 없었다. 태율은 그를 제법 높이 평가하고 있었다. 훈련된 무사들도 하루 반나절 동안 쉴 새 없이 달리는 길이 고되게 느껴지는데 태사나 되는 사람이 힘든 기색 없이 곧잘 따르다니.

'역시, 호락호락한 인물이 아니야.'

태율은 그를 곁눈질하더니 피식 웃음을 흘렸다. 그것을 느꼈는지 태사가 다물고 있던 입을 열었다.

"드디어 태자님의 의중지인意中之人을 뵙겠군요."

담담하면서도 웃음이 물들어 있는 목소리였다.

"의중지인이라……."

"아닙니까?"

"아니라고 할 수 없어 웃는 것이지. 너무 오래, 깊이 품고 있어서 이제는 가슴과 하나가 되어 박혀 있네."

"해서 이렇게 친히 마중하러 가시는 것입니까?"

"참을 수가 있어야지."

태율의 말에 윤 태사도 말없이 웃음을 흘렸다. 그런 그의 귓속으로 서늘한 태율의 옥음이 파고들었다.

"불교에서 말하는 팔고八苦 중 하나가 사랑하는 사람과 헤어져야 하는 애별리고愛別離苦라지? 지난 8년간 내 그 말을 톡톡히 배웠다네. 그리고 태사 그대는 나의 그 마음을 잘 헤아려줄 것이라 생각했지."

"……."

그의 말에 낯빛 하나 흐려지지 않은 태사의 얼굴을 보면서 태율은 은근히 경탄할 수밖에 없었다. 다분히 심중을 긁는 말일 텐데 윤 태사의 눈에는 흔들림이 없었다. 마치 아무것도 모른다는 듯이. 그를 보며 피식 웃던 태율이 손을 들어 산봉우리를 가리켰다.

"황산이 우리를 반기나 보오. 붉은 하늘로 치장하여 기다리고 있군."

그의 손끝에 노을이 걸린 황산의 뾰족한 끝이 걸려 있었다. 태율은 달리는 말에 다시 한 번 박차를 가했다. 그런 그의 뒷모습을 윤 태사의 담담한 눈길이 따라가고 있었다.

"목 빠지겠다."
"에구머니!"
솟을대문 앞을 강동거리며 돌아다니던 설화가 언제 그녀 곁으로 왔는지 모를 현오의 목소리에 화들짝 놀라 돌아보았다. 현오가 색색의 풀꽃을 손에 들고서는 그녀의 곁에 멀뚱히 자리했다.
"뭘 그리 놀라누?"
"어, 어찌 소리도 없이 다니시어요."
"그럼 요란하게 발소리 내고 돌아다니리?"
"그런 말이 아니잖아요."
"크흠! 일없다! 근데 너 목은 잘 붙어 있니? 난 너 목 빠지는 줄 알았다."
현오의 타박 아닌 타박에 붉어진 얼굴로 눈을 흘기던 설화가 그의 등을 밀어 정원으로 돌려보냈다. 곁에 있으면 괜스레 정신이 사나워지는 까마귀 신선이었다.
"어찌 이리 밀어? 어어?"

"함님이랑 가 계시어요. 옆에서 미운 말만 하실 거면."

"내가 언제 미운 말을 했다고 그래? 응? 넌 어찌 나를 이리 매일 타박하니. 내가 뭘 잘못했다고."

어쩐 일인지 시무룩한 현오의 목소리에 설화는 찔끔 속이 매웠다. 저가 그리 현오를 타박했던가? 곰곰이 생각해보니 다른 이들보다는 매운 말을 많이 건넨 것 같기도 했다. 축 처진 현오의 어깨를 보자니 은근히 미안한 마음에 설화의 눈초리가 내려갔다.

"제가 언제 현오님을 타박했다고 그러세요. 그냥 자꾸 현오님이 저를 못살게 구니까……."

"곁에만 오면 가라 하고, 도와준다고 해도 싫다 하고……."

"아니 그건……."

당황한 설화가 눈알을 굴리며 진땀을 흘리자 현오가 슬그머니 말꼬리를 뺐다. 아래로 내려갔던 짙은 눈매를 슬쩍 다시 올리고는 심중에 있던 말을 살며시 흘렸다.

"그러면 내가 이제 미운 말도 안 하고 소리도 안 지르고 그러면 곁을 내어줄 터이냐?"

"…… 예?"

현오의 갑작스러운 말에 설화의 눈이 동그래졌다. 설화는 현오의 뜻을 알 수 없어 당황한 눈으로 현오의 눈동자를 말가니 바라봤다. 현오가 다시 한 번 떨리는 목소리로 중얼거렸다.

"…… 곁을 내어줄 테냐?"

"그게 무슨……?"

설화를 바라보는 현오의 얼굴은 제법 진지했다. 까맣다 못해 푸르러 보이는 눈동자는 조금 흔들리고 있었다. 이상하게도 그 까만 눈에 사로잡혀 설화의 가슴이 다 울렁거렸다. 눈을 피하고 싶었지만 무척이나 진지한 그의 태도에 설화는 차마 움직일 수가 없었다. 현오가 그런 그녀에게 한 움큼 무성하게 뽑아 들고 온 꽃 뭉텅이를 쥐여주었다. 꽃을 쥐여주는 사내의 손에 마른땀이 흥건했다.

"그니까, 내가 잘하겠다 하면, 그리하면 너 내……."

"설화!"

바로 그 순간 익숙한 목소리가 설화의 귀를 잡아챘다. 왠지 모르지만 화들짝 놀라 현오의 곁에서 떨어진 설화가 조금 붉어진 얼굴로 소리가 난 곳을 바라봤다. 산을 타고 올라오는 태율이 그녀를 향해 힘차게 손을 흔들고 있었다. 너른 어깨와 자신감 넘치는 미소의 태율이 해거름을 등지고 빠르게 올라오고 있었다. 설화는 어쩐지 그의 모습이 타오르는 불처럼 느껴졌다. 그녀의 마음은 어디에서 온 것인지 모를 뜨거움에 데인 듯 화끈거리고 있었다.

쿵쿵 떨리는 가슴으로 현오를 힐끔 올려다본 그녀가 태율을 향해 손을 흔들어주었다. 현오의 눈이 괴롭게 일 그러져 있었다.

'왜 이러지, 내 가슴이?'

갑자기 진지한 현오 때문인지, 하루 종일 하염없이 기다린 태율의 등장 때문인지. 갈피를 알 수 없는 가슴 방망이질에 설화는 곤란한 입술만 질끈 깨물었다.

저 멀리 나와 있는 설화의 모습이 보이자 태율은 곧장 그녀에게 뛰어갔다. 설화 앞으로 시커멓고 커다란 남자 하나가 서 있었다. 어딘지 모르게 적개심이 느껴지는 눈빛에 태율도 고깝게 눈을 추켜올렸다. 그러자 시커먼 남자의 눈이 험악하게 구겨졌다. 남자를 일부러 위아래로 훑어보던 태율이 냉큼 설화의 손을 잡아챘다. 그의 손안으로 보드랍게 들어차는 설화의 손에 태율의 가슴이 오래간만에 작은 북소리로 둥둥 채워졌다. 생기가 넘치는 박동이었다.

"어찌 나와 있어? 나를 기다린 것이야?"

"아, 응."

순한 눈망울을 동그랗게 올려 뜬 설화가 아직은 낯선

태율의 모습에 수줍게 고개를 끄덕였다. 익숙하면서도 낯선 그의 모습에 그녀는 도대체 어떻게 태율을 대해야 할지 갈피를 잡을 수가 없었다. 이제는 그녀의 키를 훌쩍 넘어선 너른 어깨의 사내로 변한 태율이 남자다운 입매를 틀어 올리고서는 미소를 보였다.

"들어가자."

"아, 저기. 뒤에 계신 분들은······?"

"안녕하십니다. 태사 윤원각이라 합니다."

사람 좋은 미소를 훈훈하게 걸친 태사가 선뜻 고개를 숙여 설화에게 예를 갖췄다. 한 나라의 태사라는 지위도, 겉으로 보이는 연배도 누가 보아도 그에게 고개를 숙여야 할 것 같건만 그의 고개가 먼저 스스럼없이 아래로 향했다.

윤 태사는 황산을 오르고 올라 꼭대기에 이르렀을 무렵 그의 눈 안에 들어온 저택의 모습에 눈을 비빌 수밖에 없었다.

'이리 높은 산꼭대기에 어찌 저리 으리으리한 저택이 자리할 수 있는 것인지.'

그 존재 자체만으로도 신비롭고 화사한 저택이었다. 거기에 그들이 뚫고 나온 빼곡한 나무숲은 서까래 하나 들어올 틈이 없어 보였다.

'이 저택은 대체 어떤 방법으로 지어졌을꼬? 황실 소유의 황산에 이리도 당당히 터를 잡은 이라면……'

묘한 위화감과 당황스러움이 그의 머릿속을 스쳐 지나갔다. 아무리 태자 태율이 허락했다고는 해도 함부로 황산에 터를 잡을 수 있는 이는 없을 것이었다. 의심과 막연한 황망함이 그의 가슴을 들쑤셨지만, 태사는 입을 다물었다. 그가 관여할 영역이 아니었다.

"처음 뵙겠습니다. 설화라 합니다."

설화가 선뜻 화답하듯 다리를 구부려 인사를 건넸다. 배꽃처럼 화사한 미소가 얼굴에 퍼지자 태율이 황홀한 듯 바라보았다. 그 모습에 태사는 다시 한 번 놀랄 수밖에 없었다. 쉬이 속을 내보이는 태자가 아니거늘 설화 앞에서는 그의 얼굴이 가감 없이 솔직하게 빛났다.

'허면 이분께서 그분이 맞으시구나.'

조용히 생각을 마친 윤 태사는 다시 한 번 정갈히 표정을 가다듬었다. 설화를 따라 들어가는 그의 심중이 새삼 복잡하고 분주했다.

'변한 게 없군.'

방 안을 휘 둘러보던 흄은 속으로 감탄 아닌 감탄을 뱉어냈다. 벌써 8년이 지났건만 함의 저택은 8년 전 그때와 다른 것 하나 없었다. 색이 바랜 곳도, 기와가 낡은 곳도 하나 없이 그 모습 그대로 그들을 맞이했다. 정원을 가로질렀을 때 맡았던 향기로운 꽃내음조차 다름이 없었다. 그 모습이 반갑기도 했지만 이상하게 가슴이 싸하게 내려앉기도 했다. 무릇 인간사라는 것은 변화하는 것이 정상이었다. 시간이 지나면 색이 바라는 것이 당연지사거늘 이곳은 시간이 비켜간 듯 변화가 없었다.

"오셨습니까."

그리고 방 안에 들어선 인물 또한 마찬가지였다. 하얀 머리 위로 먹빛 관모를 단정히 올리고 그 아래로 관모와 맞춘 듯한 비단 면을 내린 함이 부채를 팔랑거리며 들어섰다. 그의 변함없는 모습에 휼은 새삼 놀라지 않으려 고개를 꾸벅 숙이고 인사했다. 함도 그런 휼에게 눈으로 인사했다.

"오랜만에 뵙는군요, 태자."

"산도깨비처럼 소리 없이 다니는 것은 여전하군요."

들어서는 함에게 비죽하게 웃어 보인 태율이 눈을 똑바로 떠 그를 바라봤다. 여전히 당찬 눈빛에 자신감이 더해져 찌를 듯이 당당한 기백이 함을 내려다봤다. 그를 보며 함이 부채 안으로 피식 웃음을 흘렸다. 고작 몇 년 사이에 사내가 되어 돌아온 태자를 보니 그의 마음이 다 뿌듯했다.

"요란하게 다녀 뭐 좋을 게 있겠습니까? 헌데 이분은······."

설화가 따라주는 차를 한 모금 입에 댄 윤 태사가 그를 바라보는 함의 눈빛에 선한 웃음으로 화답했다.

"태사 윤원각입니다."

"함이라고 합니다."

더도 덜도 없이 인사를 나눈 함이 제자리를 찾아 엉덩이를 붙였다. 그를 따라 설화의 등 뒤에서 서성이던 현오도 슬그머니 엉덩이를 붙였다. 그 모습에 함이 눈을 찌푸렸지만 딱히 타박하지는 않았다.

"헌데 두 분께서 어찌 오신 것입니까?"

"설화를 데리러 왔습니다."

태율의 말에 눈을 동그랗게 뜬 설화가 영문을 몰라 하며 태율을 바라봤다. 태율이 부드럽게 웃으며 그녀와 눈을 마주했다. 바라보기만 해도 그저 좋은 마음이 절절이 느껴지는 눈빛이었다.

"나와 같이 가자."

"그게 무슨······. 황후화를 주러 온 게 아니었어?"

설화의 말에 태율이 웃었다. 그녀는 한 번도 본 적 없는, 조금은 냉정한 눈이 빛났다.

"그냥 줄 수 없다고 했지."

"그, 그랬지만……."

당황한 설화가 이제는 자신보다 훌쩍 커버린 태율을 올려다보았다. 그 모습에 태율의 마음이 살짝 아려왔지만 모르는 척 미소를 보였다.

"쩨쩨하긴."

태율의 귀에 현오가 구시렁거리는 소리가 들렸다. 순간 현오에게 고개를 돌린 태율이 그를 노려봤다. 태율의 당돌한 눈길에 현오도 부리부리한 눈으로 맞섰다. 심사가 꼬일 대로 꼬이고 심장이 바짝바짝 졸아 있는 현오의 눈빛이 거칠기 그지없었다.

순간 태율이 피식 웃었다.

'오호, 그렇게 된 거였군.'

태율은 자신을 노려보면서도 설화를 눈치를 살피는 현오를 보고 그의 마음이 읽었다. 태율의 속이 비틀어졌다.

'아까부터 설화의 뒤꽁무니를 쫓아다니는 저 시커먼 사내가 마음에 걸리더니 역시 남의 것을 탐내고 있었어.'

"필사적이 되면 쩨쩨하다는 소리 따위는 얼마든지 들어줄 수 있소."

"필사적으로 쩨쩨하다는 소리네."

현오의 말에 시선을 내린 태율이 픽 웃음을 터트렸다. 그런 소리쯤 각오하고 있었다. 새삼스레 기분이 나쁠 것도 없었다. 태율이 불현듯 시선을 돌려 설화를 바라봤다. 그의 손이 덥석 그녀의 손을 잡았다. 그 꼴을 보고 있던 현오의 눈이 꿈틀거렸다.

"쩨쩨하다는 소리를 들어도 나쁜 놈이라 욕해도 어쩔 수 없어. 난 그만큼 설화 네가 내 곁에 있길 바라니까."

"…… 어?"

"그만큼 네가 나에게 간절하니까."

낮고 굵은 목소리가 진지하게 설화를 향해 제 진심을 고백했다. 그 방에 마치 두 사람만 있는 것처럼 태율의 고백은 부끄러움도 당황스러움도 없이 당당했다. 담담한 눈이 설화의 눈을 끈질기게 바라보고 있었다. 태율의 목소리는 조용히 그리고 강하게 그녀에게 파고들었다. 태율의 그러한 태도에 설화는 당황할 수밖에 없었다.

그녀의 가슴이 심하게 요동쳤다. 심장이 마치 그녀의 속살을 뚫고 나올 듯 요란하게 펄떡였다. 설화는 저도 모르게 손을 들어 제 가슴을 지그시 눌러야 했다. 심장이 가슴을 찢고 나와 이대로 죽겠구나 하는 어설픈 걱정까지 들었다. 이상한 것은 태율의 말이, 그 떨림이 싫지 않다는 것이었다. 낯설고 어색하지만 그 위화감이 싫지 않았다. 오히려 태율은 마약처럼 그녀의 마음을 옭아매고 몽롱하게 만들었다. 며칠 전 그녀를 데리러 온다던 그의 말에 설화는 며칠 밤을 제대로 잠 못 이뤘다.

'아아, 이를 어쩌면 좋아……..'

곤란한 듯 당황한 그녀가 뽀얀 볼을 붉히고는 함을 곁눈질했다. 함은 그저 재밌다는 듯이 빙그레 웃을 뿐이었다.

"아, 저기……."

"싫은 거야? 내가 싫은 거야?"

애달픈 태율의 목소리에 설화가 놀라 손사래를 쳤다. 그제야 그의 얼굴이 다시 밝아졌다.

"아니! 그, 그건 아닌데."

"그럼? 그럼 나와 같이 가자."

"아, 그게……."

이게 대체 무슨 일인지. 제 가슴이 무슨 병이라도 걸렸는지 온통 요란하기 짝이 없었다. 그 통에 설화의 머리가 후끈거리고 손에서는 식은땀이 났다.

'뭐라고 말해야 하지? 어떡하지?'

태율의 고백에 대한 대답을 미처 찾지 못한 설화가 눈만 깜빡이고 있을 때 함의 목소리가 두 사람 사이로 끼어들었다.

"헌데……."

방 안에 있던 모든 시선이 함에게 쏠렸다. 그 시선이

즐겁다는 듯 함은 싱글싱글 웃음을 지었다. 먹으로 그림을 그려 넣은 하얀 부채를 팔랑거리며 함이 재밌다는 듯 태율을 향해 물었다.

"황궁이라는 데가 그리 호락호락한 곳이 아니지 않소? 어떻게 설화 아가씨를 데려간다는 거지? 친족도 연고도 없는 아가씨를 그곳에서 받아들이지 않을 터인데. 그것도 태자의 곁으로 말이야. 아아, 설마 몰래 안에 숨겨둔다는 것은 아니겠지?"

함의 말에 태율이 고개를 끄덕였다. 그러고는 슬쩍 오만한 웃음을 흘리며 함을 마주 봤다.

"나를 아직도 그때 그 어린 황자로 보십니까? 내가 그리 생각없이 무턱대고 행동에 옮길 듯이 보이십니까? 꽃이 피기 위한 배양토는 이미 다져두었습니다. 설화는 그대로 나에게 오기만 하면 되는 것이죠."

"흐음?"

태율의 말에 흥미가 동한 듯 함이 맞장구를 쳐주었다. 그러자 태율이 힐끔 윤 태사를 바라봤다. 묵묵히 그들의 이야기를 듣고 있던 태사가 자신이 끼어들 시점이라는 것을 알고 선한 웃음을 띠며 입을 열었다.

"저에게 따님이 한 분 있습니다."

태율에게 향했던 시선이 모두 태사에게로 옮겨 갔다.

그를 보며 목소리를 다듬은 태사가 다시 조용히 이야기를 꺼냈다.

"슬하로 모자란 아들 둘만 두었던 저에게 8년 전 어느 날 따님이 생겼습니다. 의붓딸이지요. 8년 전 이맘때쯤 저는 황산 아래 별궁에 몰래 초대되었습니다. 그곳에서 저를 기다리고 계셨던 분은 바로 황자님, 지금은 태자님이십니다. 태자님께서는 저에게 따님을 한 분 맞이하라 말씀하셨습니다. 무척 귀해 태자님께서도 함부로 할 수 없는 여인이라 하셨습니다. 귀하고 귀한 여인이라 선뜻 다른 이에게 맡길 수 없어 저를 부르셨다 했습니다. 그날 이후로 저는 얼굴도 모르는 따님을 8년간 모시고 살았습니다. 그것도 태자비로 예정된 따님을요."

윤 태사의 이야기가 길어질수록 설화의 눈은 화등잔만 해졌고, 현오의 표정은 야차처럼 구겨졌다. 그와 동시에 함의 얼굴에 숨길 수 없는 웃음이 피어올랐다. 아주 재미나다는 듯이 오호라, 추임새까지 넣어가며 함이 무릎을 탁 쳤다. 윤 태사는 이야기를 마치며 설화를 향해 다시 한 번 고개를 숙여 인사를 건넸다.

"…… 8년 만에 귀한 따님 얼굴을 뵙게 되는군요."

그 모습을 보던 태율이 배시시 웃음 지었다.

"그러니까, 설화 너는 몸만 오면 된다고."

네가 나에게 올 길은 내가 매끄럽게 무리 없이 다져놓
았으니 말이야.

"너, 갈 거야?"

태율과 태사의 말이 끝나고 정신을 차리지 못한 설화
가 곤란한 듯 입을 다물고 있자 태율은 그녀를 위해 시
간을 주겠다고 했다. 이미 해가 산 아래로 사라진 까닭
에 태율 일행은 함의 저택에서 하룻밤 묵고 가기로 했
다. 이틀을 꼬박 쉴 새 없이 이곳으로 달려온 윤 태사의
몸이 피곤하여 그들에게 서둘러 방을 내어주었다. 그러
고는 방 안에 덩그러니 남아 있던 설화의 곁으로 성난
현오가 다가왔다. 현오의 말에 설화는 어떠한 대답도 해
줄 수 없었다. 그녀도 아직 어찌해야 할지 감이 잡히지
않았다.

"모르겠습니다."

"뭘 모르겠습니다야! 천상인이 어찌 인간 태자의 비妃
가 될 수 있겠어?"

"……그건."

몰아붙이는 현오의 말에 설화가 주춤하며 눈을 내리
깔았다. 현오의 뒤통수로 함의 손이 내리꽂혔다.

"넌 또 언제 여기 와서 아가씨를 괴롭히는 것이야."

"아오, 그럼 지금 내가 가만히 있게 생겼어?"

"네놈이 가만있지 않으면 어쩔 건데? 모든 것은 다 아가씨의 몫이야. 우리가 상관할 일이 아니야."

"그런……!"

함의 말에 현오가 씩씩거리며 발을 구르자 함이 그런 그를 못마땅하게 바라봤다.

'불쌍한 지기 같으니.'

속으로 혀를 찬 함이 부드럽게 표정을 풀고는 설화 앞에 무릎을 꿇고 올려다보았다. 그의 눈에는 순진하고 어리게만 보이는 설화의 속이 걱정되었다. 이런 일은 처음이라 당황하고 불안한 마음에 머리 꽤나 아플 것이었다.

"당황하셨지요?"

"당황하지 않았다고 말하면 거짓말이겠죠?"

순하게 웃어 보인 설화가 고개를 끄덕였다.

"무엇이 그리 걱정되십니까."

"그야, 어떻게 해야 할지……."

"가고 싶으십니까?"

"그곳에 가면 어떻게 될지 걱정됩니다. 천계로 올라가야 하는데 그때는 어찌 될는지……."

설화의 대답에 함이 웃었다. 걱정이라……. 싫다는 말이 아니라 걱정이 된다 말했다.

"허면, 가기 싫으신 겁니까?"

"아니, 그건 가기 싫다 좋다의 문제가 아닌 듯해서요."

설화의 시선이 당황하여 바다 언저리를 맴돌았다. 복잡한 마음과 머리가 도통 풀리지 않았다. 함이 설화를 다독였다.

"일전에 제가 상제님을 뵙고 왔다고 했지요?"

"예, 그랬지요."

"그때 상제님께서는 저에게 설화 아가씨를 지지해주라 하셨습니다. 어려움에 부딪혔을 때 그저 설화 아가씨를 믿고 지지해주라 하셨습니다. 아가씨께서 하고 싶으신 대로 마음껏 하늘 아래를 누비다 돌아올 수 있도록. 천존께서는 하늘 위에서 믿고 기다리고 계신다 하셨습니다. 그런데 아가씨께서는 무엇을 망설이고 계신지요. 이리 든든하게 기다려주는 아버님은 이 하늘 아래 흔치 않습니다."

능청스럽게 눈을 찡긋하는 함의 모습에 설화의 막혀 있던 웃음이 터지고 말았다. 함의 말을 듣고 나니 그녀의 가슴으로 은근히 온기가 차올랐다. 아바마마. 가슴에 담기만 해도 그리운 말이었다. 천존의 인자한 눈가 주름이 눈에 선했다. 그러고 보니 윤 태사가 정녕 상제님과 언뜻 닮아 있었다.

"선택은 아가씨의 몫입니다. 무엇을 선택해도 저는 설화 아가씨를 지지해드리겠습니다. 가슴이 원하는 선택을 하십시오."

다시 한 번 설화의 손을 두드려준 함이 자리를 털고 일어났다. 그들의 뒤에서 안절부절못하는 현오의 귀를 함이 낚아챘다. 아침에 일어난 새가 수면 아래 물고기를 낚아채듯 산뜻하고 재빠른 손길이었다.

"아야야!"

"시간이 늦었다. 얼른 나와."

"아야야! 나가, 나간다고. 내 발로!"

"어찌 믿어, 네 말을."

바동거리는 현오의 귀를 끝까지 잡아끌고 방을 나서던 함이 방 앞에 멈춰 섰다. 문 옆으로 등을 기대어 있던 태율이 그런 함을 보며 빙그레 웃음을 지었다.

함도 그런 태율을 보며 피식 웃음을 흘리고 말았다.

"훔쳐 듣는 것은 좋은 버릇이 아닙니다, 태자."

함의 말에 태율이 능청스럽게 어깨를 으쓱했다. 아무 것도 모른다는 듯, 못 들었다는 듯 순진한 표정을 지어 보였다.

"방금 왔습니다."

"거짓말도 좋은 버릇이 아닙니다."

"의심이 많으시군요."

모르는 척 웃음을 흘린 태율이 그의 곁을 지나 방 안으로 들어갔다. 그런 태율의 뒤에서 방방 날뛰는 현오만 애가 닳아 그녀의 방문 안에서 새어 나오는 빛을 하릴없이 바라봐야만 했다.

"하아."

멍하니 바닥을 바라보던 설화가 짙은 한숨을 내쉬었다. 떨리는 입술이 바짝 말라 고운 혀로 입술을 잠시 축인 그녀가 문득 느껴지는 위화감에 고개를 들었다.

"어, 언제 들어왔어?"

태율은 문가에 기대어 그녀를 바라보고 있었다. 잘생긴 눈매 끝에 매달린 웃음이 설화의 얼굴을 붉게 만들었다.

"보고 있어도 또 보고 싶어져서 시선을 뗄 수가 없었어."

낯간지러운 말을 아무렇지 않게 뱉어내는 태율의 모습에 설화는 헛웃음을 삼켜야 했다. 그녀는 아직 어린 태율과 사내로서의 태율이 잘 적응되지 않았다.

"태자라더니, 한량이 다 되었네."

붉은 얼굴을 새침하게 돌린 설화의 곁에 태율이 다가왔다. 그녀 곁에 놓여 있는 의자에 엉덩이를 붙인 그가 탁상에 팔을 괴고 그녀의 얼굴을 가까이서 바라봤다.

"8년이 지났는데 어떻게 이렇게 어제 본 것처럼 똑같을 수 있지?"

"그, 그래?"

태율의 말에 당황한 설화가 그의 시선을 피했다. 그러자 태율이 그녀의 고개를 돌려 그를 마주 보게 했다.

"피하지 말라고 했잖아."

"알았으니까, 이 손 좀 놓아줘."

복숭앗빛으로 물든 뺨이 태율의 손을 피해 슬쩍 물러섰다. 그 모습에 태율이 입술을 삐죽였다. 뭐, 성급할 것은 없었다.

"이렇게 늦은 시간에 여인네 방에 막 들어와도 되는 거야? 태자라고 너무 안하무인인데, 너?"

"태자라서 그런 게 아니라, 낭군님이 될 사람이니까 그러는 거지."

"누, 누구 마음대로!"

화들짝 놀라 설화가 자리를 박차고 일어났다. 자꾸만 태율에게 휘말려 들어가는 것만 같아 도무지 적응이 되지 않았다. 훌쩍 커버린 그의 키처럼 그녀에게 다가오는 그의 걸음이 너무나 빨랐다. 다 커버린 사내로 다가오는 것과 귀여운 황자로서 다가오는 것과는 설화에게 너무나 큰 괴리가 있었다.

"나, 나는 아직 결정하지 않았다고!"

한 걸음 물러서는 설화의 모습에 태율이 자세를 비뚜름하게 잡아 앉았다. 조금은 반항적으로 한쪽 눈썹을 추켜세운 그가 설화를 지그시 바라봤다.

"설화."

"뭐, 뭐!"

방어하듯 팔짱을 낀 설화를 작게 뜬 눈으로 한참을 바라보던 태율이 불현듯 씩 웃음을 지었다. 그 엉뚱한 미소에 설화의 가슴이 철렁 내려앉았다.

"그래 봤자 소용없어. 너 나랑 옷 벗고 입 맞춘 것 잊은 거야? 이미 나에게 모든 것을 다 보여주었으면서 다른 사람에게 시집갈 수 있겠어?"

"…… 뭐?"

"넌 이제 다른 곳에 시집갈 수 없다고, 나 말고는."

자신 있게 말하며 고개를 끄덕이는 태율이 슬쩍 그녀를 흘겨보았다. 해사하게 웃는 태율의 얼굴 위로 승리의 기운이 만연했다. 그를 보는 설화의 얼굴에 황당함이 달처럼 떠올랐다. 차마 아니라고 할 수 없는 명백한 사실이었건만, 그렇다고 그냥 수긍하기에는 너무나 분한 그녀였다. 그런 그녀의 분하고 황당한 마음을 들여다봤는지 태율이 태연하게 그녀의 속을 다시 한 번 들쑤셨다.

"물에 흠뻑 젖어 옷이 착 달라붙은 채로 내 품에 안겨 들었으면서, 벌써 잊은 건 아니겠지? 그 상태에서 나랑 요, 요 입을 맞췄잖아."

"그건 태율, 네가!"

자신의 입술을 톡톡 치며 설화의 입술을 슬쩍 훔쳐보는 태율의 시선이 너무 적나라해 설화는 서둘러 손을 들어 제 입술을 가렸다. 8년 전, 황자가 아직 소년이었을 때의 일이었건만 그는 잊지도 않고 생생하게 기억하는 듯했다. 하긴 그가 어찌 잊을 수 있을까, 그 첫 연정의 입맞춤을. 그 떨리던 숨소리와 달큼한 향기를.

"그렇지, 내가. 너와 입 맞추고 끌어안았던 거지."

"언제 적 이야기를 하는 거야, 너."

설화가 지지 않겠다는 듯 입술을 깨물고 발뺌을 시도했다. 그러자 태율이 벌떡 일어나 그녀에게 다가왔다. 깜짝 놀란 설화가 그런 그의 발걸음을 피해 너른 방 안 여기저기로 내달렸다. 다 큰 성인 남녀가 달밤에 숨바꼭질이라도 하듯 방 안을 분주히 움직이고 있었다. 작은 몸을 이리저리 날래게 움직이며 그의 손을 피하는 설화에게 태율이 장난이라도 치듯 부러 그녀를 잡지 않고 구석으로 몰아갔다.

"저리 가. 더 다가오면 소리 지른다."

"소리를 왜 질러? 내가 뭐 나쁜 짓 했어?"

"그건 아니지만……. 그렇지만 막 약 올리고 있잖아, 지금."

"내가? 에이, 아냐. 난 네가 그때를 잘 기억하지 못하는 듯해서, 그래서 기억하게 도와주려는 거야."

능청스럽게 고개를 휘저은 태율이 슬쩍 그녀에게 다시 한 발자국 다가왔다. 방 한구석 모서리에 내몰린 그녀가 다가오는 태율을 피해 뒤로 물러섰다. 그러자 딱딱한 벽이 그녀를 막아섰다. 설화의 고운 얼굴 옆으로 달아오른 홍조가 피어올랐다.

"기억한다고, 기억해."

"정말?"

"응!"

뒤로 물러설 곳 없는 설화가 다급하게 고개를 끄덕였다. 태율의 입에서 흐응 하는 의심에 찬 소리가 흘러나왔다. 그녀를 가운데 두고 양옆으로 막혀 있는 벽을 든든한 배경으로 삼은 태율의 위세가 당당했다. 태율 특유의 당당한 기백과 장난기 어린 미소가 그녀를 가지고 놀 듯했다.

'얘가 왜 이래?'

마른침을 꿀꺽 삼킨 설화가 동그란 눈을 말똥말똥 뜨고 태율을 올려다봤다. 그녀보다 머리 하나가 훌쩍 커버린 사내의 모습이 그녀에게는 매우 위협적이었다. 설화는 정말 눈앞의 이 사내가 겨우 그녀의 어깨에나 오던 그 소년이 맞나 싶었다.

　'그래도 그땐 제법 귀여웠건만, 히잉.'

　"저, 저리 가."

　"알았어."

　"저리 가라니까."

　"알겠다니까?"

　등 뒤로 더듬더듬 벽을 짚어보던 설화가 울상을 지었다. 아무리 몸을 우겨넣어도 더 이상 갈 곳이 없었다. 그 모습을 여유롭게 바라보며 태율이 빙그레 웃음을 지었다.

　"다 도망간 거야?"

　"치사하게 여자를 벽에 밀어붙이네. 일국의 태자가 말이야."

　"밀어붙이다니. 네가 유인한 거 아니었어?"

　"말도 안 되는 소리!"

　"오라고 부추기는 것처럼 느껴졌는데, 난."

　"아냐! 절대! 그러니까 저리 가. 답답해."

　설화가 필사적으로 고개를 도리질했다. 그 혼신을 다

한 고갯짓을 보던 태율의 입가가 심술궂게 구겨졌다. 아무리 그래도 그렇지, 저렇게 머리가 떨어질 듯이 고개를 내젓다니. 어디선가 자꾸만 간지러운 심술이 일어났다. 불현듯 태율이 입술을 부드럽게 말아 올리더니 히죽 웃음을 흘렸다. 그 모습에 되레 깜짝 놀란 설화의 눈이 더 동그래졌다. 수상쩍은 느낌에 그녀의 심장이 살살 덜컹거리고 있었다.

아무 말도 없이 말가니 그녀를 내려다보던 태율이 천천히 아래로 손을 내렸다. 내려간 그의 손이 제 옷을 주섬주섬 풀어헤쳤다. 그의 손을 따라 설화의 눈이 정신없이 깜빡거렸다. 소리도 지르지 못하고 숨을 헉 하고 들이켜던 그녀가 허리춤에 걸린 실띠를 끌어내리는 태율의 손을 덥석 잡아당겼다.

"뭐, 뭐하는 짓이야!"

"내가 뭘?"

"왜 옷을 벗어?"

"왜 그럴 거 같아?"

"…… 뭐?"

"물어봤잖아, 왜 이러는 거 같냐고."

느릿하고 담담하게 물어오는 태율의 목소리에 설화가 한동안 답을 찾지 못했다. 바람 앞에 호롱불처럼 깜빡거리는 눈동자가 울상이 되어 태율을 바라봤다.

'심술궂고 못됐다.'

오랜만에 봤다면서 자꾸 그녀를 괴롭히는 것만 같았다. 어딘지 모르게 분하고 약이 오른 마음에 설화가 빽 소리를 질렀다.

"네가 못돼서! 언제 이렇게 못돼진 거야? 저리 가!"

설화가 잡혀 있던 손을 냉큼 빼내고는 태율의 가슴을 밀었다. 마구 그를 밀쳐내던 설화가 망부석처럼 움직이지 않는 태율을 매서운 눈으로 노려봤다. 그래 봤자 워낙 순한 눈망울이어서 무서워 보이지 않았다. 짐짓 놀란 듯 그녀를 바라보던 태율이 그를 퍽퍽 내려치는 설화의 손을 잡았다.

"아야, 아파. 아파."

"거짓말! 하나도 안 아파 보이는구먼!"

"아파, 아파. 그만! 미안해!"

어느새 다시 예의 소년 같은 눈망울로 웃음 지으며 태율이 항복을 외쳤다. 그러자 씩씩거리던 설화도 그를 밀쳐내던 손을 내렸다. 킥킥 웃음을 흘리던 태율이 점차 내려가는 그녀의 눈꼬리를 보며 허리춤에 헐렁하게 흘러내리고 있는 실띠를 홀렁 풀어버렸다.

"너, 또!"

"아냐, 아냐! 잠깐만. 이거 몰라? 기억 안 나?"

"…… 어?"

"이거, 네가 나 사준 거. 기억 안 나?"

태율이 짐짓 서운하다는 듯이 말했다. 그러고는 허리에 찼던 푸른 실띠를 재빨리 설화의 눈앞으로 가져갔다. 끝으로 갈수록 푸른빛이 강해지는 익숙한 모양의 실띠가 설화의 눈앞에서 대롱거리고 있었다. 불현듯 설화의 눈이 함지박만 하게 커졌다.

"어, 이거!"

설화가 사준 그 푸른 실띠였다. 그녀의 기억에는 그 실띠를 사준 지 오래되지 않았건만 그것은 어느새 끝이 조금 헤지고 푸른 물이 빠져 있었다. 그것도 여러 번 물을 다시 먹이고, 아끼고 아껴 사용한 태율이었기에 제 모양을 겨우 간직하고 있었던 것이지만.

"이거 풀어주려고 그런 거였는데……. 무슨 생각을 했던 거야?"

"아, 아하하. 그랬어?"

어쩐지 멋쩍은 기분에 설화가 입술을 깨물고는 고개를 떨어트렸다. 그녀의 머리 위로 비죽비죽 웃는 태율의 웃음이 보이는 것만 같았다. 화끈거리는 열기가 볼 위로 순식간에 번졌다. 아무리 생각해도 태율이 그녀를 가지고 장난을 친 것 같은데 도무지 잘 빠져나갈 궁리가 생각나지 않았다.

"자, 이거 잘 봐봐."

히죽히죽 그녀를 보며 웃고 있을 줄 알았는데, 머리 위에서 들려오는 태율의 목소리가 제법 진지했다. 슬그머니 고개를 든 그녀의 눈앞에 다시 다정하고 부드러운 눈빛으로 그녀를 내려다보는 태율이 보였다. 그가 손에 들고 있던 실띠를 그녀의 손 위에 가지런히 내려줬다.

"정말 아껴 쓰려고 했는데 그게 마음처럼 쉽지 않더라고. 자꾸만 손이 가고, 그리울 때마다 꺼내보고 만져보고. 그러다 보니 이렇게 헤져버렸어. 더 아끼고 싶었는데, 그리움을 당해낼 수가 없더라고……. 이거 봐봐. 끝이 이렇게 다 풀려버렸어. 아깝고 속상해 죽겠어."

그녀를 구석에 몰아넣고 조곤조곤 속삭이듯 이야기를 꺼내는 태율의 목소리가 설화의 귀에 부드럽게 감겨들었다. 정말로 속이 상하다는 듯 헤진 끝을 한참이나 쓰다듬던 그가 망설이듯 다시 입을 열었다.

"황후화를 주는 것이 아까운 게 아니야. 너에게 주는 것은 무엇도 아깝지 않아. 다만 네가 나의 옆에 있어주었으면 해서, 그래서……. 만약 정말로 네가 나에게 오는 것이 힘들다면, 그것이 어쩔 수 없다면, 그렇다면

3년, 아니 1년만이라도 내 곁에 있어줘. 그러고 나서 도저히 안 되겠다 싶으면 떠나도 돼. 남은 모든 것은 내가 책임질 테니. 나에게 기회를 줘. 네가 없는 사이 너에게 주려고 했던 많은 것들을 쌓아놨는데, 그것들을 너에게 보여주지도 못한다면 나는 도무지 살아갈 힘이 나지 않을 것 같아."

진지한 목소리로 말하는 태율의 눈동자가 그녀를 내려다봤다. 두 사람의 눈동자는 그렇게 한참 동안 허공에서 얽혀 있었다. 설화의 가슴 안에 수없이 쌓인 깃털들이 요동치는 것 같았다. 가슴속이 간지러우면서 보들보들한 기분이었다. 사람의 속마음을 들여다볼 수 있다던 심안경心眼鏡이 없더라도 그의 진심이 그녀의 눈에 훤히 보이는 것 같았다.

"율아……."

"진심이야. 나 억지로 너를 데려가기는 싫어. 그러니까, 네가 나에게 스스로 왔으면 좋겠어. 내일 아침 가지러 올게, 이거."

태율이 자신의 손으로 그녀의 손에 들린 실띠를 꼭 쥐여주었다. 설화의 손에 따스한 실띠가 들어왔다. 손등에는 태율의 체온이 그녀의 손을 감싸 쥐고 있었다.

"내일 네가 다시 나에게 줬으면 좋겠어."

태율을 멍하니 올려다보던 설화의 눈꺼풀 위로 태율의 입술이 내려왔다. 깃털보다 부드럽게 닿았다가 멀어지는 그 입술의 감촉에 놀랄 새도 없이 그가 그녀에게서 멀어졌다. 설화의 눈자위가 불에 덴 듯 화끈거렸다.

"잘 자, 내일 아침에 봐."

그녀에게서 멀어진 태율이 순순히 인사하고 그녀의 방을 나섰다. 남겨진 설화의 눈동자는 아직 멍했다. 태율의 멀어지는 발걸음이 산뜻했다. 한참을 그가 사라진 방향을 바라보고 있던 설화가 화들짝 놀라 양 볼을 찰싹찰싹 때렸다.

"수, 수컷 여우다."

혼자 남아 있던 설화가 저도 모르게 중얼거렸다.

8년 전.

태사 윤원각은 황후의 부름을 받고 급히 황산의 별궁
으로 길을 내달렸다. 그 누구도 아닌 황후의 부름이었기
에 윤 태사의 발걸음은 더욱 조심스러웠다. 황후는 은밀
히 별궁을 다녀왔으면 좋겠다고 했다. 태사가 알기로 지
금 황산의 별궁에는 황자가 기거하고 있었다. 윤 태사의
눈에 의문의 빛이 일렁거렸다.

윤 태사는 별궁으로 들어서는 사리문을 뛸 듯이 건너
들어갔다. 그런 그를 기다리고 있던 황자의 호위 무사
휼이 재빨리 그를 인도했다. 두 사람은 말도 없이 별궁

의 작은 뜰로 들어섰다. 뜰에는 태사의 눈에 익숙한 작은 정자 하나가 있었다. 황제의 봉황정의 모습과 꼭 닮은 그곳으로 흄이 태사를 인도했다.

"황자 전하."

그곳에서 그를 기다리고 있는 이는 황자였다. 태사는 어쩐지 의외라는 기분이 들었다. 황자는 뒤돌아서서 연못을 바라보고 있었다. 수면 위로 뻐끔뻐끔 고개를 내미는 비단잉어들을 바라보고 있었다. 그런 황자의 뒷모습을 바라보던 윤원각은 문득 이상한 기분이 들었다. 분명 황자가 맞건만, 그가 알던 황자가 아닌 것만 같았다.

'뭐가 달라졌지?'

생각에 잠기려던 찰나 황자의 입이 열렸다.

"어렸을 적, 내가 병상에 시름시름 앓고 있을 때면 어마마마께서 밤새도록 곁을 지켜주었네."

"……"

갑자기 들려오는 황자의 이야기에 윤 태사는 생각을 멈추고 귀를 기울였다. 황자의 목소리는 평온하게 이어졌다.

"하도 어릴 때라 기억이 가물가물하지만서도, 그래도 어렴풋이 기억에 남는 게 있네. 겨우 서너 살 되었을 때였던가……. 그날 밤도 열이 끓어올라 눈이 뱅뱅 돌더군. 아프다는 생각조차 들지 않았어. 그렇게 그냥 멍하던 머리에 어마마마의 옥음이 들려왔지. 정신이 까무룩 스러질라 치면 어김없이 내 손을 잡아주시고 두런두런 이야기를 풀어내셨네. 그것은 어마마마의 어렸을 적 이 야기였어. 그저 궁 밖의 귀한 집 여식이던, 모란 황후가 아닌 선우모란의 이야기를 말이야."

선우모란.

윤원각의 마음에 조용한 파문이 일었다. 꽤나 오래 듣 지 못한, 불러보지 못한 이름이었다. 감히 입에 담을 수 없고, 가슴에 묻어놓을 수밖에 없어 기어이 잊으려고 했 던 이름. 그러나 잊을 수가 없던 그 아름다운 화명花名. 어 째서 황자의 입에서 저 이름이 나오는 것인지 윤 태사의 마음이 불안하게 떨렸다. 하지만 능숙한 정치인인 그는 표정을 쉬이 드러내지 않았다. 그저 처음과 같은 그 얼 굴 그대로 황자의 말에 귀를 기울였다.

"어마마마는 내가 기억하고 있을 줄 모르실 거야. 그 러니 그렇게 이야기를 풀어주셨겠지. 선우모란일 적 어 마마마는 항상 즐거웠다고 했어. 하루가 어찌 지나가는 지도 모를 정도로 즐겁고 기쁜 날들이었다고 말이야. 그 리고 웃으며 말씀하셨지. 본인은 본래 혼인을 약속한 이 가 있었다고 말이야. 감이 먹고 싶다 말하면 손수 감나 무에 올라가 감을 따주고, 절벽 위에 꽃이 어여쁘다 말하면 허리에 동아줄 꽁꽁 묶어 꽃을 따주던 다정한 정혼자가 있었다고 어머마마는 웃으며 말했네. 밤마다 아픈 자식을 돌보시며 답답한 속내 풀길이 없으셨는지, 황후마마께서 새벽이면 즐거웠던 그날의 이야기를 조곤조곤 풀어내곤 하셨어."

나지막하게 울려 퍼지는 황자의 목소리가 깊어질수록 윤원각의 가슴에 아련한 아픔이 올라왔다. 철면처럼 딱딱하게 굳어 있는 윤 태사의 얼굴에서 차마 숨기지 못한 눈빛만 애달프게 흔들렸다. 먹먹해지는 옛 기억이 그의 가슴을 치고 올라오려고 했다. 그토록 깊이 묻어두었던 아픔이 황자의 목소리를 통해 깨어나고 있었다.

"윤 태사."

마침내 황자가 뒤를 돌아보았다. 해서는 안 될 이야기를, 어미의 과거를 이야기하는 것 치고 황자의 입매는 단정했다. 그리고 그런 황자를 바라보는 윤원각은 놀라운 마음을 삼켜야 했다. 달라진 황자의 외양도 그렇거니와 그가 생각했던 것보다 훨씬 단단해 보이는 황자의 눈빛에 윤원각의 심중이 복잡하게 얽혔다.

"흉중생진胸中生塵이라. 가슴에 먼지가 쌓이듯 만나지 못하는 사람을 오래도록 생각하고 또 생각하는 그리움이라고 하지. 어마마마께서는 그 고운 가슴에 얼마나 많은 먼지를 쌓아놓고 계셨을꼬."

'나에게 이런 이야기를 하는 연유가 무엇일까? 혹여, 황자 전하께서는 이미 알고 계셨던 것인가?'

윤 태사는 갑작스러운 황자의 말에 머리가 복잡해졌다. 그와 동시에 그의 마음도 더욱 먹먹해졌다. 한 번도 들어본 적 없는 이야기였다. 한 번도 티를 내지 않았기에, 여려 보이지만 심지가 굳은 여인이었기에 그는 그 고운 마음을 한 번도 들여다보지 못했다. 자신 따위는 순식간에 지워버린 줄 알았건만…….

"나는 그리 살고 싶지 않네."

날카로운 황자의 말이 윤 태사의 마음에 파고들었다. 어린 줄만 알았던 황자의 눈이 차분하게 윤 태사를 바라봤다.

"나는 이제 살아보기로, 살기로 마음먹었어. 비참하게 삶을 구걸하고 휘둘리는 황자의 삶이 아니라 내 의지로, 내 손으로 그리는 삶을 살기로 마음먹었어."

말을 마친 황자가 한 걸음 앞으로 걸어 나왔다. 황자와 윤 태사의 거리가 가까워졌다. 가까워질수록 윤 태사는 황자의 눈동자가 또렷하게 보였다.

"그래서 나는 지금 윤 태사 당신의 도움이 필요해."

황자가 다시 한 번 한 발자국 앞으로 다가왔다. 태사의 지척으로 황자가 우뚝 멈춰 섰다. 아직은 윤 태사보다 조금 작은 황자가 뻣뻣하게 고개를 들어 그를 올려다봤다.

"그리고 나는 그대가 나를 도와줄 것이라 믿네."

총명한 황자의 눈에 반짝 별이 떴다. 꼿꼿한 자세로 태사를 마주한 황자가 빙그레 웃음을 지었다. 그리고 그 순간 태사는 고개를 숙여 황자를 향해 다시 한 번 예를 갖췄다. 고개 너머로 윤 태사의 대답이 황자에게 전해졌다. 그리고 닷새 후, 윤 태사에게 얼굴도 모르는 귀한 따님이 하나 생겼다.

"윤 태사님, 시간이 되었습니다."

황산의 별궁 하림궁河臨宮 뜰 안의 작은 봉황정 기둥을 슬며시 쓰다듬어보던 윤원각이 과거의 편린에 사로잡혀 있던 정신을 불러 세웠다. 8년 전 이곳에서 그를 붙잡았던 황자의 모습이 눈앞을 스쳐 지나갔다.

"그래, 아가씨께서는 내려오셨는가?"

윤 태사의 말에 홀이 고개를 끄덕이며 길을 터주었다.

"예, 이미 태자 전하께서 사리문 안에서 대동하고 계십니다. 가시지요."

"알겠네."

고개를 끄덕인 윤 태사가 다시 한 번 힐끔 뒤를 돌아

보았다. 눈에 감겨오는 작은 봉황정의 모습이 햇살을 받아 반짝였다. 황궁의 봉황정과 다를 바 없는 정자였건만 어쩐지 새로워 보였다. 그 정자를 남겨두고 뒤돌아선 윤태사가 피식 웃음을 흘렸다.

'그래, 새로운 봉황이 날아오를 때가 되었구나.'

녹음이 우거진 뜰을 나서는 태사 윤원각의 발걸음에 새삼 힘이 실렸다.

*

태율이 건네준 실띠를 품에 안고 설화는 밤새 잠자리를 뒤척였다. 이대로 태율을 따라 입궁한다면 분명 설화는 태자비로 가례를 올려야 할 것이었다. 아무리 인간계에서 올리는 가짜 혼례라고는 하지만 혼례는 혼례였다. 이를 무턱대고 혼자 결정해도 될는지 망설여졌다. 끙끙거리며 침상 위를 마구 굴러다니던 설화는 아침 해가 어스름하게 떠오를 때까지 마음의 갈피를 잡지 못했다. 밤을 하얗게 새우고 난 후라 눈이 퀭하고 머리가 욱신거렸다. 청량한 새벽 공기라도 쐬며 머리를 식혀볼까 싶어 설화는 결국 침상을 털고 일어났다.

아직은 쌀쌀하겠지 싶어 조심스럽게 문을 열어 바깥

으로 나오던 설화가 우뚝 자리에 멈춰 섰다. 놀라 벌어진 입에서 당황스러운 비명이 터져 나왔다.

"어?"

그녀의 방문 앞으로 아(亞) 자 난간에 기대어 앉은 익숙한 뒷모습이 보였다. 어스름한 새벽빛에도 멀끔하고 늠름한 뒤태였다. 문이 열리는 소리를 들었는지 힐끔 뒤를 돌아본 이가 가볍게 손을 들었다.

"일찍 일어났네?"

그녀만큼이나 잠을 자지 못한 듯 조금 피곤한 눈으로 태율이 그곳에서 그녀를 향해 웃음 지었다. 불현듯 설화의 마음에 파장이 일어났다. 그를 보는 그녀의 머릿속으로 커다란 망치가 쿵 하고 내려왔다.

'가야겠다.'

바로 그때, 조금 피곤한 듯 손을 들어 머리를 쓸어 올리는 태율의 머쓱한 미소가 그녀의 눈에 들어왔다. 설화의 마음이 박하처럼 청량해졌다.

태율의 얼굴 위에 걸린 초췌한 미소를 보며 설화는 비로소 그를 따라가야겠다 마음먹었다. 밤이 새도록 그녀의 마음을 괴롭히던 희뿌연 고민이 그의 머쓱한 미소 앞에 투명하게 걷혀버렸다. 곧이어 태율의 미소를 따라 설화의 얼굴에도 쑥스럽고 따뜻한 미소가 피어올랐다.

"아니! 어찌 저도 없는 사이에 결정하신 거예요?"

산길을 내려오는 내내 설화의 옆에 붙어 요랑이 잔소리 같지 않은 잔소리를 해댔다. 월하에게 다녀와달라는 함의 청을 듣고 그녀에게 다녀온 반나절 사이에 요망한 황자가 저택에 들어와 있었다. 요랑의 동그란 머리 위로 씩씩거리는 김이 올라왔다.

'뭐? 입궁을 해? 태자비로 들여? 어디 날치기같이 설화 아가씨를 채가려 하는지!'

"여전히 너는 참으로 시끄럽게 짖어대는구나."

"뭐야! 이 키만 큰 게 어디서!

엇비슷하게 컸던 지난날과는 달리 이제는 요랑의 두 배만 해진 태율이 얄밉게 눈초리를 휘었다. 설화의 옆으로 날래게 붙어서는 잔소리를 늘어놓는 요랑의 마음을 마구 들쑤셔놓았다. 두 수컷의 시끄러운 왈왈거림에 설화가 고개를 내젓고는 걸음을 빨리했다. 하지만 설화의 걸음이 빨라지면 빨라지는 대로 둘은 재빨리 그녀 옆으로 붙어 섰다. 전에는 애들 둘이 싸우나 싶었지만 지금은 애, 어른 할 것 없이 투닥거리는 것에 설화의 입에서 끙 소리가 흘러나왔다.

"그런데 너는 어찌 하나도 안 컸을꼬? 너 혹시 아예 안 크는 것이냐?"

태율이 요랑의 키가 닿는 자신의 가슴께 부근을 톡톡 치며 그를 위아래로 훑어보았다. 그 얄미운 눈길에 요랑이 볼을 잔뜩 부풀리며 태율을 노려봤다. 각성 시기가 와야 크는 늑대족이었다. 요랑은 아직 각성기까지 50년이 남아 있었다.

"네놈이 알 바 아니야!"

"흐음, 그래? 좋겠다. 너는 늙지 않나 보구나."

"나도 늙어!"

"아, 그러면 애늙은이가 되는 건가?"

저가 말해놓고도 웃긴지 낄낄 웃던 태율이 서슬 퍼런 설화의 눈을 보고 재깍 웃음을 멈췄다. 휘파람을 불며 어디까지 왔나 능청을 부리던 그가 저 멀리 보이는 하림성의 모습에 요란스럽게 환호성을 내질렀다.

"다 왔다!"

그의 외침에 설화도 앞을 내다봤다. 저 멀리 사람들의 행렬이 보였다. 태율보다 하루 늦게 도착한 태자비 환궁 행렬이었다. 그를 보고 있던 설화가 슬며시 떨리는 한숨을 머금었다. 저도 모르게 입 밖으로 새어 나온 한숨 소리를 들었는지 그녀 곁에서 걷던 태율이 슬그머니 손을 잡았다. 힐끔 돌아본 태율의 얼굴에 믿음직스러운 미소가 걸려 있었다.

"내 지켜줄 것이야. 걱정하지 마. 내가 지켜줄 것이야."

"우선 1년만 있어보는 거라니까."

"그래그래. 얼마나 곁에 있든 내가 지켜줄게."

"치이."

눈을 흘기던 설화도 태율을 따라 떨리는 미소를 지어
보였다.

'그래, 우선 1년만……. 잠시만 있어보자. 어차피 돌아
가야 할 것이라면, 태율이 그리해도 된다고 말한다면,
그렇다면……. 그의 곁에 있어보자.'

설화의 눈에 굳은 빛이 반짝였다.

*

참으로 오래간만에 황후의 뜰인 접몽원蝶夢園에 분내가
진동했다. 꽃의 향내를 내쫓을 만큼 진한 분내와 사향
냄새에 꽃을 찾아 날아들던 나비들조차 그 모습을 감추게
했다. 후원의 가운데로 높이 솟은 빨간 팔각정 안으로
황후와 열두 황비들이 모여 있었다. 그중 가장 상석에
모란 황후가 자리하고 있었고, 열두 황비들이 그녀 주변
으로 동그랗게 모여 있었다.

"이곳은 여전히 아름답습니다, 황후 마마."

"황제 폐하께서 직접 내려주신 후원이니 어련하겠습니까."

"나비의 꿈이라니요. 어쩜 그리 근사한 명을 하사해주셨는지……."

"황상께서는 자주 들르시는지요?"

고고히 자리하고 앉은 황후의 입은 조용하건만, 그녀를 둘러싼 황비들의 입은 날아간 나비만큼이나 부산스러웠다. 개중 여섯번째 황비 연화蓮花가 모란 황후를 향해 묻자 뜨거운 칡차의 향을 즐기고 있던 황후가 입을 열었다.

"나랏일로 바쁘신 황제 폐하십니다. 그저 마음 쉴 곳 찾으실 때 드문드문 발걸음 하시지요."

황후의 말을 듣고 있던 제2황비이자 귀비인 인향茵馫은 속으로 가만히 코웃음을 쳤다.

'드문드문이라고? 황상께서는 사흘이 멀다 하고 이곳을 들른다 하셨다. 황상의 발걸음만 주시하는 황비들이 그것을 모를 리 없건만, 황후는 그것을 드문드문이라 말했다. 허면, 황실 행사 때가 아니면 용안을 뵙기 힘든 수많은 후궁들은 그것을 어찌 표현해야 하나?'

모란 황후를 보는 인향이 비뚜름한 비소를 지었다.

"그러고 보니……."

문득 제4황비 요운妖雲 귀비가 입을 열었다. 그리 화려한 인물은 아니었으나 은근히 황상의 총애를 받고 있는 이였다. 거기에 묘하게 모란 황후를 닮은 분위기 탓에 황비들은 어쩐지 요운을 어려워했다. 요운이 입을 열자 뭇 황비들의 시선이 그녀에게 쏠렸다. 요운은 단정한 미소를 입가에 매달고 평온하게 말했다.

"내일이면 윤원각 태사님의 여식이 황궁으로 들어온다지요?"

"아아!"

요운의 말이 끝나자 황비들이 앞다투어 웅성거리기 시작했다. 그 웅성거림 사이에서 모란 황후가 묘한 눈으로 요운을 바라봤다. 그런 황후의 시선을 마주하며 요운이 빙그레 순한 웃음을 보였다.

"드디어 뵙겠군요."

"어머나! 설레라."

"황후 마마 감축드리옵니다."

윤 태사의 여식이 누구던가. 바로 황태자 태율의 정혼녀였다. 그러면서 한 번도 황궁에 모습을 드러낸 적 없는 여인이었다. 제법 나이가 찬 황태자였지만 어쩐 일인지 가례를 차일피일 미루더니, 며칠 전 문득 가례를 올려야겠다며 황제 폐하를 알현했다. 사실 늦어도 한참 늦은 나이였다. 하지만 황태자는 윤 태사의 여식이 몸이 약하다는 핑계를 대며 가례를 미루기만 했다. 그렇다고 다른 여인과는 추호도 혼례를 올릴 생각이 없다 하니 그 고집스러운 지고지순함을 황제가 후하게 봐준 것이었다.

"예, 저도 귀한 며늘아기님 얼굴을 드디어 보겠다 싶어 마음이 들떠 있습니다."

순한 황후의 말에 황비들도 모두 같이 호호 웃음을 흘렸다. 하지만 개중에 웃지 않는 인물이 한 명 있었으니, 바로 인향비였다. 웃음이 터진 그 가운데 그녀의 한쪽 눈썹이 슬쩍 치켜 올라갔다.

"정말 귀하디귀하신 분 아닙니까? 몸이 약하면 황실에 들어온다는 것이 언감생심이거늘. 황태자님의 사랑을 어찌나 듬뿍 받았는지 그 몸이 성할 때까지 이리 기다려 주신 것 아닙니까? 거기에 간택도 없이 바로 궁으로 들이다니요. 참으로 대단하신 분입니다. 황실 어른들이 모두 그 귀한 태자비님 뵙자고 이리 기다리고 있으니……. 황상 옥안 뵙는 것보다 황태자비 고운 얼굴 보는 게 더 힘든 것 같습니다."

다분히 날이 선 음성이었다. 인향비의 말이 끝나자 후비들은 모두 입을 다물었다. 분위기가 심상치 않았다. 겉으로 드러난 황궁의 세력들이 정치판에서 칼을 휘두르고 있다면 황궁 안으로는 꽃들의 전쟁이 한창이었다. 2년 전 태후 마마께서 붕어崩御하사, 내명부의 총체적 권력이 황후에게 쏠렸다. 이에 황후 모란과 황제의 총애를 받는 제2황비 인향 귀비와의 득세 싸움이 치열해졌다. 화려하고 표독스러운, 태보를 아비로 둔 인향 귀비의 경우 모란 황후에게 눈에 보일 정도로 적개심을 드러내곤 했다. 몸이 약했던 태율 태자가 그렇게 강건해지지 않았더라면 암묵적으로 인향비의 황자인 소지 황자가 황태자가 되었을 것이다. 태율이 제1황자이고 총명하기는 했지만, 제2황자인 소지 황자는 태율보다 훨씬 강건하고 그에 못지않게 총명하기도 했다. 헌데 태율 태자가 어느 날 갑자기 씻은 듯이 몸이 나아진 것이었다. 그날 이후로 몇 년을 인향비는 분함에 잠을 이루지도 못했다.

"예, 귀하고 고운 태자비지요. 어찌 어린 인연에 만나 그리 은애하는 마음이 깊어지셨는지 저도 깜짝 놀랐습니다. 거기에 약한 몸으로는 황궁에 들어오기 어렵다며 스스로 강인해지시고 입궁하다니, 어쩜 그렇게 태자와 똑같은지. 둘이 인연은 인연인가 봅니다."

인향비의 날카로운 말에도 모란 황후는 순히 웃으며 의연하게 대답했다. 그 속에 끼워둔 태율의 말에 인향비의 눈이 다시 구겨졌다. 어찌 순순히 죽지 않고 살아나

서 이리 사람 속을 뒤집어놓는지. 태자나 이제 들어온다
는 태자비나 모두 눈에 낀 먼지처럼 거슬렸다.

"황산에 숨겨둔 보물이라도 있으신 모양입니다! 어찌
모두 황산만 다녀오면 그리 강건해지시는지, 원."

"황산이 황국의 보물 아닙니까? 태자와 태자비 모두
황국의 사랑을 받나 봅니다."

한마디도 지지 않았다. 인향비의 눈에서 불꽃이 튀었
다. 막 그녀의 입에서 독한 말 한마디가 튀어나오려고
할 때 요운 귀비가 그들을 막아섰다.

"윤 태사의 여식이 궁에 들어온다 하더라도, 아직 태
자비라 말하기는 이르지 않습니까? 가례를 올리기 전까
지 별궁에 납채도 올려야 하고, 혼례 의식도 만만치 않
으니 참으로 내명부가 오래간만에 바빠지겠습니다."

살풋 웃으며 말하는 요운의 말에 황후가 조용히 고개
를 끄덕였다. 그 두 사람 사이에 낀 인향비의 눈이 사나
워졌다. 매서운 눈빛에 요운이 눈웃음을 흘렸다. 속을
알 수 없는 여인이었다. 그녀는 황후의 편에도, 그렇다
고 인향비의 편에도 들지 않았다. 그러면서 황제의 은근
한 총애를 받고 있었다. 어찌 된 일인지 여기저기에 끼
지 않으면서도 그 세력이 만만찮았다.

"후비들이 모두 잘 이끌어주세요. 비들이 있어 내 얼

마나 속이 든든하지 모르겠습니다."

황후는 인향 귀비, 요운 귀비 그리고 나머지 비들에게
도 골고루 시선을 나누며 강인하게 말했다. 약하지만 강
한 것이 어머니였다. 순하고 여려 보이는 황후였지만,
항상 조용하게 강한 것도 황후였다. 표독한 인향비의 견
제와 공격도 저 순한 얼굴로 모두 무난하게 넘겨온 여인
이었다. 비들은 가만히 고개를 조아리며 그들이 맞을 새
로운 꽃을 기대했다. 내일이면, 태자비가 입궁한다.

"들어가도 되겠습니까?"

"예, 들어오세요."

덩그러니 방 안에 남아 있던 설화가 깜짝 놀라 대답했
다. 나무 문이 열리는 조용한 소리와 함께 태사 윤원각
이 모습을 드러냈다.

"어찌, 자리는 편하신지요?"

허허 웃으며 들어선 그는 설화가 멍하니 앉아 있던 맞
은편에 앉았다. 그의 스스럼없고 편안한 웃음에 설화도
말가니 웃으며 고개를 끄덕였다. 요랑은 한참 전에 밖을
둘러보고 온다 해놓고 아직까지 소식이 없었다.

"내일이면 궁으로 들어가셔야 합니다. 긴장되시지요?"

태사의 말에 설화의 동그란 눈이 슬쩍 떨렸다. 이미 사

홀 전에 수도 단하에 당도했다. 태율은 먼저 입궁하여 설화를 맞을 준비를 한다고 했다. 그녀는 홀로 남아 윤태사의 자택으로 들어오게 됐는데, 그날로부터 입궁하기 전까지 주의 사항들을 교육받고 있었다.

"제가 잘할 수 있을지 모르겠습니다, 태사님. 아니 아버님."

아직도 조금은 어색한 말에 설화의 입이 오물오물 잘 움직이지 않았다. 그를 보며 태사가 빙그레 미소 지었다. 아비가 있는데 다른 이에게 아비라 불러야 하는 것이 잘 되지 않는다 말하던 그녀였다. 그 마음을 잘 알기에 태사는 크게 속상해하지도, 불쾌해하지도 않았다. 다만 걱정이 되었을 뿐이다.

"황실 안에서는 주의해주십시오. 혹여 책이라도 잡힐까 봐 걱정이 되는군요."

"예, 꼭 주의하겠습니다."

"가례는 대략 보름 정도의 시간이 소요됩니다. 그동안 별궁에서 기거하게 되실 것이고요. 혼례 의식이 있기 전까지 많이 힘드실 것입니다. 하지만 마마님께서 잘하시리라 저는 믿습니다."

"벌써 수차례 하신 말씀이십니다."

수십 번도 더 한 이야기를 태사는 다시 또 이야기했다.

자꾸만 되새겨주는 그의 마음이 느껴져 설화는 말간이 웃음만 터트렸다. 고단하긴 하지만 자신이 선택한 일이었다. 불평, 불만을 터트릴 생각은 없었다. 그 웃음을 보며 윤 태사가 머쓱하게 웃음을 지었다.

"태자님께서 많이도 급하셨나 봅니다."

"예?"

"다음 달이면 여국黎國에서 사신단이 옵니다. 평소 같았으면 이런 바쁜 시기에는 가례를 올리지 않습니다. 하지만 한시가 급한지 간택이고 뭐고 다 생략하시고 태자님께서 혼례를 속행하신 것이지요."

"어머, 그건 몰랐습니다."

정말 깜짝 놀랐는지 설화가 입을 가리며 눈을 동그랗게 떴다.

'어쩐지 황태자의 혼례인데도 번갯불에 콩 구워 먹듯 빠르게 진행된다 했더니만. 하여튼 성격 참 급해.'

태율의 모습이 떠오르니 설화의 눈에 웃음이 서렸다.

"해서 정비인 마마님만 들어가시게 된 게지요. 본래 삼간택에서 간택되지 못한 두 태자비가 후비나 빈으로 책봉되기 마련인데요."

"흐음."

'후비라.'

태율의 옆에 다른 여자가 서 있을 상상을 하니 설화의 입이 썼다. 그러면서 1년 후에는 저도 그의 옆자리에 있을지 없을지 확신하지 못하니……. 설화의 입이 이래저래 더욱 써졌다. 그 불편한 눈동자를 읽은 것인지 태사가 웃으며 말을 덧붙였다.

"헌데 아무리 봐도 태자님께서 다른 비를 들일 것 같지 않습니다. 아기씨만 순산하신다면 태자님의 옆은 온전히 마마님의 것이 될 것입니다."

"아, 아기씨라니요?"

생각지도 못한 단어에 설화의 볼이 붉게 달아올랐다.

'아기씨라니……. 설마.'

설화의 얼굴에 제법 심각한 빛이 서렸다. 그러고 보니 가례를 올리면 초야를 치러야 했다. 혼인한 부부가 피해 갈 수 없는 바로 그 초야. 합궁, 동침, 동뢰. 새벽닭!

'아아, 이를 어째!'

둥실둥실 떠오르는 단어들이 설화의 심장을 마구 두드려댔다.

'진짜 이를 어쩌면 좋아?'

설화의 얼굴색이 시간이 지날수록 더욱 짙어졌다.

새삼 얼굴을 붉히며 당황스러워하는 설화의 모습을 태사는 흐뭇하게 바라봤다. 언제 봐도 젊고 어린 연인들은 사랑스러웠다. 그것도 제 딸이라 생각하니 묘하게 더 마음이 짠하고 흐뭇했다. 아무리 의붓딸이고 만난 지 얼마 되지 않았다 하지만 정말 그의 마음이 그리 설레고 흐뭇했다. 이상한 일이었다.

"걱정하지 마십시오. 태자님께서 어련히 잘 준비하셨을 것입니다."

조금은 짓궂은 태사의 말에 설화가 크흠흠 헛기침을 하며 손부채질을 했다.

"그, 그, 그렇겠죠."

"하하! 이거 아비로서 조금 서운한 마음이 드네요. 자, 그럼 저는 내일 아침에 다시 오겠습니다. 내일은 분주할 터이니 어서 주무시죠."

"예? 아, 예."

자리를 뜨는 태사의 모습을 바라보던 설화는 그가 완전히 방을 나서자 서둘러 닫힌 창을 활짝 열었다. 조금 선선한 바람이 그녀의 볼을 스쳐 지나갔다. 하지만 그 위에 핀 열기는 앗아가지 못했다.

"아아! 어떡해!"

설화는 분주히 방 안을 오가기 시작했다. 고운 손톱을 입에 가져가 슬쩍 깨물어보기도 했다. 초조할 때면 나오는 나쁜 습관이었다.

'피해갈 수 없을까? 아니, 태율이가 피한다고 피해갈 수 있는 이던가?'

수컷 여우 같은 태율의 얼굴이 떠올랐다. 능청스러운 그의 웃음이 떠오르자 설화가 덜컥 머리를 싸매고 발을 동동 굴렀다.

"진짜 어떡하지?"

설화는 가례 날이 점점 무서워졌다.

*

태율은 침상에서 한참을 뒤척였다. 그의 몽롱한 머리가 몽환과 현실의 사이를 오가고 있는 듯 아찔했다. 익숙한 도화桃花 향이 그의 발길을 잡아끌었다. 하늘은 파랗고 또한 뿌옜다. 분명 그는 침상 위에 있었는데 어느새 두 다리가 하얀 구름을 밟고 있었다.

'꿈인가?'

발걸음이 느껴지지 않을 정도로 바닥이 부드러웠다. 태율은 가만히 서서 주변을 둘러봤다. 아무것도 없었다. 하지만 모든 것이 다 있는 장소였다. 이쪽으로 고개를 돌리면 녹음이 우거진 명산대천名山大川이 한눈에 들어왔다. 또 저쪽으로 고개를 돌리면 끝이 보이지 않는 바닷길이 황망히 펼쳐져 있었다. 다시 고개를 돌리면 타는 듯한 황혼 빛을 머금은 황국 단하의 모습이 한눈에 들어왔다.

세상만사가 한 장소에 다 들어 있었다. 태율은 하늘의 지존이 계신다는 백옥경白玉京이 여기가 아닐까 싶었다. 감탄에 감탄을 금치 못하는 태율의 눈에 고귀한 뒷모습이 들어왔다. 뭉글뭉글 구름 끝에서 무엇인가를 내려다보는 태산 같은 뒷모습에서 존귀한 기백이 느껴졌다. 50보는 떨어져 있는 듯이 보였건만 눈을 깜빡이는 사이 어느새 태율은 그 곁에 서 있었다.

"아름다운 나라로구나."

깜짝 놀란 태율이 황망히 옆을 바라봤다. 하얀 수염이 턱 밑까지 내려오고 형형히 빛나는 두 눈동자에는 달과 별이 들어 있는 듯했다. 알게 모르게 압도당하는 그 엄청난 기백에 태율의 입이 봉해졌다. 아무 말도 나오지 않았다. 그렇다고 뭐라 말을 해야 할 것 같지도 않았다. 그는 하늘의 아들이라 일컬어지는 황태자이건만, 눈앞의 노장이 그를 넘어서는 존재임이 느껴졌다.

"나는 너희에게 이리 아름다운 나라를 내려준 적이 없거늘, 너희들의 두 손과 땀으로 이만큼 일궜구나."

잔잔한 음성을 귀에 새겨 넣던 태자가 황망히 고개를

들었다.

"…… 미천한 제가 감히 존함을 여쭈어도 되겠습니까?"

기특하다는 듯 아름답다는 듯 인자한 눈이 태율을 돌아봤다. 공경과 존경을 가득 담고 있지만 동시에 떳떳하게 빛을 발하는 태자의 눈빛을 천존은 가만히 내려다보았다. 그를 느끼고, 그를 마주하고 있음에도 한 치의 두려움도 없어 보였다. 그 당당한 눈이 당돌하지만 어여뻤다. 천존은 빙그레 웃음을 지었다.

'그래, 감히 이 정도는 되어야 설화를 탐낼 배짱이 있다 할 것이다.'

"글쎄, 하늘 아래 있을 적 이름은 잊었다. 하늘 위로 올라오니 여러 가지 이름으로 불리더구나. 가장 많이 불리는 이름은 아마 옥황상제일 듯하구나."

상제의 옥음에 태율의 고개가 한없이 수그러졌다.

"미천한 황국의 태자 태율이 만물의 주인이신 옥황상제님을 뵙습니다."

상제의 웃음소리가 끝없는 공간을 뒤흔들었다. 쩌렁쩌렁 울리는 그 소리가 한여름날의 소낙비처럼 청명하고 달기 그지없었다.

"나는 만물의 주인이 아니다. 만물의 근원이 될 수는 있지만 주인은 아니지. 모두 나로 인해 태어나고 나로 인해 거둬질 수 있지만, 모든 것들은 제 스스로의 힘으로 살아가는 것이란다. 그러니 모두 제게 주어진 생명과 삶을 안간힘을 내며 누리고 살아가지 않더냐? 제 것이어야만 그리 용을 쓰고 살아가는 것이지. 아니 그런가, 태율?"

"송구하옵니다. 어찌 제가 천존의 말씀에 토를 달 수 있겠사옵니다."

천존은 빙그레 웃음을 짓고는 한쪽 손을 들어 올렸다. 펼쳐진 천존의 손 위로 황금빛이 일렁이더니 곧이어 황금 꽃의 형상이 나타났다. 그것은 태자가 공장 이원호를 시켜 만든 황후화였다.

"설화가 나를 위해 이 꽃을 찾으러 내려갔다지? 있지도 않은 꽃을 찾아오라 시킨 자매들도, 그를 찾아 아무 의심 없이 내려간 설화도 모두 나의 자식들이로구나. 몽매하다 욕할 수 없고 어리석다 말할 수 없는 것이 이 아비의 심정. 어쩌면 이것도 모두 내가 어찌할 수 없는 천륜이고 운명이지 싶었다. 해서 나는 그대로 손대지 않고 내버려두었단다. 그리고 네놈이 이것을 만들어내었지. 세상에 없던 것을 네가 만들어내었다. 설화를 잡으려."

"……"

태자는 말이 없고, 천존은 표정이 없었다. 분기를 참고

있는 것도, 언짢은 기색을 내비치는 것도 아니었다. 천
존께서는 그저 잔잔히 일어난 일을 말하고 있을 뿐.

"노력하는 모든 것들은 아름답고, 버둥거리는 모든 것
들은 필사적이지. 주변을 거스르지 않고 묵묵히 노력해
보거라. 네가 가진 것으로, 네가 할 수 있을 것으로 세상
을 이롭게 하라. 결국 세상을 이롭게 하는 일이 너를 이
롭게 하는 일이 될 것이다."

"⋯⋯."

태율은 하늘보다 높으신 천존의 의중을 헤아릴 수 없
었다. 일개 미약한 인간이 억겁의 시간을 다스리는 하늘
님의 마음을 헤아린다는 것 자체가 언감생심이었다. 하
지만 태율은 감히 그를 헤아려보려 했다.

상제의 옥음이 돌연 웃음기를 머금었다.

"헌데 맹랑한 녀석이로고. 진실을 알고도 설화를 가지
려 달려들다니. 죽었다가 살아나면서 황천길에 겁을 내
려놓고 온 것이냐?"

깜짝 놀란 태율이 고개를 들었다. 하지만 그가 고개를
들었을 때 그는 이미 그곳에 있는 것이 아니었다. 그는 분
명 고개를 들었건만 들려진 것은 태율의 눈꺼풀이었다.

"허억!"

가쁜 숨을 몰아쉬며 태율은 침상에서 일어났다. 마른

비지땀이 그의 턱을 타고 흘러내렸다. 그를 잔뜩 내리누르고 있던 무엇인가가 빠져나갔다. 태율은 손을 들어 흐트러진 머리를 쓸어 넘겼다. 어딘지 모르게 은은한 도화 향이 남아 있는 듯했다. 익숙한 침상을 둘러보며 그는 울렁거리는 가슴을 쓸어내렸다. 기괴하고 신비로운 몽상이었다. 하지만 단순히 꿈으로 끝날 내용은 아니었다. 흔들리는 등불을 바라보는 태율의 얼굴에 슬그머니 빛이 들어왔다. 날이 밝아오고 있었다. 침상을 빠져나와 육각 창을 열어젖힌 태율의 얼굴로 새벽바람이 스쳤다.

"…… 알고도 모른 척해야 할 때가 있으니."

청명한 공기를 들이마시며 그는 은은히 미소 지었다. 가례 날이 밝아왔다.

*

설화는 옷의 무게에 자신이 깔려 죽지 않을까 걱정되었다. 무슨 혼례에 입히는 옷이 이리 많은지 입고 또 입어도 입을 것이 더 있었다. 별의別衣, 내의內衣, 폐슬蔽膝, 대대大帶, 수綬, 하피霞帔까지는 들었는데 그다음부터는 기억도 나지 않았다. 그저 입혀주는 대로 입고 이끄는 대로 발을 옮기니 꽃가마 안이었다. 얼굴도 생소한 어머니와 그녀에게 다정했던 윤 태사를 뒤로하고 꽃가마는 궁으로 갔다. 슬금슬금 움직이는 가마 안에서 설화는 손에 들린 피리를 가만가만 쓰다듬었다. 지금 그녀가 의지할 수 있는 것이라고는 요랑을 부르는 이 피리 하나였다.

함과 월하가 그녀를 따라 궁 안으로 들어올 리 없었다. 멀리서 지켜보고 있을 것이라 했지만 그녀의 눈에 그들이 보이지 않았다. 현오는 그다음 날부터 모습을 감추었다. 홀연히 사라져버린 까마귀 신선에게 설화는 섭섭함을 감출 수가 없었다.

'졸졸 쫓아다니며 괴롭힐 때는 언제고 간다 만다 말도 없이 가버리다니……'

그러고 나니 그녀는 지금 혼자였다. 피리 속에 넣어둔 요랑만이 그녀가 궁으로 완전히 들어갈 때까지 함께해 줄 수 있는 전부였다. 불안하기도 하고 혼란스럽기도 했지만 그녀는 두렵지 않았다. 저 안에 태율이 있으니까. 움직이던 가마가 우뚝 섰다. 상념에 젖어 있던 설화가 고개를 들었다. 가마 문이 열리고 그녀를 부르는 손에 이끌려 나오니 그녀 앞으로 육중한 대궐 문이 보였다. 이쯤이야 천계에서도 항상 보던 것들이니 설화가 그 문에 압도당할 리 없었다. 허나 이상한 것은 그 앞의 시커먼 가마솥 뚜껑이었다.

"마마, 이 위를 밟고 지나가셔야 악귀를 떨쳐내고 궁에 드실 수 있습니다.

"아, 예."

양옆에서 그녀를 잡아끄니 설화가 그 손을 의지해 뚜껑을 밟았다. 그녀에게 악귀 따위 붙을 리 없건만 이리해야 한다니 그저 따르고 행할 뿐이었다.

그러고 나서 그녀는 다시 안에 마련된 가마를 타고 어디론가 한참을 들어갔다. 별궁에 거하며 보름여 동안 가례 의식을 진행한다고 했다. 가마가 다시 우뚝 서자 붉은 기둥에 검은 기와가 얹힌 화려한 별궁이 그녀를 맞이했다.

'별궁!'

그제야 설화는 저가 황국의 황궁으로 들어왔다는 사실이 실감 났다. 수십 명의 사람들이 그녀를 따라 별궁으로 들어섰다. 장지문이 열리고 두 겹의 겹문이 열리자 널찍한 방이 그녀를 맞이했다. 설화는 덩그러니 그곳에 놓여졌다. 오늘은 들어오는 의례를 마치고 내일부터 황궁의 어르신들을 뵙고 인사를 해야 한다. 그러고 나서 별궁에 기거하는 내내 수납채, 수납징, 소고기, 비수책, 친영의를 치를 연습을 하고 황궁의 법도를 배울 것이다. 듣기만 해도 머리가 지끈거리는 절차였다.

"아휴! 내가 진짜 태자 때문에 웬 고생이냔 말이야."

겹문 밖으로 그녀를 모시는 내관과 궁녀들이 있었지만 방 안에는 오롯이 그녀 혼자였다. 설화는 오전 내내 오므렸던 다리를 쭉 폈다. 좀이 쑤시고 목이 아팠다.

'이 옷은 대체 언제 벗는 거지?'

거치적거리는 의복이 귀찮았다.

"곤하고 졸리는구나."

혼자서 중얼거리던 그녀의 머리가 슬금슬금 침상 위로 쓰러졌다.

'조금 더 버텨야 하는데……. 지금 자면 안 되는데…….'

그녀의 의지와는 상관없이 수마睡魔가 그녀를 잡아끌었다. 까무룩 멀어지는 주변 풍경을 끝으로 그녀의 눈은 사뿐히 감겼다. 황산의 꼭대기보다 조용한 방 안에 새근 거리는 그녀의 숨소리만 가득했다. 적막한 방 안 창호 겹문으로 햇살이 쏟아지고 있었다. 때는 아직 유시(酉時, 오후 5시에서 7시 사이)에 접어들기 전이었다. 돌연 벽 한 쪽을 모두 차지하고 있는 창호문으로 검은 그림자 하나가 스쳐 지나갔다. 하늘에서 나타난 듯 순식간에 나타난 그림자는 소리도 없이 창호 문을 열어젖혔다. 태자비의 별궁으로 거리낌 없이 모습을 드러낸 이는 온통 검은빛 일색이었다.

발에 구름이라도 달려 있는 듯 부드럽게 움직이는 그의 발걸음이 새근새근 잠든 설화의 곁으로 다가왔다. 누군가 들어온 것도 모르고 단꿈이라도 꾸는 듯 잠든 설화의 입모양이 부드러웠다.

"미련퉁이."

굳어 있던 입매가 열리고 툭 튀어나온 말이 곱지 않았다. 그는 사내다운 눈썹을 꿈틀거리며 평화로운 설화의 얼굴을 말없이 노려보았다. 성이 난 듯, 분하다는 듯, 그러면서 사랑스럽다는 듯 설화를 바라보았다. 한참을 망설이던 그의 손이 슬그머니 그녀의 얼굴로 향했다. 사뭇 조심스러운 손길이 몇 번 주춤거리다가 살며시 들어 동그란 볼을 눌렀다. 갓 만들어낸 백설기보다 포실하고 보드라운 감촉이 그의 손끝에 닿았다. 그 생소하고 사랑스러운 감촉을 음미하듯 현오는 그녀에게 닿았던 손끝을 들어 가만히 바라봤다.

"으음……."

수마에 꽁꽁 잡혀 있던 설화가 불현듯 묘한 느낌에 눈을 파르르 떨었다. 분명 누군가 있는 듯한 느낌이었는데 눈앞에는 아무것도 없었다. 부스스 일어난 그녀가 주변을 휘휘 돌아보았다. 열린 창문이 보였다.

"…… 언제 열렸지?"

바스락거리면서 일어난 그녀가 창문가로 발길을 옮겼다. 문을 닫으려고 뻗었던 그녀의 팔이 우뚝 멈췄다. 설화는 문간에 끼여 있는 검은 깃털을 주워 들었다. 검은 깃털은 빛을 받아 매끄러운 빛을 발했다. 그녀는 그처럼 아름다운 검은빛을 알고 있었다. 설화의 눈이 열린 창문 너머 하늘을 올려다봤다.

"현오님?"

하늘에는 하얀 구름만 삼삼오오 떼를 지어 돌아다닐 뿐이었다.

*

설화는 인간계의 황궁이 천상의 황궁보다 훨씬 번잡스럽다고 생각했다. 뭘 하나 하려고 해도 수많은 궁녀들과 내관들이 그녀를 졸졸 따라다녔다. 누구를 만날 때도 의관을 정제해야 했다. 거기에 어찌나 지켜야 할 몸가짐이 많은지, 황궁이 아니라 감옥에 갇힌 것만 같았다. 그 중에서도 황궁의 어르신들을 만나 뵐 때가 제일 힘들었다. 황제와 황후를 알현하는 것까지는 괜찮다. 태율의 아버지와 어머니라는 생각에서였는지 마음과 몸이 기꺼워졌다. 또한 황제는 그녀가 생각했던 것보다 훨씬 담백

하고 아름다웠다. 기골이 장대하고 눈빛도 청아하여 설화를 바라볼 때도 다정하게 웃어주었다. 설화의 마음이 절로 훈훈해졌다. 아버지라는 존재의 따스함과 듬직함이 주는 안락함이 일국의 황제에게도 느껴진 듯해서 안심이 되었다. 황후를 보자마자 설화는 눈을 크게 뜰 수밖에 없었다. 태율의 아름다운 콧날과 은은한 기백을 꼭 빼닮은 아름다운 여인의 모습이 그곳에 있었기 때문이다. 누가 보아도 황후는 태자의 어미였다. 누가 보아도 두 사람의 핏줄은 한 맥락이었다. 다행히도 황제와 황후 모두 설화에게 따뜻했다. 설화는 본능처럼 자신을 어여삐 여겨주는 두 사람의 마음을 느낄 수 있었다. 설화의 얼굴에도 절로 봄볕 같은 미소가 맴돌았다.

헌데 문제는 열두 황비들이었다. 이름 하나 외우기도 힘든 그네들은 설화에게 득달같이 달려들었다. 무슨 질문이 그리 많은지 일일이 답해주기도 어려웠다.

"황제와 황태자가 모두 태자비의 편의를 봐준다고 눈이 정수리에 달리셨나 봅니다. 배로 낳지는 않았지만 우리 모두 태자의 어미인 것을, 어찌 지아비의 어미 앞에서 그리 입을 꼭 다물고 계십니까. 입에 금칠이라도 하셨는지요? 벌써부터 입을 열 데와 다물 데를 구분하시는 겝니까?"

그 말을 듣자마자 설화는 저도 모르게 그녀를 바라봤다. 황비들 사이에서도 제법 상석에 앉은 이였다. 그녀는 다름 아닌 제2황비인 인향 귀비였다. 열두 황비 중 가장 첫번째로 인사한 이였다. 그래서 기억이 안 날 수가 없었다. 인향 귀비는 설화가 말가니 그녀를 바라보니, 고운 미간을 흠씬 구겼다. 어디 감히 자신을 되바라지게 올려다보느냐는 시선이었다. 자신의 말대로 배로 낳지는 않았지만, 그녀의 자식이기도 한 태자의 비이거늘 보는 시선이 어찌나 냉랭하던지. 설화는 저도 모르게 올라오는 입을 다무느라 혼이 났다. 그리고 그녀의 옆에서 알 수 없는 미소를 매단 채 그녀를 내려다보던 그 얼굴. 분명 입가의 미소는 예사로웠으나 눈에 서린 냉기는 그 옆 인향 귀비보다 더욱 서늘한 이.

'그분 이름이 어찌 되었더라……'

생각이 날 듯 말 듯 설화가 머리를 싸매고 끙끙댔다. 어찌 이리 기억력이 박할꼬! 스스로의 머리를 탕탕 쳐봤자 도통 떠오르지 않았다.

"아가씨, 무슨 생각을 그리 깊이 하시는 거예요?"

언제 들어왔던지 요랑이 설화의 발치 아래서 그녀를 멀뚱히 올려다보고 있었다. 동그란 미동美童의 눈이 설화를 호기심 어린 눈으로 바라봤다. 괜스레 혼자 머쓱해진 설화가 서둘러 머리를 털었다.

"응? 아, 아냐. 조금 전 일을 다시 생각해봤어."

"아아, 인사드리고 온 거요?"

"응."

잠시간 얼이 빠진 듯 멍하니 있던 설화의 모습에 요랑이 고개를 갸웃거렸다. 마치 야귀에게 기라도 빨리고 온 듯 멍하기만 했다.

'하여튼 이 황궁이라는 곳은 어느 나라에서나 사람 기를 빨아먹는 장소가 틀림없어. 아니, 가만. 아가씨가 기를 빨릴 일은 없을 텐데? 그럼 그곳에서 괴롭힘이라도 받고 오신 건가? 감히 누가!'

머릿속이 복잡해지려는 요랑의 정수리 위로 설화의 부드러운 손이 내려왔다. 설화는 어느새 잡념을 말끔히 털어냈는지 얼굴에 아름다운 미소가 걸려 있었다.

"그래, 한적하고 조용한 장소는 찾아봤어?"

"아, 그럼요. 황궁이라는 데가 그렇잖아요. 쓸데없이 넓고 쓸데없이 아름다운. 헤헤! 다 찾아놨습니다요."

"잘했네, 잘했어."

어스름하게 내려간 해가 장지문을 넘어왔다. 설화는 저녁 수라까지 모두 물리고 나서 제법 편한 옷으로 갈아입었다. 물론 궁녀들이 갈아입혀준 것이지만. 설화가 쉬고 싶다고 말하니 곁을 지키던 내관과 궁녀들이 물러났다. 그사이 밖을 살피던 요랑이 들어왔다. 본디 가례 의식을 거행하는 동안 태자비는 함부로 밖을 다닐 수 없었다. 아직 완전히 궁 안 사람도 아니었고, 그렇다고 바깥 사람도 아니었기 때문이다. 하지만 그런 말을 들을 설화가 아니었다. 완전히 입궁한 것도 아닌데 이곳의 법도는 따라서 무엇할까 싶었다.

"슬슬 나가볼까?"

"아직 완연히 어둠이 내리지는 않았는데 조금 있다 가시는 게 낫지 않겠어요?"

"그런가?"

조급한 설화의 재촉에 요랑이 고개를 저었다. 입궁한 지 사흘이 채 되지 않았건만 설화에게는 그 시간이 열흘과도 같았다. 이래저래 혼자 있으려니 심심했고, 법도는 까다로웠다. 총총거리는 걸음으로 널찍한 방 안을 서성이던 설화가 도저히 참을 수 없다는 듯 요랑의 손을 움켜잡았다.

"어차피 순식간에 하늘로 올라가는데 이보다 더 어두워지고 안 어두워지고가 무슨 소용이 있겠어? 얼른 가자!"

"아, 아가씨."

"일단 별궁 뜰에라도 나가보자."

설화는 막무가내로 요랑을 끌고 나왔다. 답답한 마음에 숨이라도 시원하게 쉬고픈 그녀였다. 청아한 녹음의 향과 촉촉한 물 내음이 그리웠다. 산수녹원山水鹿苑을 모두 갖춘 황궁이라지만 자연 그대로의 청량한 기운만은 담아오지 못하리라.

"그리 답답해하실 거면 들어오지 마시지! 그 까짓 황후화 제가 몰래 훔쳐다 드릴 수도 있는데!"

"그건 아니지, 요랑아. 태율이도 힘겹게 구한 것일 텐데 그리 갈취할 생각을 하다니."

"그래도……."

하얀 수국의 동그란 머리를 쓰다듬던 설화가 고개를 내저었다. 아무래도 너무 답답한 티를 낸 듯했다. 걱정하는 요랑의 모습을 보니 성급했던 제 모습이 조금 후회되었다.

인위적으로 만들어놓은 것이라 하여도 아름다운 녹음과 청명한 바람을 맞이하니 마음이 조금 넉넉해졌다. 조급증이 들던 마음을 촉촉한 바람결이 어루만져줬다. 흙냄새가 올라오는 것을 보니 보드라운 꽃비라도 내리려는 듯했다.

"비가 내리면 좋겠다."

"예? 비요?"

설화의 말에 킁킁 냄새를 맡던 요랑이 불현듯 귀를 바짝 세웠다. 예민한 요랑의 귀로 낯선 발소리가 들려왔기 때문이다. 묘하게 익숙한 냄새와 함께.

"…… 이익!"

"응?"

요랑은 재빨리 귀와 꼬리를 감추고 뜰의 먼발치를 바라봤다. 그의 눈초리가 세차게 올라간 것을 보며 설화도 요랑과 함께 눈을 돌렸다. 지그시 안력을 돋우어 멀리 바라보니 과연 요랑이 씩씩거리며 입을 삐죽이는 이유가 있었다. 태율이 여유로운 발걸음으로 휘적휘적 걸어오고 있던 것이었다. 그런 그의 뒤를 따르는 이는 흉밖에 없었다. 의복도 간편하고 표정도 산뜻한 것이 마치 설화가 홀로 이곳에 있다는 것을 알고 오는 듯이 보였다.

"어라?"

"뭘 그리 놀라고 그래?"

설화가 토끼처럼 동그래진 눈으로 다가오는 그를 보았을 때 태율은 이미 설화 곁에 와 있었다. 어찌나 날랜지 설화가 미처 피할 틈이 없었다. 태율은 설화의 허리에 팔을 두르고 바짝 끌어안았다. 비단 포 사이로 청아한 태율의 향이 그녀를 감싸 안았다. 여름날의 솔 향처럼 깨끗한 향이다.

"놀랐구나?"

"너, 너, 너!"

"하하하! 놀랐네, 놀랐어!"

당황하여 붉어진 설화의 얼굴을 보며 태율이 호쾌하게 웃었다. 설화는 태율이 자꾸 바짝 당기자 그를 밀어냈다. 황궁에 들어와도 이 능구렁이 같은 기운은 잠들지 않는 듯했다. 한 손으로는 얇은 비단 치마에 쌓인 설화의 허리를, 한 손으로는 꽃망울을 어루만진 향내 나는 손가락을 잡았다. 호쾌하게 웃던 태율이 잡고 있는 설화의 손을 입술 가까이 가져갔다. 달콤한 복숭아 향과 수국의 향이 어우러져 더욱 아찔한 향이 되었다. 설화의 손목에 코를 박는 태율 때문에 금세 얼굴이 붉게 달아올랐다. 뜨거운 태자의 입술이 슬쩍슬쩍 그녀의 손목 위에 닿았다.

"좋은 향이 난다. 계속, 계속 맡고 싶은 향이야."

"무, 무슨 향이 난다고 그래?"

"설화 향. 네 향이 나. 곁에 있으면 참을 수 없는 그런 향……."

숨을 죽이며 낮은 목소리로 속삭이는 태율의 숨결이 간지러웠다. 그 청아한 숨결이 팔딱거리는 그녀의 팔목

안쪽 여린 살결에 닿았다. 바람이 시원한 날임에도 불구하고 훅훅 올라오는 열기로 몸이 더웠다. 설화는 짧게 숨을 들이켜고 태율의 휘어진 눈초리에 빠져들었다. 두 사람 사이로 다른 공간이 펼쳐진 듯 찰나의 정적이 만들어졌다.

"떨어져!"

"웃차!"

그 틈에 요랑의 발길질이 이어졌다. 그제야 화들짝 놀라 정신을 차린 설화가 허겁지겁 태율의 곁에서 멀어졌다. 관자놀이가 뜨겁다 못해 녹아내릴 듯했다. 설화가 눈을 들어 태율과 휼을 흘겨봤다. 요랑의 발길질을 피하며 그 눈을 마주하던 태율은 웃고 말았다. 저렇게 당황하고 부끄러워하는 모습을 볼 때마다 태율은 좋아 미칠 것만 같았다. 태율의 마음은 용암 속을 노니는 동시에 구름 위를 걸었다.

"휼아, 이 새끼 강아지 좀 치우거라."

"예, 전하."

"뭐? 새끼 강아지? 야! 너 죽을래!"

태율의 명에 휼이 성큼 요랑에게 다가와 팔을 뻗었다. 그 손을 피해보겠다고 요리조리 발을 놀리고 몸을 움직이는 요랑의 몸짓이 부산스러웠다.

"시끄럽구나. 이러다가 내관이나 궁녀라도 들이닥치면 너는 어찌하려고 그러느냐."

"윽."

"이제부터 부부상열지사夫婦相悅之詞를 노래할 것이니 어린아이는 저리 가 있거라."

"뭐라!"

"부부! 부부, 이제 우리 부부야."

"아직 아니잖아!"

"어허, 내일이고 오늘이고 부부는 부부지, 뭐."

너스레를 떨며 한 걸음 한 걸음 옮겨가던 태율의 정수리로 툭 차가운 물방울이 떨어졌다.

"…… 비가 내리네."

"꽃비가 내리는구나."

멀거니 중얼거리던 두 사람이 어느새 우수수 떨어지는 물방울에 화들짝 놀라 발걸음을 옮겼다. 하얀 달이 휘영청 맑은 밤하늘에 어느새 뭉텅뭉텅한 먹구름이 빛을 가리고 있었다. 설화의 손을 낚아챈 태율이 먼저 발을 놀렸다. 저 멀리 뜰 안쪽으로 전각 하나가 있었다. 설화도 그를 따라 달렸다. 정신없이 내리는 빗줄기를 피해 전력으로 달려 도착하니 얇은 비단옷이 어느새 흥건하게 젖어 있었다. 꽃비에 젖은 태율과 설화가 전각 위에 발랑 드러누웠다.

"푸하! 갑자기 엄청 내리네."

"…… 단비가 내린다, 단비가. 네가 황궁으로 들어오니 하늘에서 단비를 내려주는구나. 땅 일구며 살아가는 백성들이 좋아할 단비로구나."

"아하하! 이 답답한 황궁에 들어오는 일이 뭐 상서롭다고 하늘에서 비를 내려줄까."

설화가 태율이 하는 억지스러운 말이 우스워 키득키득 웃음을 터트렸다. 태율도 키득키득 웃었다. 지난 8년 동안 즐거웠던 날보다 요 며칠 설화와 마주하며 웃는 것이 훨씬 많았다. 8년간 잊어버린 줄 알았던 즐거운 마음이 그를 다시 두드리고 있었다. 태율은 마음이 기쁘니 온갖 것들이 다 기쁨으로 보였다.

"어? 요랑이는?"

설화의 중얼거리는 소리를 태율은 못 들은 척했다. 그가 뛰어가는 동안 휼이 요랑을 잡고 다른 방향으로 뛰는 것을 보았다. 몇 년을 같이 보내더니 휼은 이제 말하지 않아도 태율이 원하는 바를 먼저 헤아리고 행했다.

"황궁 안이 좀 답답하지?"

아이처럼 두 팔 벌리고 전각에 누워 있던 태율이 벌떡 일어났다. 그를 따라 설화도 부스스 몸을 일으켰다.

"괜찮아, 아직은 참을 만해."

답답하다고 발을 동동거릴 때는 언제고 설화가 아니라는 듯 순하게 도리질 쳤다. 길고 깊은 눈매에 걱정이 가득한 태자의 얼굴을 마주하니 차마 군소리가 나오지 않았다. 하지만 누구보다 설화의 바람결 같은 성정을 잘 알고 있는 태자였다. 답답하지 않을 리가 없었다. 그녀의 도리질에 피식 웃고는 손을 들어 그녀의 볼을 쓰다듬었다.

"미안해. 지금이 제일 답답할 거야. 이 별궁에 있을 때는 나도 함부로 거동할 수 없으니……. 그래도 조금만 참아줘, 설화."

쏟아지는 빗줄기에 갇힌 두 남녀의 눈빛이 애틋했다. 부끄러운 여인의 눈길도 애절한 사내의 손길도 달 깊은 밤 빗소리 속에서 더욱 농익어갔다. 그녀 하나쯤은 감싸 안을 수 있는 너른 어깨와 커다란 손이 그가 사내임을 보여주었다. 설화는 자꾸만 그런 태율을 의식할수록 가슴께가 부끄러워졌다. 촉촉한 비 냄새가 강렬했다.

"알겠어, 잘 참고 있을게. 열흘만 참으면 되는걸."

사근거리는 설화의 말소리를 따라 태율의 웃음기 짙은 음성이 따라붙었다.

"상을 내려야겠다."

"상?"

태율이 자신의 소맷자락 아래서 무언가를 꺼냈다. 설화가 호기심 어린 눈으로 태율에게 손을 내밀었다. 빈손이었다. 태율은 빈손을 흔들어댔다. 무엇인가를 달라고 하는 듯 채근하는 손이었다. 영문을 몰라 설화가 제 손을 그 위에 얹으니 만족한 듯 태율이 씩 웃었다. 그러고는 다른 손에 들고 있던 무언가를 그녀의 손가락 안으로 슬금슬금 밀어 넣었다. 홍옥과 금으로 된 쌍가락지였다.

"뭐야, 이게?"

설화는 얼떨떨한 목소리로 물었다.

"예전부터 주려고 했던 거야. 너 없어지던 날, 그날 주려고 품에 안고 갔던 그 가락지."

"아아."

설화가 가락지를 손으로 훑었다. 손끝에 느껴지는 차가운 홍옥의 느낌이 살가웠다. 생각해보니 8년이나 지난 물건이었다. 헌데도 바로 어제 만들어진 것처럼 깨끗하고 단아한 모양새였다. 설화의 얼굴에 저도 모르게 웃음꽃이 피었다. 자꾸만 태율이 그녀를 웃게 만들었다. 태율이 있으면 당황스럽고 곤란하면서도 웃음이 나왔다. 숨길 수 없는 웃음이 자꾸만 그녀를 간질였다.

"고마워, 정말 고마워."

배시시 웃던 설화의 시선이 위로 향하니, 태율 또한 그녀를 내려다보고 있었다. 순간 두 사람의 얼굴 위로 서로를 닮은 선한 미소가 맴돌았다. 이제는 앉으나 서나 그녀보다 훌쩍 커버린 태율이 조심스럽게 손을 둘러 그녀를 품에 끌어안았다. 깨지기 쉬운 자기를 품에 안은 듯 어깨를 휘감는 태율의 손길이 부드럽기 짝이 없었다.

타닥타닥. 조용한 빗소리가 두 사람을 가려줬다. 그에 용기를 얻은 것인지 설화가 망설이던 손을 들어 그를 마주 안았다. 그녀는 부끄러운 듯 나긋한 손길로 태율의 너른 등을 조심조심 쓸어내렸다. 마치 태율의 마음을 보듬어주기라도 할 듯 다정한 손길이었다. 태율의 얼굴 위로 숨기지 못한 기쁨의 빛이 떠올랐다. 수줍은 여인의 마음 한 자락 가진 것이 뭐가 그리 좋다고 일국의 태자는 어린애처럼 황홀하고 기쁜 마음을 숨기지 못했다.

은밀한 감격에 휩싸인 태율이 그녀의 목덜미로 얼굴을 파묻었다. 미치도록 좋고 또 좋은 설화의 도화 향이 느껴졌다. 대지를 식히는 낙숫물 소리는 차가운데 그 빗속에 갇힌 서툰 연인의 포옹이 뜨겁게 끓는 밤이었다.

*

"네년이 지금 나를 우롱하는 게냐?"

"예?"

쇳소리를 내지르는 인향 귀비의 발악 같은 비명에 차를 내온 나인의 어깨가 한껏 움츠러들었다.

"감히 이딴 차를 내오고도 네년 목이 붙어 있길 바라는 게야? 이렇게 단 차를 마시면 내 몸이 망가지지 않느냐! 내가 이걸 마시지 못한다는 걸 알면서도 가져온 게지? 지금 네년이 나를, 황상의 총애를 받고 있는 나를 망가트리려 작정을 한 것이구나!"

반질거리는 고운 백자기 찻잔이 인향 귀비의 손짓 하나로 차가운 바닥에 내리꽂혔다. 그 잔 하나만으로 궐 밖의 일반 백성 달포치 식량 값이 나오건만, 인향 귀비에게는 그런 것은 안중에도 없었다. 상궁이 시키는 대로 차를 내온 나인만 그 앞에서 덜덜 몸을 떨고 있었다. 파리한 안색의 나인이 서둘러 납작 엎드려 용서를 빌었다. 그 처량한 모습에도 인향비의 서늘한 눈초리는 가실 기미가 보이지 않았다.

"이년이나 저년이나 모두 나를 우롱하려 들어!"

"아, 아닙니다, 마마! 아닙니다! 당장 다른 차를 내오겠습니다."

"닥치거라!"

무엇이 하나 더 깨지는 소리가 다시 우렁차게 울릴 때쯤 문밖을 지키는 나인의 당황한 목소리가 들려왔다.

"요, 요운 귀비 마마 드시옵니다."

그 소리에 화들짝 놀란 인향비가 창호 문을 바라봤을 때 이미 고운 목소리가 문을 밀치며 등장했다.

"인향 귀비께서 어찌 이리 화가 나셨더랍니까?"

백지장처럼 새하얀 얼굴의 요운이 사르르 웃으며 방 안으로 들어섰다. 요운과 인향은 제법 사이가 좋았다. 항상 살갑게 먼저 굽히고 들어오는 요운이었기에 샘 많고 까다로운 인향과도 제법 잘 어울릴 수 있었다. 단 둘밖에 없는 귀비이지만, 요운이 철저히 인향을 모시듯 했으니 서로 샘내며 다툴 일이 없었다.

"요운 귀비, 어찌 오셨습니까?"

"마마께서 요즘 통 마음이 불편하신 듯하니 당연히 이 아우가 찾아 봬야지요."

"참으로 한가하십니다. 어찌 그리 마음이 넉넉하신지 모르겠습니다."

"그리 성내지 마십시오. 고운 얼굴에 주름 드시겠습니다. 그러지 마시고, 제가 좋은 과일을 조금 가져왔습니다. 북방에서 바친 조공품이온데, 마마님과 함께 먹으려고 제가 먼저 이렇게 가져왔습니다. 먹으면 얼굴에서 희고 고운 빛이 나는 열매라고 하더이다."

"무슨 실과實果 하나로 얼굴빛이 달라진다 하십니까."

요운의 살가운 말에도 인향의 비틀린 입매는 곱게 내려오지 않았다. 그 뾰로통한 얼굴을 보면서 요운이 다시 벙싯 사람 좋은 웃음을 흘렸다. 요운이 그녀를 따라온 상궁 나인 가려를 향해 슬쩍 손을 들었다. 이미 10여 년을 함께한 수족은 민첩하게도 움직였다.

"마마, 이런 노란빛 보셨습니까? 금을 발라놓은 듯 영롱하게 반짝이지 않습니까. 이게 바로 북방 갈룽족 여왕이 즐겨 먹었다던 사금다리입니다."

"갈룽족 여왕이라 하면······."

시큰둥하게 돌아갔던 인향의 고개가 슬그머니 돌아왔다. 갈룽족이라 하면 미인이 많기로 소문난 종족이었다. 천상의 여신들이 그 미모를 시기하여 눈바람 이는 혹한의 날씨를 내려줬다는 전설이 있을 만큼 갈룽족 여인들은 미모가 출중했다. 뭐 이미 멸망의 끄트머리에 있는 소수 부족이긴 했지만, 그 미상美狀만은 쉬이 사라지지 않는 곳이었다. 인향이 탁상 위에 놓인 황금빛 과일의 자태를 무심한 듯 바라봤다. 그 눈빛에 탐욕의 빛이 순식간에 차올랐다. 그를 놓칠 요운이 아니었다.

"여봐라, 다과를 내오거라."

"예, 마마."

역시나 민첩하고 재빠른 가려가 먼저 움직였다. 인향도 별말 하지 않고 나인들이 움직이는 것을 못 본 척했다. 요운은 그 모습을 보며 보이지 않은 웃음을 소리 없이 삼켰다. 인향은 시끄럽기는 하지만 다루기 쉬운 인물이었다.

"헌데, 어찌 북방의 조공품이 요운 귀비에게 먼저 간 것이오? 황상께서 내려주신 것이오?"

문득 이는 호기심을 이기지 못한 인향이 요운을 돌아봤다. 희디흰 얼굴에 흑요석 같은 까만 눈동자를 가진 요운이 빙그레 웃음 지었다.

"곧 있으면 여국에서 사신단이 오지 않습니까? 그보다 앞서 여국 사신단에 계신 오라비께서 조공을 보내셨지요. 그에 딸려 저에게도 특별히 다른 것을 보태어 보내주신 것입니다."

"아아, 그러고 보니 요운 귀비께서 여국에서 오셨지요."

"예에."

요운은 여국에서 황제에게 화친의 맹세로 시집보낸 황녀였다. 여국의 선황제는 주색을 즐기는 사내였다. 그의 아내만 하여도 30여 명이 넘고 그 자식들만 하여도 백여 명이 넘었으니 일국의 황녀와 황자들이 차고 넘치는 실정이었다. 그중 요운은 열여섯번째 황녀로서 황국에 보내졌다.

당시 여국와 황국은 외교의 아슬아슬한 줄타기를 하고 있었다. 두 나라는 서로 틈틈이 국경을 넘보다가도 또 경제적 이익을 위해 서로 모르는 척 넘어가기 일쑤였다. 그러던 중 당시 여국의 제4황자가 황국의 시민을 학살하는 일이 벌어졌다. 크게 노한 황국의 황제와 백성들은 당장이라도 여국과 전쟁이라도 치를 기세였다. 당시 중립국이던 대마국 또한 황국의 손을 들어주었다. 하는 수 없이 여국은 그를 수습하려고 황녀 요운을 황국에 시집보냈고 화친의 조약을 맹세할 수밖에 없었다.

그 사건은 겉으로 보기에는 여국의 굴욕이자 망신으로 보였다. 그러나 속사정은 달랐다. 황국에 대등한 힘을 가진 유일무이한 나라가 여국이었다. 황국은 일당백의 무신이 많은 나라였다. 거기에 총명한 황제는 출정을 나가기만 하면 백전 무패를 기록했다. 여국은 황국과 치르는 크고 작은 전쟁에 내리 패배했다. 수천의 병사들이 희생되었고 수만의 백성들이 죽었다. 백성들은 황국이라고 하면 이를 갈았다. 그러니 황국의 입장에서는 학살

이라고는 하나 여국의 입장에서는 복수를 한 것과 진배
없었다. 그것을 황녀 한 명과 몇 수레의 황금으로 무마
했으니 여국의 입장에서는 그리 큰 값을 치른 것도 아니
었다.

　그러나 볼모로 보내진 황녀의 입장에서는 나라에서
내침을 당한 것이나 다름없었다. 불현듯 얼굴도 몇 번
본 적 없는 아비의 모습이 떠올라 요운은 쓰게 입을 다
셨다. 다디단 황금빛 과일조차 소태처럼 쓴 그녀의 입을
달래주지 못했다. 요운은 회색 먹구름과 같은 탁한 생각
을 떨쳐버리고 다시 화사한 웃음을 입가에 매달았다.

　"입에 좀 맞으시는지요? 요즘 통 드시지 못하신다는
이야길 들었습니다. 이리 마르신 것을 보니 그 말이 맞
는 듯합니다. 몸도 생각하셔야지요."

　"어디 먹을 것이 입에 들어가야 말이지요."

　몸서리 쳐진다는 듯 인향의 얼굴이 구겨졌다. 나무 찻
잔 받침을 들고 있는 그녀의 손에 힘이 들어갔다.

　"황실의 법도라는 것이 있습니다. 그것을 몽땅 무시하
고 태자비를 들이다니요! 참으로 황당무계한 일이 아닙
니까? 그런데 그 손을 들어주시다니요. 황상께서는 도
대체 무슨 생각이신지! 장차 황실을 이끌어갈 황태자가
이렇듯 법도와 예의를 무시하다니, 내 속이 다 무너져서

잠이 안 오더이다."

"예, 내궁^{內宮}의 둘째 마마님이신데 어찌 귀비께서 근심이 없으시겠습니까. 부쩍 수척해지시는 것도 모두 황실의 안녕과 나라의 체신을 위해 근심하시는 까닭이겠지요."

입안의 혀처럼 여겨지는 요운의 말에 하늘 높은 줄 모르던 인향 귀비의 눈썹이 슬쩍 내려왔다. 요운은 항상 그녀를 지지해주었다. 그 모습이 인향은 한없이 든든했다.

"항상 요운 귀비가 이 인향을 생각해주어 얼마나 든든한지 모르겠습니다. 울화가 터지고 속이 문드러지기 일쑤인 이 황궁에서 이렇듯 같은 지아비를 섬기며 사이가 좋은 것도 복이지 싶습니다."

"마마, 당연한 것을요. 황상을 보필하고 황국을 위한 일, 바로 내명부를 평온케 하는 것 아니겠습니까? 헌데…… 이렇듯 덥석 새로운 금석이 끼어들어버리니. 내명부가 어지러워지지 않을까 우려되옵니다."

"그렇지요, 그렇지요! 정말이지 태율 태자의 겁 없는 행보가 어디까지 이어질는지……. 병석에서 돌아온 이여서 그런지 고집이 말도 아닙니다."

"그러게 말입니다."

황후를 제외한다면 내명부의 가장 힘 있는 인물은 바

로 이 두 귀비였다. 인향이 아비의 권세와 둘째 황자의 입지를 등에 업고 탄탄한 힘을 가졌다면 요운은 반대였다. 아무런 연고도 없이 시작한 여인이었다. 그녀는 모든 귀비들과 사사로이 어울렸다. 친분을 쌓고 적을 두지 않았다. 처음 궁에 들어왔을 때만 하더라도 그 존재감이 약했건만, 어느 순간부터 황상을 자주 모시고 셋째 황자까지 생산했다. 헌데 이상한 점은 요운의 분위기가 점차 모란 황후를 닮아간다는 것이었다. 인향은 그 부분이 몹시도 찝찝했다. 하지만 그녀를 웃전처럼 따르는 요운이었기에 보고도 못 본 척 넘어갔다. 황상의 총애를 받기 위함이겠지 하며 대수롭지 않게 넘겼다.

"아, 그나저나 오라버니께서 사신단으로 오신다고요?"

분을 삭이듯 뜨거운 차를 삼키던 인향이 문득 고개를 들었다. 그녀의 물음에 요운이 순하게 고개를 끄덕였다.

"예, 외교부사外交副使로 오시는 차운왕이십니다."

"아아, 좋으시겠습니다. 이렇듯 좋은 선물부터 먼저 보내주시는 걸 보니 무척이나 우애가 좋으셨나 봅니다. 기대가 많이 되시지요?"

인향의 말에 요운이 눈을 동그랗게 떴다. 유독 까만 그녀의 눈이 새벽하늘 샛별처럼 반짝 빛났다. 그러나 이내 그 빛은 고개를 내리고 조용히 차를 들이켰다.

"예."

'기대가 아주 많이 됩니다.'

순응하듯 순하게 웃는 눈이 금처럼 반짝거리는 노란 과일에 고정되어 있었다.

*

요랑이 태율의 냄새를 맡은 것은 아주 우연이었다.

어찌 된 일인지 태자가 설화를 위하여 시동侍童을 내렸다는 전갈이 내려왔다. 놀란 설화가 확인해보니 시동의 이름이 요랑이었다. 그때부터 요랑의 황궁 내 거동이 수월해졌다. 요랑은 오늘도 어김없이 설화 아가씨를 쫓아 예부와 조하방 등을 돌았다. 헌데 바로 그때 바람결에 익숙한 냄새가 실려왔다. 태자 태율의 솔 향이었다.

'어디로 가는 거지?'

또 근처에서 배회하고 있나 싶어 냄새를 쫓은 요랑은 궁을 빠져나가는 태율을 보았다. 황궁의皇宮衣가 아닌 일반 백성들이나 입을 미복 차림인 그 모습이 퍽이나 수상해 요랑은 몰래 그의 뒤를 쫓았다. 그를 따르는 젊은 무관들이 여럿이었지만 요랑의 기를 잡을 수는 없었다. 북적거리는 저잣거리를 지나 조금 한갓진 곳까지 느릿하게 걷던 무리가 우뚝 발걸음을 멈췄다. 그러더니 우르르 화려한 객점으로 들어섰다.

'풍월루?'

태율 무리가 들어서는 곳을 확인한 요랑의 눈이 구겨졌다. 분내가 진동하고 여인네들의 웃음소리가 가득한 곳이었다. 붉고 아스라한 불빛이 일렁이는 곳, 사내들을 끌어들이는 해어화解語花의 왕궁, 바로 기방이었다.

"아니, 가례 날이 얼마나 남았다고 태자라는 놈이 기방을 출입해?"

묘한 배신감과 분노에 휩싸인 요랑의 머리털이 쭈뼛 섰다.

'낯 번지르르한 놈이라고는 하나 설화 아가씨를 보는 눈이 항상 절박하여 그 마음은 가상타 여겼건만! 이런 곳에 출입하여 아가씨를 기만하려 하다니! 절대 이 요랑이 용서치 않으리라.'

요랑은 분을 삭이지 못하고 씩씩거리는 콧김을 내뿜으며 붉은 전각 위로 훌쩍 뛰어올랐다.

풍월루에 들면 항상 자리하는 안채로 무리가 들어섰다. 이제는 이 아름답고 화려한 객점에 제법 익숙해진 욱태가 서둘러 시종을 불러 세웠다. 행수 사향의 오른팔 되는 시종 덕수는 욱태의 말에 눈치껏 엉덩이를 돌려 행수를 찾아 나섰다. 곧이어 가뿐 숨소리와 함께 여전히 해사한 아름다움의 사향이 안채에 들어섰다.

"오셨습니까!"

"아이고, 누님. 귀 떨어지겠소."

"반가워서 그러지. 벌써 며칠, 아니 두 달은 되었지 않니?"

귀를 붙잡고 너스레를 떠는 환선의 말에도 사향이 화사한 웃음을 달며 그들 곁에 자리를 잡았다. 그녀 뒤를 따라 덕수가 한 상 가득 푸짐한 주안상을 들고 들어섰다. 그 푸짐한 상차림을 본 욱태와 윤식의 얼굴에 숨기지 못한 기쁨이 흘렀다. 힘쓰는 만큼 먹성이 대단한 장정들이었다.

"인사 올립니다."

사향이 다시 수줍게 얼굴을 붉히며 힐끔 흘을 올려다봤다. 그녀의 인사에 태율은 이미 무심하게 손을 휘저어 답해주었다. 인사는 생략해도 된다는 손짓이었다. 그러나 그 옆에 자리한 흘은 은은한 미소로 사향의 인사를 정답게 마주해주었다. 사향의 얼굴이 여염집 처녀처럼 수줍게 붉어졌다. 그 감춰지지 않는 홍조를 보는 욱태와 환선의 눈이 야릇하게 가늘어졌다.

"누님, 얼굴 터지겠소."

"아니, 이 초가을에 웬 홍시가 들었대?"

다분히 짓궂은 두 사람의 말에 사향의 눈이 매섭게 내리꽂혔다. 입가에 닭기름을 번들거리는 둘이 그녀의 눈초리에도 씩 웃음을 매달았다. 스무 살이 아니라 서른 살은 넘어 보이는 얄궂은 미소였다.

'하여튼, 미워 죽겠네.'

사향의 입술이 삐죽거렸다. 그런 두 사람의 얄미운 농에도 우직한 사내의 얼굴은 영문을 모른다는 듯 온화하기만 했다.

'어찌 저리 둔할꼬?'

주변은 다 알고 있는데 혼자만 모른다. 태자와 검 말고는 둔하기 그지없는 사내였다.

"호부상서戶部尚書가 들었다고?"

"예, 나으리."

결눈질로 스리슬쩍 훔쳐보던 사향의 시선이 퍼뜩 정신을 차렸다. 태자의 물음에 재빨리 읍한 사향이 자세를 고쳐 앉았다.

"요즘 들어 부쩍 출입이 잦습니다. 희랑이라는 아이가 모시고 있사온대, 그 씀씀이가 여간한 게 아니랍니다. 말하는 바도 심상치 않고 뒷배가 든든한 듯 보인답니다."

말을 마친 사향이 덕수를 불러 희랑을 불러오라 시켰다. 그를 보던 윤식의 얼굴에 슬쩍 어두운 빛이 스몄다. 윤식의 아비 또한 호부에 적을 두고 있었다. 그 품계가 그리 높지 않았으나 호부라는 이름을 들으니 어쩐지 마음이 편치 않았다. 혹여 나쁜 일에 관여되어 있지 않을까 걱정이 앞섰다.

"윤식."

"예, 나으리."

그러한 윤식의 사정을 모를 리 없는 태율이 윤식을 불렀다.

"네, 아비가 호부의 원외랑員外郎이지?"

"예."

"그럼 네가 가서 호부의 분위기를 정탐하거라. 할 수 있겠지?"

"명 받들겠습니다."

"아, 그리고 독아비라는 자를 찾았습니다."

사향이 잠자코 두 사람을 지켜보다가 입을 열었다. 그녀의 말에 태율과 휼의 낯빛이 파리하게 변했다. 서늘한 냉기가 서린 눈이 사향을 다시 바라봤다. 사향의 얼굴에 보일 듯 말 듯 희미한 미소가 걸렸다.

"거리의 자들이라면 이 사향의 손을 벗어날 수 없죠. 그를 위해 이만큼 키워온 기루이니까요."

"…… 어디 있지? 추적은 붙인 것인가."

태율의 물음에 사향의 자신만만하던 입술에서 무거운 한숨이 새어 나왔다.

"추적은 하고 있습니다만 어찌나 빠른지……. 거기에 손속이 잔혹하고 영악한 자입니다. 일급 무사들을 붙였지만 여지없이 따돌리더군요. 간신히 그자의 뒤만 쫓고 있습니다."

사향의 말에 잠시간 고민하듯 태율은 말이 없었다. 바로 그때 기름기 번들거리던 입술을 소매로 닦던 욱태가 입을 열었다.

"제가 가겠습니다."

"네가?"

욱태는 힘이 장사일 뿐만 아니라 주변을 살피는 눈이 좋았다. 원체 타고난 힘도 어마어마했지만 단련을 거듭한 지금은 한 손으로 작은 나무 하나는 그냥 부러뜨릴 수 있을 정도였다. 거기에 산속에서는 동물과 같이 감각이 좋았다. 태율은 잠시간 생각하는 듯하더니 고개를 끄덕였다.

"그럼 운덕, 너는 욱태에게 그자의 위치를 일러주어라. 잡아야 한다. 욱태 너는 반드시 그자를 생포해 오거라. 시간은 넉넉히 주겠지만 달포를 넘기지 말거라. 시시때때로 행선지와 상황을 보고하거라."

태율의 지시가 끝날 때쯤 문 뒤로 기척이 들렸다. 곧이어 덕수가 들어와 상을 치웠다. 그리고 작은 다과상과 같은 술상이 들어왔다. 그를 들여온 이는 촉촉한 눈매를 가진 작은 여인이었다.

"희랑이라 하옵니다."

곱게 인사한 여인이 사향의 눈짓에 태율이 자리한 상석의 먼발치 아래 사뿐히 몸을 내렸다. 희랑이라 인사한 여인은 사향이 10여 년 전에 거둔 아이였다. 이제는 기억도 안 나는 저 뒷골목 어딘가에서 딱 아사 직전에 있는 것을 거두어들였다. 아비도 어미도 누군지 모르는 여아는 그 뒤로 사향을 어미처럼 따랐다. 희랑의 미모는 해가 거듭될수록 이슬 머금은 새벽 꽃처럼 어여뻐졌다. 그녀를 보는 사내들의 가슴에 떨림을 안겨주었다.

그리고 바로 그 순간, 희랑을 보는 욱태의 가슴도 철렁 내려앉았다. 꽃보다 아름다운 여인은 처음 보았다. 사향을 보았을 때도 입이 쩍 벌어질 만큼 아름답다 했건만, 지금은 아예 정신을 차릴 수가 없었다.

'아아, 내가 왜 이러는 것인가. 정신 차려라! 여인의 미모에 취해 정신을 놓다니……'

화들짝 놀라 서둘러 입을 다문 욱태가 고개를 돌려 희랑에게 쏠린 시선을 다잡았다. 그의 곁을 스쳐 지나가는 희랑의 치마폭에서 꽃향기가 났다. 시선을 돌렸음에도 욱태의 마른가슴이 땅으로 철퍼덕 떨어졌다. 과연 도성에서 가장 아름다운 화인花人들이 모여 있다는 풍월루였다.

그 순간, 우당탕탕 하는 소리와 함께 떠들썩한 사내들

의 목소리가 울렸다. 작은 북소리처럼 다다다 하는 작은 소리가 들리더니 곧이어 태율이 자리하고 있는 안채의 문이 거칠게 열렸다.

"이 배신자!"

"누구냐!"

욱태와 환선, 윤식 모두 허리에 찬 칼을 뽑았다. 차가운 칼날을 들어 열린 문 사이로 보이는 작은 몸체에 겨누었다. 그러나 그들의 얼굴에는 당황스러움이 역력했다.

"칼을 거두어라."

태율이 열린 문 사이로 잔뜩 흥분한 얼굴로 씩씩거리는 작은 몸을 향해 한숨을 내쉬었다. 귀엽게 추켜올린 성난 눈초리, 작지만 날랜 몸, 적의 가득한 시선. 설화의 곁에 있어야 할 요랑이 그곳에 서 있었다.

한바탕 폭풍이 몰아쳤다. 자리를 정리하는 사향의 손길에서 한숨이 묻어나왔다. 이제는 환궁하여 들어간 태자의 일행들이 남긴 여운이 그녀의 가슴을 서늘하게 했다. 막판에는 웬 성질 급한 꼬맹이가 들이닥쳐 알 수 없는 욕지거리를 지껄이더니 담장을 훌쩍 넘어 사라졌다. 그를 보는 태율의 시선이 곤란한 듯 찌푸려졌지만 그는 굳이 잡으려고 쫓지는 않았다. 다만 복잡한 눈동자로 한참이나 흉과 마주 보기만 할 뿐이었다.

'누구였을까, 그 꼬맹이는?'

잠시간 고개를 갸웃하던 사향이 문득 들려오는 인기척에 화들짝 놀라 뒤를 돌아보았다.

"무사 나으리!"

곤혹스러운 얼굴로 흉이 그곳에 서 있었다.

"전하께서 전대錢袋를 놓고 가셨다 하여……."

"예? 아무것도 놓고 가신 게 없는데……."

태율이 자리한 곳에는 아무것도 남아 있지 않았다. 그녀의 대답에 흉도 당황스러웠다. 하지만 역시나 자리는 깔끔하기 그지없었다. 자리를 살피는 흉의 너른 어깨를 훔쳐보던 사향은 문득 이것이 태자 전하의 농이자 배려라는 것을 깨달았다.

'하여튼 짓궂으시다니까.'

기루의 행수라는 직職에 맞지 않게 다시 사향의 얼굴이 수줍게 붉어졌다. 흉과 함께 있다면 그녀는 그를 처음 만난 열여덟 살로 돌아가곤 했다. 처절하게 살고 있던, 비루하고 비천한 아낙네. 아이를 잃은 울부짖는 어린 어미. 그 여렸던 여인네로 돌아가 한없이 작아지곤 했다.

"…… 정말 아무것도 없군요."

이상하다는 듯 눈살을 찌푸린 흉이 다시 자리를 털고

일어났다. 사향도 그를 쫓아 서둘러 몸을 일으켰다. 이렇게 그와 단둘이 마주할 수 있는 날은 드물었다. 그는 항상 바빴고, 바쁘지 않으면 태자의 곁을 지켜야만 하는 이였으니, 아무도 없이 둘만 있을 수 있는 이 시간이 그녀에겐 귀하고 또 귀했다. 애틋하고 아쉬운 마음에 그녀는 저도 모르게 그의 소맷자락을 잡았다.

"저기……."

전하를 쫓아 서둘러 환궁하려던 휼이 사향을 돌아봤다. 친우를 보듯 따뜻한 눈을 보며 사향의 가슴이 다시 한차례 내려앉았다.

'그래, 이분에겐 나는 전우戰友일 뿐이지…….'

감히 여인으로 보이길 기대할 수 없었다. 잠시간 서글픈 눈매로 그를 올려다보던 사향이 잠시간 기다려달라 말하며 전각 위로 사라졌다. 영문을 알 수 없던 휼이 그런 사향의 자취를 쫓아 눈을 돌렸다. 잽싸게 자신의 방에 다녀온 사향이 두 손에 작은 호리병을 하나 들고 왔다.

"이것이 무엇입니까?"

"무사님들의 원기를 보강해주고 육신의 회복력을 돕는다는 약제들을 달인 물입니다. 과실 원액이 들어가 있어서 먹기 어렵지 않을 것입니다."

"아니, 어찌 이런 것을 다……."

어딘지 모르게 놀란 듯이 보이는 휼의 모습에 사향이
웃음을 지었다.

"태자 전하를 가장 가까이 모시고 있지 않사옵니까?
가장 건강하셔야 할 분이 바로 무사 나리십니다. 전하께
서 하사하지 않으신 이상 본인 몸 챙기는 것이 서툰 분
이신라는 걸 알고 있습니다. 차가운 물에 한 숟가락씩
섞어 드시면 보양에 좋을 것입니다."

"행수……."

"꼭 챙겨 드시어요."

환하게 웃으려 했지만 입꼬리가 잘 올라가지 않는 사
향이었다. 10여 년을 기생으로 살아왔건만 아직도 마음
준 이 앞에서는 어수룩한 아낙일 뿐이었다.

'나는 아직 멀었구나.'

어찌 보면 휼이 둔하고 둔한 것이 고맙기까지 했다. 휼
의 얼굴빛에 고마움이 서렸다.

"감사합니다."

"아닙니다. 제가 입은 은혜는 평생을 갚아도 모자랄
지경인걸요."

"행수……."

"…… 어서 가시지요. 환궁하셔야지요."

마른가슴에 서글픔이 물들기 전에 사향이 휼의 등을

떠밀었다. 천천히, 평생을 이 고마운 마음을 갚아나가야 했다. 바라는 것은 아무것도 없었다. 바랄 수 있는 것도 없었다. 그저, 이 상태로 살아가리라. 그저, 이렇게⋯⋯.

멀어지는 휼의 청의^{靑衣} 자락을 보면서 사향은 속수무 책 깊어지는 마음을 모른 척했다. 더 깊어질 수도 없을 것이라 여겼던 마음이건만, 자꾸만 두터워지는 마음이 야속하기만 했다.

"아가씨!"

이제 막 야장의(夜裝衣: 잠옷)로 갈아입고 침상에 들려 하던 설화가 깜짝 놀라 고개를 돌렸다. 반나절 동안 어 디로 사라졌는지 보이지 않던 요랑이 성난 얼굴로 방 안 에 들어섰다. 뭐가 그리 분한지 짧은 다리를 마구 동동 구르며 콧김을 내뿜고 있었다.

"쉬잇! 조용히 해. 밖에 나인들이 다 듣겠다."

"그게, 그게 지금! 그게 지금 문제가 아니에요."

"조용, 조용히."

"에잇!"

자꾸만 입술로 손가락을 들어 조용히 시키는 설화의 손짓에 성질 급한 요랑이 손을 휘저었다. 그녀가 머물고 있는 바람에 힘을 걸어놓는 것이었다. 소리라는 것은 공기를 타고 가고, 공기란 바람의 주된 속성이었다. 소리가 새어 나가지 않도록 주변의 바람을 정지시켰다. 이 술법을 걸어놓으면 자꾸만 힘이 빠져나가 잘 쓰지 않지만 어차피 밤이니까 곧 회복이 가능했다.

"제가 지금 어딜 다녀온 건지 아세요?"

"왜? 어딜 다녀왔는데 이리 흥분했어?"

아무것도 모른다는 듯 청아한 미소로 고개를 갸웃거리는 설화의 모습에 요랑이 답답한 가슴을 탕탕 쳤다.

'이리 순진하고 아름다운 아가씨를 배신하다니! 이 못된 태자 놈!'

"기루! 기루에 다녀왔습니다!"

"기루? 기방 말하는 거야?"

크게 고개를 주억거리는 요랑을 보며 설화가 의외라는 눈초리로 요랑을 바라봤다.

'요랑이 벌써 기방을 다니다니!'

설화가 조금 붉어진 얼굴 가득 신기한 빛을 반짝였다.

"요랑이 너가 벌써……."

"아, 아니! 그게 아니라……."

"괜찮아, 요랑아. 근데 인간들 기루에 간 거면……. 괜찮겠니?"

"아니 제가 아니라니까요!"

말도 안 되는 오해를 하는 설화의 말에 요랑이 펄쩍 뛰고 손을 내저었다. 그래도 여전히 설화의 얼굴에는 기특한 빛이 가득했다.

'마냥 아이로만 봤는데 사내였나?'

붉어진 얼굴로 설화가 요랑의 어깨를 찰싹 내려쳤다.

"아휴, 그런 것까지 보고하지 않아도 되는데."

"아, 답답해! 제가 간 게 아니라니까요. 아가씨, 전 태자 쫓아간 거예요, 태자!"

"…… 뭐?"

답답한 가슴에 방방 날뛰던 요랑이 성을 내며 얼굴을 구겼다.

"태자가 기방에 들어가는 걸 제가 쫓아간 것이라고요!"

설화의 멍한 눈이 요랑의 말을 잘 이해하지 못한 듯 천천히 깜빡거리고 있었다. 가례 날이 며칠 남지 않은 어느 밤이었다.

*

"아이고! 도깨비 죽네! 도깨비 죽어! 천지신명님, 상제님! 부처님, 마고님! 저 좀 살려주시랑께!"

"내가 널 죽이냐? 어, 죽여?"

현오가 거꾸로 매달려 소리 지르는 도깨비를 보며 빽하고 소리를 질렀다. 8년 전 어느 날 보았던 그 익숙한 모습으로 도깨비는 엉엉 울며불며 애원하고 있었다. 그 앞에 현오가 화려한 검은 날개를 팔락거리며 유유히 주변을 맴돌고 있었다. 그의 얼굴에는 심술궂은 미소가 매달려 있었다.

"대, 대체 왜 이러신다요, 신선님! 지가 잘못했당께요. 으이?"

"네가 뭘 잘못했는데?"

현오의 물음에 어수룩한 도깨비가 피가 쏠려 새빨개진 얼굴로 손을 들어 싹싹 빌었다.

"선녀님 이야기 물어서 이러시는 거 아니요? 지가 잘못했당께요. 다시는 선녀님 이야기 묻지 않을랑게. 엉엉, 그러니 살려주시어요."

"입에도 담지 마!"

싹싹 비는 도깨비를 보며 현오가 다시 으르렁 소리를 냈다. 선녀님, 선녀님 하니까 또다시 그 선녀보다 고운 얼굴이 덩실 떠올랐다. 맑고 새까만 눈동자, 보드라워 보이는 두 뺨과 앙큼한 입술. 그 모든 게 순식간에 떠올랐다.

현오는 투박한 손을 들어 자신의 검은 머리를 마구 헝클었다. 마음이 진정되지 않았다. 그는 대롱대롱 매달려 있는 도깨비의 엉덩이를 빵 차올렸다. 그러자 도깨비가 하늘 높이 붕 떠오르더니 절벽 위에 나가떨어졌다. 그 꼬락서니를 고깝게 본 현오는 날개를 휘둘러 구월산 꼭 대기로 훌쩍 날아갔다. 절벽 위로 올려지긴 올려졌지만 엉덩방아를 거하게 찧은 도깨비가 앓는 소리를 했다.

구월산 저 꼭대기 어디쯤 검은색 기와에 금과 홍옥, 호 박 등으로 으리으리하게 지은 저택 하나가 있었다. 반 짝거리고 예쁜 것을 좋아하는 까마귀의 습성 때문일까? 그리 크지 않은 규모였지만 집 안 곳곳이 반짝반짝 윤이 나고 아름다웠다. 그곳을 휘휘 돌아 제 방으로 들어온 현오가 침상에 엎드려 누웠다. 숨이 턱턱 막혔다.

가슴이 아릿하게 조여온다 싶으면 어김없이 열이 훅 올라왔다. 그 알 수 없는 통증의 끝에는 어여쁜 얼굴 하 나가 걸려 있었다. 그 마음의 동통疼痛보다 괴로운 것은 그 얼굴이 그립다는 어리석은 마음이었다.

"하, 이게 뭐하는 짓이지?"

'꼴좋구나, 꼴좋아.'

마음속에 익숙한 음성이 그를 비웃고 있었다. 바로 현 오, 본인의 목소리였다. 단 한 번도 여인 때문에 속앓이 를 한 적이 없었다. 아니, 오히려 월하의 뒤꽁무니를 쫓 아다니던 함을 비웃던 그였다. 이해할 수 없다고 고개를 내저었는데……. 그러던 그가 밤이면 밤마다 설화를 찾아 황궁 하늘을 배회하다 오고는 했다. 그 고운 얼굴 한 번 보자고 몇 시간을 그 위를 겉돌았다.

'꼴좋다, 현오! 이 까마귀 놈아. 이게 다 네 업보다.'

현오가 다시 엎드린 채로 자신의 결 좋은 검은 머리카락을 마구 헝클어트렸다. 까만 비단 같은 머리 타래가 그의 손길을 따라 여기저기 흩어지다가 곧이어 매끄러운 결을 따라 스르르 아래로 내려왔다.

"으아!"

현오는 정말 괴로웠다. 이게 도대체 무슨 일인 거냐. 설화, 너는 도대체 내 마음에 무슨 짓을 하고 간 것이냐! 소리치고 싶었다. 다그치고, 따져 묻고 싶었다. 하지만 그렇게 할 수 없었다. 당장 눈앞에 그녀가 있으면 넋을 잃고 바라보기만 할 것 같았다.

"피곤해, 정말. 피곤한 여자야."

그것이 정말 자신이 업보라면, 자신이 망나니처럼 날뛴 벌이라면 그 업보를 지우고 싶었다.

현오는 그녀가 떠나고부터 부단히 인간 마을을 다녔다. 다친 아이들을 살펴주었고, 농작이 망하지 않게 하려 골고루 풍운우風雲雨 도령들을 날라주었다. 괜히 산군을 놀래어 마을 아래로 내려가지 않게 했고, 악귀들이 설치지 못하게 바지런히 기강을 잡아주었다. 지난 백 년 동안 행한 선보다 요 며칠 사이의 선행이 열 배는 될 것이었다.

"…… 근데, 왜 잊히지 않는 거야. 왜…….

무거운 한숨이 현오의 입술을 가르고 나왔다. 해볼 만큼 다 해본 것 같은데 지워지지 않았다. 고작 열흘이었는데. 이까짓 열흘, 예전 같았으면 눈 깜짝할 새였건만. 요즘은 하루가 천년만년처럼 느껴졌다.

헌데 그럼에도 불구하고 그날이 오고 말았다. 바로 내일.

"내일이구나."

'네가 그놈의 품으로 들어가는 날…….'

잘생긴 현오의 미간이 괴롭게 찡그려졌다. 그의 가슴에 다시 화마火魔가 날뛰기 시작했다.

'내일이다.'

달을 올려다보는 설화의 눈동자가 떨렸다. 드디어 내일이었다. 오늘은 일찍 잠들어야 한다 했건만 그녀는 도통 잠을 청할 수 없었다. 잠이 올 리 없었다. 잠시간의 유희건, 조건이 걸린 혼인이건 어쨌든 그녀의 첫 혼례였다.

하얀 꽃잎이 바람결에 조금씩 흩날렸다. 어디에서 떨어지는 꽃잎일까. 알 수 없었다. 그저 다만 저 흩날리는 꽃잎을 보며 설화는 저 하늘 어딘가에 계신 아바마마를 떠올렸다. 저 꽃잎이 바람을 타고 멀리멀리 흘러 아바마마께 닿기를. 이 어수룩하고 모자란 딸이 인사도 없이 혼례를 올리는 것을 용서해주시기를······.

괜스레 마음이 이상했다. 복숭앗빛 뺨 위로 머리카락 하나가 걸려 간질였다. 그것을 곱게 귀 뒤로 넘긴 설화가 다시 하늘을 올려다봤다. 둥근 보름달이 그녀의 머리 위로 떠올라 있었다.

그 위로 곧 지아비가 될 사내의 얼굴 겹쳐졌다.

'······ 기루라 이거지?'

설화의 고운 얼굴이 야무지게 구겨졌다.

어젯밤 요랑에게 소식을 전해 듣고도 실감이 나지 않던 그녀였다. 그저 멍하니 기루가 어떤 곳이더라 생각하며 밤새 뒤척였다. 직접 가본 적도 없고 본 적도 없는 곳이었다. 허나 여인을 안는 곳이라는 것은 알고 있었다. 꽃들과 어울려 놀고 정을 나누는 곳이라······ 설화는 그렇게 알고 있었다.

'헌데 그곳에 태율이 갔다?'

설화는 그곳에 들어서는 태율의 모습을 수없이 그려 봤다. 가슴이 덜커덩 내려앉았다. 다른 여인과 잔을 나누고, 웃음을 나누며, 정을 나눈다 생각하면 화가 나서 눈물이 다 날 것 같았다. 억울하고 분했다. 뭔지 모르게 억울한 마음이 핏덩이처럼 울컥 가슴 아래로부터 역류해 올라왔다.

'도대체 그곳은 왜 간 거야? 왜? 무엇 때문에?'

설화만 좋다고 했다. 태율은 그녀만 좋다고 했다. 보고 싶다고, 지켜주겠다고 했다. 헌데 왜! 설화는 가슴 한편이 따끔따끔 아파와 잠을 이룰 수 없었다. 그렇게 하얗게 밤을 지새우고 나니, 아침에 태율이 그녀를 찾아왔다. 그 모습에 설화는 그제야 그가 기루에 들렀다는 이야기가 생각났다. 절대 들어오지 못하게 하고 문 앞의 보초를 요랑에게 맡겼다. 혹여 산책이라도 가서 마주칠까 봐, 예비 혼례 의식을 마치고는 곧바로 방 안에 틀어박혀 있었다. 태율의 얼굴을 보고 싶지 않았다. 정말 지금은 그의 얼굴을 볼 수가 없었다.

그 얼굴을 보면 예쁘지 못한 말들이 마구 쏟아낼 것 같았다.

"…… 그럼 뭐해, 내일이면 마주치는데."

솜털처럼 부드러운 한숨을 내쉰 설화가 고개를 내젓고는 발길을 돌렸다. 이미 새벽별이 반짝이는 늦은 시간이었다. 한숨이라도 자두어야 내일 고된 일정을 수행할 수 있을 것이었다. 그녀가 막 두어 걸음 발을 떼었을 때

문득 그녀의 머리 위로 까만 그늘이 졌다. 갑자기 비라도 오려나 싶어 고개를 든 그녀의 눈동자가 동그래졌다.

"현오님!"

현오가 그림같이 아름다운 여섯 장의 검은 날개를 펄럭였다. 언제 온 것인지 밤하늘보다 검은 날개를 펼친 까마귀 신선이 그녀를 향해 몸을 내리고 있었다. 별빛 반짝이는 검은 깃의 홍수가 그녀 앞으로 쏟아져 내렸다.

*

태율은 침상에 얌전히 누웠다. 밤이 되어 호롱불도 끄고 곧 다가올 내일을 위해 몸을 뉘였다.

"하아……."

헌데 잠이 오지 않았다.

어찌 자꾸 마음 한구석이 찌뿌듯하고 석연치 않았다. 지금 설화가 단단히 오해하고 있는 것 같은데……. 그것을 풀어줄 기회조차 주지 않았다. 몰래 담장을 넘으면 요랑이 놈이 가로막고, 예도를 무시하고 정문으로 찾아가면 대놓고 문전박대를 당했다.

'으으으.'

억지로 감은 눈이 괴롭게 올라갔다. 언제나 여유로운

태자였건만 설화와 관련되면 가슴이 뜨거워서 가만히 있을 수가 없었다.

"…… 본디 다툼은 다음 날로 넘기지 말라 했지."

나지막하게 중얼거린 태율이 벌떡 몸을 일으켰다. 내일이 오기 전에 뿔이 난 설화의 마음을 달래주고 싶었다. 혹여 그러다가 동뢰 날에 그를 밀어내면 어떡하나……. 그러다가 그가 밉다 하면 어찌할까 싶어 마음이 놓이지 않았다. 그러면서도 한편으로는 지금 설화가 질투를 하고 있나 싶어 들뜬 마음이 진정이 되지 않았다. 그 예쁜 마음 한편에 드디어 태율이 둥지를 튼 것인가 싶어 마음이 더없이 뿌듯했다.

"그래, 확인하러 가야겠어."

태율은 어지러운 마음을 접어놓고 야장석夜裝舃을 신었다. 그의 발이 그의 마음처럼 바쁘게 움직였다.

밤의 장막을 걸치고 나타난 현오의 모습을 멍하니 바라보던 설화가 화들짝 놀라 정신을 차렸다.

"여, 여긴 어떻게?"

"보면 몰라? 날아서 왔지 않느냐."

"아니, 그걸 물은 게 아니잖아요."

그녀 앞으로 내려선 현오가 조금 머쓱한지 특유의 툴

툴거리는 목소리로 입을 열었다. 설화는 도통 상황 판단이 되지 않아 눈만 동그랗게 뜨고 그를 빤히 바라봤다. 생각지도 못한 장소에서, 생각지도 못한 시간에 그를 만난 것이었다. 이 신선님이 어쩐 일이가 싶어 설화는 가만가만 머리를 굴려봤다.

"내가 내 날개로 어딜 가든 무슨 상관이냐! 흥!"

"……."

입이 또 제멋대로 움직였다. 현오는 입속의 혀를 질끈 깨물었지만 이미 입 밖으로 떠난 말은 잡을 수가 없었다. 그의 야속한 말에 설화의 미간이 찌푸려졌다. 말도 없이 사라져버리더니 갑자기 와서 미운 말만 한다.

'하여튼 심통스럽다니까.'

그녀의 표정을 보고 있는 현오의 속이 아찔해졌다. 철렁 내려앉는 가슴이 먹먹해졌다.

'이런 말을 하러 온 게 아닌데……. 이런 표정을 보고 싶어 온 게 아닌데…….'

그는 자신의 비뚤어진 입이 참으로 미웠다. 싫고 야속했다.

"그, 그게 아니라. 아우! 그런 뜻이 아니었다."

"…… 아니긴 뭘. 하여튼 만날 못된 말만 하고는! 칫."

"그게 아니라니깐. 아, 정말!"

현오가 손을 들어 마구 머리를 헝클었다. 답답한 마음에 그의 머리만 계속 수난을 당했다.

"몰라요. 나 들어갈래."

설화가 뾰로통한 표정을 보이고는 획 고개를 돌렸다. 이내 발걸음도 따라 돌아갔다.

'안 돼, 안 돼.'

그렇게 보낼 수 없었다. 이런 식으로 만나려고 온 게 아니었다.

'멍청이! 나는 왜 이리 멍청하지…….'

마음이 아픈 듯 현오의 미간이 고통스럽게 구겨졌다. 떠나가는 설화의 뒷모습을 보는 그의 눈동자에 두려움이 얽혀 있었다. 다급한 마음에 현오가 덥석 그녀의 손을 잡았다. 그의 손길을 따라 빙그르르 돌아온 설화의 얼굴에 배시시 미소가 걸려 있었다.

"헤헤, 진짜 가는 줄 알았죠?"

장난꾸러기처럼 천진한 미소가 달빛 아래 부서져 내렸다. 그를 보는 현오의 마음도 하늘 위에 별빛처럼 잘게 부서져 내렸다. 복숭아꽃보다 어여쁜 미소에 현오의 가슴속 고동이 거세졌다. 그녀의 손을 움켜쥔 현오의 손에 힘이 들어갔다. 참을 수 없었다. 현오는 지금 그녀를 향한 마음을 참을 수가 없었다.

"만날 말은 그렇게 못되게 하지만 저 신경…… 에구머니!"

조잘대던 설화가 놀라 미약한 비명을 질렀다. 강한 힘에 이끌려 설화의 몸이 그의 품에 이끌려 들어갔다. 새카만 옷을 입은 현오의 품속으로 새하얀 야장의를 입은 설화가 끌려 들어갔다. 놀란 설화의 볼 위로 어찌할 수 없는 홍조가 물들었다. 놀라 그를 밀칠 새도 없이 현오의 강인한 팔이 그녀의 어깨를 세게 끌어안았다. 단단한 그의 품속에 갇힌 설화의 귓속으로 현오의 심장 소리가 파고들었다.

"잠시만……."

"혀, 현오님?"

"부탁이다. 잠시만, 잠시만 이러고 있자."

"……."

설화는 아무런 말도 할 수가 없었다. 그를 밀어낼 수도 없었다. 그녀의 귓가로 들리는 그의 목소리가 너무나 애절해서, 어쩐지 너무나 간절해서……. 설화는 지금 현오를 차마 밀어낼 수가 없었다.

'내가 지금 뭘 보고 있는 거지?'

어둠 속에 몸을 숨긴 태율의 귓가로 천둥이 치고 있었

다. 밤하늘은 맑고 청명하기 그지없는데 그의 가슴은 무너지고 있었다. 그의 억장이 쉴 새 없이 부서져 내리고 있었다. 숨이 가빠왔다. 얼굴 위로 열이 올라왔다. 태율의 주먹 쥔 손에 힘이 들어갔다. 새파란 핏줄이 돋아 꿈틀거리고 있었다.

"…… 어째서! 아니 어떻게……."

태율은 숨을 쉴 수 없을 정도로 가슴이 아팠다.

'왜, 내 품이 아닌 다른 사람 품에 있는 거야. 어째서! 어째서!'

가슴이 아팠다. 이 세상의 고통일까 싶을 정도로 심장이 아프고 아팠다. 하늘이 무너져 내린다는 말은 이럴 때 쓰는 말일 것이다. 그의 눈이 캄캄해졌다. 그녀를 보려고 뛰듯이 궁을 가로질러 올 때는 더없이 달가웠던 그의 얼굴이 지금은 괴로움에 부서져버렸다. 이를 악문 그의 턱이 바들바들 떨리고 있었다. 그의 눈동자는 두려움과 괴로움에 몸부림치고 있었다.

'설화……!'

뛰어가고 싶었다. 태율은 지금 당장 두 사람을 갈라놓고 설화를 끌어안은 저치의 팔을 잘라내버리고 싶었다. 눈에도 담지 못하도록, 만지지도 못하도록 설화를 단단히 끌어안고 싶었다.

'그런데 왜 다리가 움직이지 않는 것이지? 왜 몸에 힘이 들어가지 않는 것이지……. 나는 지금 무엇을 망설이고 있는 것인가. 나는 지금 무엇을 두려워하는 것인가.'

"하. 하하. 하하하……."

힘없는 웃음소리가 그의 입술을 가르고 새어 나왔다. 자조와 짙은 슬픔이 밴 목소리였다. 도무지 어찌할 수 없는 한숨과도 같은 그런 슬픈 웃음이었다. 태율이 몸을 숨기고 있던 나무에 몸을 기댔다. 차가운 손등을 들어 뜨거운 눈가를 비볐다.

'부디 잘못 본 것이길……. 거짓이길……. 너무나도 들뜬 이 밤이 나에게 치는 못된 장난이길…….'

그러나 태율은 차마 그 부정한 진실을 확인하려고 눈을 뜰 수가 없었다. 차마 제 두 눈으로 매섭고 서러운 진실을 확인할 엄두가 나지 않았다. 무엇보다도 설화의 일이기에, 그의 반려의 일이기에……. 태율의 얼굴이 와락 구겨졌다. 그는 하도 힘을 줘 바르르 떨리는 주먹으로 그 괴로움에 흥건히 젖어 있는 얼굴을 가렸다.

"…… 나와 가자."

"예?"

태율의 가슴이 철렁 내려앉았다. 더 이상 가라앉을 곳이 없을 줄만 알았던 마음의 심연은 아직도 꺼질 공간이

남아 있었나 보다. 주먹 쥔 태율의 손바닥에 힘이 들어갔
다. 부들부들 떨리는 손이 그를 숨겨준 나무 기둥을 움켜
쥐었다. 툭툭 떨어지는 작은 나무 조각들이 그의 얇은 피
부를 파고들었다. 아픈 줄도 모르고 태율의 손은 더욱 강
하게 나무 기둥에 파고들었다. 태율의 머릿속은 이미 이
성이고 망설임이고 할 것 없이 하얗게 불타버렸다.

"황후화? 그까짓 거! 내가 찾아줄게. 나와 가자."

"그게 무슨⋯⋯?"

"나는! 나는, 너를⋯⋯."

"그만!"

이미 그의 몸과 발은 머리를 떠나 심장의 명령에 움직
였다. 별궁 녹원을 쩌렁쩌렁 울리는 태율의 목소리에 화
들짝 놀란 설화가 그를 돌아봤다. 그녀의 얼굴은 밀애를
즐기고 있다기에는 너무나도 투명했다. 순수한 놀람에
동그란 눈망울이 그녀를 향해 달려오는 태율을 바라보
고 있었다.

"이게 도대체 무슨 짓이지."

주변 공기를 에일 듯이 냉랭한 태율의 눈이 현오를 쏘
아보고 있었다. 한달음에 그들 곁으로 달려온 태율이 현
오의 손에 잡혀 있던 설화의 손목을 잡아챘다. 아이를
보호하는 아비처럼 설화를 자신의 등 뒤로 숨겼다. 설화

는 손목에 닿은 뜨거운 그의 손길에 놀랐다. 무언가 끈적하고 불길한 느낌에 돌아보니 그녀의 손목에 닿은 그의 손에서 피가 흐르고 있었다.

"피가, 피가……."

놀라 중얼거리는 설화의 소리에도 태율의 눈은 현오를 노려보기만 했다. 현오 또한 그런 태율의 눈을 피하지 않았다.

"애송이 네가 끼어들 자리가 아닌데……."

"남의 소중한 신부를 채가려 했으면서……. 뻔뻔하군."

"아직 네 신부는 아니지 않나?"

태율만큼이나 얼음장이 서린 현오의 목소리에 태율이 비스듬한 미소를 지었다. 그의 마음속이 어떠했든 그 눈빛은 자신감에 차 있었다.

"…… 식만 올리지 않았을 뿐, 설화는 나의 신부야."

태율의 말에 현오의 거친 눈동자가 꿈틀거렸다. 태율은 애써 태연한 척 웃음을 보였다. 그의 마음은 조금 전 그녀가 다른 사내의 품에 안겨 있던 잔상에 허우적거릴지언정 그의 표정만큼은 따스한 낭군의 얼굴이었다. 그녀를 완전히 가진 사내의 얼굴로 위장해 있었다.

"그게 무슨!"

"글쎄, 우리 둘의 은밀한 속사정까지 당신에게 말할

필요는 없다고 생각하는데……. 뭐 정 듣고 싶으면 말해
주고."

"태율이, 너 그게 무슨!"

태율의 말에 현오의 얼굴이 단박에 구겨졌다. 그 얼굴
을 보며 태율의 얼굴 위로 여유로운 미소가 떠올랐다. 두
사내의 치기 어린 다툼에 설화의 얼굴이 붉어져 있었다.

'아니, 이게 무슨 말이야?'

어쩐지 은밀하고 야릇한 태율의 말에 설화는 태율의
팔을 붙잡았다. 그 순간 설화의 머릿속에 스쳐 지나간
지난날 태율의 한마디가 떠올랐다.

'너 나랑 옷 벗고 입 맞춘 것 잊은 거야? 이미 나에게
모든 것을 다 보여주었으면서.'

"너 설마 그때 그 일을……!"

정말 뭔가 있었다는 듯 화들짝 놀라 입을 가로막는 설
화의 모습에 현오의 심장이 쿵 하고 떨어졌다. 순식간에
심장이 찢어지는 고통이 그의 전신을 휘감았다. 그의 어
깨에 힘이 들어갔다. 현오가 딱딱하게 굳은 주먹으로 단
숨에 태율의 앞섶을 틀어쥐었다.

"너, 이 새끼!"

"…… 사랑하는 남녀의 운우지정(雲雨之情: 남녀의 육체
적 사랑)은 부처님도 막을 수가 없다 하지."

'사랑하는 남녀.'

설화의 심장이 태율의 말에 심하게 요동치고 있었다. 무심하게 흐르듯이 나온 저 한마디에 설화의 가슴은 거센 풍랑에 넘실대는 작은 쪽배처럼 속절없이 흔들렸다.

'사랑하는 남녀…….'

현오의 얼굴이 아프게 구겨졌다. 설화의 심장이 요동치는 쪽배였다면, 현오의 심장은 파도에 부서진 나룻배였다. 태율의 말이 파도가 되어 그의 가슴을 산산이 부쉈다. 바들바들 떨리는 그의 손이 마침내 태율의 얼굴을 난타했다. 피할 수 있음에도, 충분히 반격할 수 있음에도 태율은 그의 옥안을 강타하는 현오의 주먹을 맞아주었다. 마치 기꺼이 맞아주겠다는 듯, 이까짓 주먹쯤은 얼마든지 맞을 수 있다는 듯 당당하기까지 했다.

"함부로 하지 마라! 설화를 함부로 하지 마! 쉬이 대하지도 말고, 아프게도 하지 마! 만약, 만약에…… 조금이라도 그리한다면 내 너를 천 갈래 만 갈래로 찢어 죽일 것이다!"

"당신이 말하지 않아도 그리할 것이야!"

이를 악물고 뱉어내는 현오의 경고에 태율 또한 지지 않고 맞받아쳤다. 그의 눈이 전장에 나선 장군처럼 투지에 불타올랐다. 질투와 고통이 범벅된 두 사내의 눈동자가 얽혔다가 떨어졌다. 현오는 아주 잠시 설화를 돌아봤다. 그의 아픈 눈이 어그러져 차마 오래도록 그녀를 바라볼 수도 없었다. 짧게 스치는 설화의 고운 얼굴을 눈에 새기듯 눈을 감은 현오가 순식간에 하늘로 솟아올랐다. 검은 날개를 펼친 현오가 멀리 사라질 때까지 그를 노려보던 태율의 눈동자에는 놀라움조차 없었다. 다만 그녀를 향한 연정만 거세게 타오르고 있을 뿐이었다.

"괜찮아? 너 손도……."

잠시간 멍하니 있던 설화가 화들짝 놀라며 정신을 차렸다. 바닥에 쓰러져 있는 태율을 향해 달려가 그의 얼굴을 두 손으로 잡아 돌렸다. 언제 그를 피했냐는 듯 살뜰한 손길로 그의 얼굴과 손을 살폈다. 피가 터져 흐르는 입술 끝도, 나무 가시가 박혀 있는 손바닥도 너무 아파 보였다. 그런 설화를 태율은 지그시 바라봤다. 태율은 조용했다. 그 순간 태율이 와락 그녀를 끌어안았다. 놀란 설화의 입에서 작은 비명이 터져 나왔다.

"왜, 왜 그래?"

설화의 물음에도 태율은 말이 없었다. 침묵으로 그녀를 끌어안은 그의 팔이 살짝 떨리고 있었다.

"왜 그래? 아파? 응?"

반복된 물음에도 말이 없던 태율이 문득 그녀에게서

떨어졌다. 떨어진 태율은 어쩐지 그녀의 눈을 보지 않았다. 고개를 돌려 외면한 채 몸을 털고 일어났다.

"놀랐을 텐데…… 어서 자. …… 내일 봐."

고개를 돌린 태율이 훌쩍 담을 넘어 그녀 곁에서 멀어졌다. 태율이 떠난 그 자리에 묘한 기류만 남아 설화의 곁을 맴돌고 있었다.

*

현악 소리, 고동 소리가 몇 번이나 하늘에 울려 퍼졌는지 모른다. 삼배, 사배를 호령하는 소리에 수십 번을 절하고 일어났다. 머리에 얹은 가체도 무겁고 겹겹이 입은 활옷은 너무 더웠다. 화려하기만 하고 실용성은 하나도 없어 보이는 옷을 입으니 제대로 걸을 수조차 없었다. 설화가 몇 번이나 쓰러질 뻔한 것을 그녀 양옆을 지탱해주는 여관女官들이 간신히 잡아주었다. 사람은 또 어찌나 많은지 도성 안에 사람은 모두 황궁에 모여든 것만 같았다.

설화의 입에서 보이지 않는 한숨이 찔끔 흘러나왔다. 여간 피곤한 행사가 아닌가? 두 번은 못 할 일이었다. 두 번 할 생각도 없긴 했지만…….

책빈이라 하여 태자빈에 봉해졌다. 설화의 머리 위로

오색 구슬로 찬란하게 꽃 모양을 낸 화관이 얹어졌다. 그 위로 나붓하게 움직이는 나비가 떨리는 그녀의 마음을 대신해 바르르 움직였다. 혼례 내내 태율이 그녀의 옆을 지키고 있었건만 그녀는 고개 한번 들어 그를 볼 수조차 없었다. 무거운 가채와 화관 때문이기도 했지만 엄숙한 장내 분위기도 한몫했다. 더군다나 아침이 되어 나타난 황태자의 얼굴이 꽤나 오색찬란했기에 장내가 한바탕 뒤집어지고 난 후였다. 어쩐지 양심에 찔려 설화는 고개를 들 수가 없었다. 저가 때린 것도 아니건만 묘한 죄책감이 그녀를 콕콕 찔러왔다.

'피곤해.'

새벽닭이 울자마자 시작한 혼례 의식은 땅거미가 질 때까지 계속되었다. 실상은 며칠 전부터 납채니 납징이니 오가며 이미 혼례 의식이 시작되었다. 그것까지 합친다면 혼례는 이레나 소모되는 엄청난 의식이었던 것이다.

'어딜 또 가는 거지?'

여관들의 부축을 받으며 꽃가마에 오른 설화는 또다시 다른 장소로 이동하고 있었다.

'이미 어수룩한 보랏빛 하늘이 내리고 있건만 다시 또 어디로 가는 건지…….'

잠시간 멍한 머리로 교육받았던 혼례 절차를 되새기

던 설화는 불현듯 그것이 오늘의 마지막 절차라는 것을
깨달았다.

"…… 동뢰!"

어려운 말로 동뢰요, 시장 언어로 첫날밤이었다. 치마
폭을 잡고 있던 설화의 손이 입으로 올라왔다. 피곤에
절어 멈춘 줄 알았던 맥박 활동이 활발해졌다. 그녀는
지금 태자궁으로 향하고 있었다. 눈앞에 어젯밤 태율의
모습이 아른거렸다. 어쩐지 그녀의 심장이 더욱 불안하
게 뛰었다.

태율은 나무 향이 짙은 목욕통에 한참을 앉아 있었다.
물 냄새와 함께 올라오는 나무의 향이 그의 마음을 차분
하게 만들어줬다. 처음 설화를 만났을 무렵, 그는 항상
황산을 올랐다. 새벽녘에 오르는 산에는 항상 물에 젖은
나무 냄새가 그득했다. 처음 산에 오를 때는 숨이 끊어
질 듯 가슴에 통증이 심했다. 그러나 그런 통증 따위는
누군가를 보고 싶다는 마음에 비할 바가 되지 못했다.
그렇게 그는 매일 거르지 않고 산에 올랐다. 설화를 보
기 위해, 그녀에게 한발이라도 더 다가서기 위해…….

그녀는 그의 빛, 그의 삶, 그의 생명이었다. 밤이면 밤
마다 찾아왔던 죽음의 그림자를 이겨내게 해준 삶의 구
원병이었다. 그녀로 인해 태율은 살고자 했다. 살고 싶

어졌다. 그녀의 빛이 그를 정화해주었다. 그녀의 웃음이 그를 행복하게 해주었다. 설화의 존재 자체가 태율에게 축복이요, 축원이었다. 그가 이 세상을 사는 단 하나의 이유, 가장 절박한 목표는 설화의 웃는 얼굴, 설화의 행복, 설화 그 자체였다. 그녀가 없다면 자신은 열정을 잃어버린 그저 빈껍데기에 지나지 않았다.

'헌데 내가 지금 잘하고 있는 것인가?'

그의 머릿속에 어젯밤의 잔상이 아른거렸다. 설화가 부정하다고 말하는 것이 아니었다. 의심하는 것이 아니었다. 그가 괴로운 이유는⋯⋯ 그녀의 마음이었다. 그녀가 혹여 그 까마귀 사내를 품고 있는 것은 아닐까. 두 사람 사이에 태율이 끼어들 수 없는 정이 있는 것은 아닐까. 헌데 그것을 억지로 비집고 들어간 것은 아닐까⋯⋯.

'혹시, 정말 혹시라도 그녀는 단지 황후화 때문에 태율의 곁에 있는 것은 아닐까?'

태율의 가슴에 핏덩이가 얹혔다. 얼굴이 뜨거워지고 눈시울이 저릿했다. 그 새카만 사내와 설화의 모습을 상상하는 것만으로도 태율의 가슴이 터질 듯 아팠다.

"하하! 언제 이렇게 약해진 거냐, 나는."

어쩐지 구슬픈 웃음소리였다. 물에 젖은 손이 그의 뜨거운 얼굴에 닿았다. 들어 올린 손바닥 상처 사이로 물

이 들어갔지만 그는 개의치 않았다. 몸에 난 상처 따위
는 마음의 괴로움에 비할 수 없으니.

"전하, 태자빈 마마께서 동궁에 드셨다 하옵니다."

"…… 곧 나가마."

그의 몸을 가르고 물방울들이 촤아아 시원한 소리를
내며 떨어졌다. 어느새 그의 몸에서 향긋한 솔 향이 풍
겼다. 일어서는 태자의 뒤로 나인들이 햇빛을 머금어 보
드랍고 따스한 천을 가져갔다. 그들에게 밤 단장을 맡기
던 태율이 나직하게 흘을 불렀다.

"가서 황후화를 가져와라."

"황후화 말씀이십니까?"

조금 놀란 듯 흘이 되물었다. 태율은 대답하지 않았다.
흘은 곧 그의 명령을 받들고 밖을 나섰다. 오직 태율과
흘만이 알고 있는 그 비밀의 장소로 향했다.

금장과 붉은 비단으로 장식된 넓고 화려한 침전이었
다. 용이 살아 움직이듯 섬세한 문양이 곳곳에 숨겨져
있었다. 그 살아 있는 방 안에 덩그러니 앉아 있는 설화
는 유독 작아 보였다. 그녀의 입에서는 가늠 수 없는 한
숨이 뜨겁게 흘러넘쳤다.

"드디어 이날이 오긴 왔네."

그녀는 어쩐지 계속 혼잣말을 중얼거렸다. 야릇하게 속이 보이는 겹겹의 야장 속에서 그녀의 가슴이 쉴 새 없이 오르내렸다. 심호흡을 해보았지만 열이 오른 뺨은 잘 식지 않았다.

설화에게는 어머니가 계시지 않았다. 그렇다고 자매들과 살갑게 지낸 것도 아니었다. 어쩐지 자꾸만 그녀와 거리를 두는 언니들 때문에 그녀는 더욱 고립되었다. 그러면 그럴수록 그녀는 산속이나 들판으로 나돌았다. 햇살은 마치 어마마마의 품같이 따뜻했다. 숲은 아바마마처럼 웅장하고 청량했다. 바람은 언제나 그녀에게 친절했다. 바람을 벗 삼고 숲을 놀이터 삼아 그렇게 그녀는 사람들과 조금 떨어져 지내게 되었다. 그 주변과의 고립이 설화를 순수한 그녀, 그 자체로 성장케 했다.

그러니 그녀가 남녀 관계에 대해 알 리가 없었다. 지상계 나이로 190여 살이지만, 정신적 성장으로만 본다면 열여덟 살쯤 되었을 것이다. 그전까지만 하더라도 누구를 한 번도 은애해본 적이 없었다. 그녀에게 은애하는 마음을 품고 달려든 도령도 없었다. 하긴 저 위에서 누가 감히 그럴 수 있었을까? 그랬으니 그녀가 남녀의 운우지정에 대해 알 턱이 없었다.

"도대체 뭘까?"

차마 입에도 담을 수 없어 속으로만 중얼거리던 설화의 얼굴에 홍조가 떠올랐다. 문득 다시 태율의 얼굴이 두둥실 떠올랐다. 그와 동시에 가슴이 콩콩 뛰기 시작했다. 그의 솔 향에 취해 있다 보면 숲 속에 안겨 있는 기분이 들 것만 같았다. 어렴풋이 듣기로는 구름 속에서 태양을 삼킨 듯한 느낌이라 했다. 짓궂은 몇몇 풍운 대군들의 속살거림이었지만, 설화는 그것이 대체 무엇일까 상상조차 할 수 없었다.

"손은 괜찮을까?"

힐끔 쳐다본 태율의 손에 하얀 붕대가 감겨 있었다. 어쩐지 그 손만 보아도 통증이 느껴질 것만 같았다.

"태자 전하 납십니다!"

조용히 울리는 내관의 목소리에 설화가 화들짝 놀라 겹겹이 열리는 문을 바라봤다. 설화가 입고 있는 것과 맞춘 듯 금수가 놓인 새하얀 야장의를 입은 태율이 문 안으로 들어섰다. 덤덤한 입매와 차분한 눈동자가 느리게 그녀를 바라봤다. 태율과 눈이 마주치는 순간 심장이 아래로 쿵 떨어졌다. 마치 아슬아슬한 벼랑 끝에서 발이 미끄러졌을 때처럼 심장이 찌릿했다. 손바닥에 축축한 땀이 고였다.

태율의 뒤로 여관 둘이서 작은 주탁酒桌을 들고 따라왔

다. 두 사람 사이에 그것을 내려놓은 여관은 뒤를 보이지 않고 작은 걸음으로 사라졌다. 털썩 이부자리 위로 앉은 태율이 그를 바라보고 있는 영롱한 두 눈동자를 마주했다.

"수고했어."

다정한 목소리가 설화를 향했다. 설화는 어쩐지 변함없이 따뜻한 그 음성에 긴장이 탁 풀렸다.

"다친 데는 괜찮아?"

힐끔 손을 내려다보니 태율이 어깨를 으쓱했다.

"아프지도 않아."

"치! 거짓말."

설화의 입꼬리에 슬그머니 미소가 걸리니 태율도 따라 웃음 지었다. 언젠가 가까이서 보았던 그 아늑한 눈 그늘을 만들어내는 속눈썹이 그의 웃음에 따라 짙어졌다.

"합근례를 치러야지?"

그의 말이 끝남과 동시에 곁에 대기하고 있던 장찬掌饌 둘이 태자와 태자빈의 잔에 술을 따랐다. 방 안에 순식간에 향기로운 술 내음이 퍼졌다. 술이 약하지 않은 설화였지만 하루 종일 피곤했던 탓인지 목을 따라 넘어가는 독한 술 향기에 정신이 아찔해졌다. 태율은 서둘러 두번째, 세번째 잔까지 쉬지 않고 들이켰다. 본디 합환주는 모두 마시지 않아도 괜찮았다. 하지만 두 사람은 꾸역꾸역 잔 가득 들어온 술을 모두 목구멍에 털어놓고 있었다. 문득 태율이 말끔한 설화의 잔을 보고 너털웃음을 웃었다.

"다 마시지 않아도 돼."

"알아."

"근데 왜?"

"그냥, 술이 다네."

설화의 대답에 놀란 듯 눈을 동그랗게 뜬 태율이 피식 웃고는 고개를 내저었다.

"그래, 입이 쓰니 술이 달다."

"응?"

"아니야. 장찬은 이제 나가보거라."

짧게 명한 태율의 말에 장찬과 예속이 뒷걸음으로 방을 나왔다. 순식간에 두 사람만 남았다. 술기운에 조금 붉어진 얼굴로 설화가 멀거니 태율을 바라봤다. 태율은 그런 설화를 잠시 바라보더니 제 빈 잔에 술을 다시 따랐다. 순식간에 목구멍에 두어 번 더 붓더니 탁 소리가 나도록 조금 강경하게 술잔을 내려놓았다.

"줄 게 있어."

"음?"

강한 소리만큼이나 강한 눈으로 태율이 설화를 바라

봤다. 어쩐지 평소와 다른 태율의 태도에 설화는 기분이 이상해졌다.

'혼인날이라 그러는 것일까? 아니면 어제 일 때문에……?'

혼란스러운 설화의 마음을 아는지 모르는지 태율이 나직하게 홀을 불렀다. 그러자 밖에 시립하고 있던 무사가 발끝을 들고 방 안으로 들어섰다. 그는 눈을 들지도 않고 고요히 검은 자개가 박힌 작은 상자를 내려놓고 사라졌다.

"이게 무슨……?"

어리둥절한 설화의 목소리에 태율이 픽 웃음을 흘렸다. 그러더니 그녀에게 상자를 밀어줬다.

"열어봐."

"어?"

"네 것이야."

설화가 떨리는 손으로 검은 상자를 집어 들었다. 또각하는 소리와 함께 나무 상자가 열렸다. 그 안을 주시하고 있던 설화의 눈이 순식간에 함지박만 해졌다.

"이, 이건……!"

황후화였다. 설화가 꿈에서 그리던 황후화, 그토록 찾아 헤맸던 그 꽃이었다. 지상에 핀 천상의 꽃, 황후화. 황금빛 귀물, 그것이 그 안에 있었다.

"줄게……. 처음부터 네 것이었고, 너를 위한 것이었으니까."

"뭐? 갑자기 왜……."

설화의 물음에 태율의 입술 끝이 슬피 올라갔다. 설화의 눈에 그렇게 비쳤다.

"생각을 해봤어. 아주 고통스럽게, 아주 깊이 생각을 해봤어……. 만약 내가 너를 억지로 잡고 있는 것은 아닐까? 네가 내 곁에 있는 이유가 이 황후화 때문은 아닐까. 너는 내 인생의, 내 삶의 단 한 명의 연인인데, 헌데 너는? 너의 그 미치도록 간절한 마음속에는 내가 있을까? 혹여 나의 아집으로 너를 옭아매고 있는 것은 아닐까!"

조곤조곤 시작한 태율의 목소리는 어느새 격정적으로 높아져 있었다. 그의 차가운 손이 설화의 뜨거운 뺨을 살며시 쓰다듬었다. 말투는 거칠어졌지만 손길은 여린 꽃잎을 만지는 아이처럼 조심스럽기 그지없었다.

하지만 정작 그 여린 손길 끝에 있는 설화는 그의 말을 들을수록 가슴이 덜커덩 내려앉았다. 그와 동시에 조금 전과는 다른 열기가 얼굴로 올라왔다.

'얘가 지금, 태율이 지금 무슨 말을 하고 있는 거지?'

"곁에 있고 싶었어. 너와 함께 있고 싶었어. 너는 나의 전부니까. 내가 살아가는 이유니까. 내가 행복하게 만들 어주고 싶은 단 한 명의 여인이니까! 근데 내가 널 억지로 구속하는 게 아닐까 하는 생각이 드니, 그런 생각을 하니 내 자신이 참을 수 없이 치졸하게 느껴지더군. 참을 수 없 이 미련하고 화가 나는 거야. 그럼에도 불구하고……."

괴로운지 찡그린 그의 미간에 고통이 절절했다. 맑고 강인해 보였던 검은 눈에는 시린 푸른빛마저 감돌았다.

"너를 놓아주기 싫은 나의 마음이 싫다. 내 안에 난폭 하고 이기적인 짐승이 정말 싫다. 너에게 간절한 무언가 로 너를 붙잡아두려는 내가 싫어. 그래서 너에게 주는 거야. 설화, 온전한 너의 마음을 가지고 싶으니까."

"그게 무슨……."

"조건부 따위가 아니야. 너에게 자유를 줄 거야. 너를 구속하는 것 따위는 풀어줄게. 그러니 네가 원하는 대 로. 혹여 떠나고 싶다면, 그것도 너의 마음대로……."

그의 말이 끝나자마자 설화의 눈동자가 바르르 떨렸 다. 불현듯 가슴에 천불이 일었다. 혼인날에 태율에게 그런 말을 들을 것이라고는 상상해본 적도 없었다.

그의 슬픈 눈을, 그의 아픈 미간을 보고 있던 설화의 얼굴이 한껏 찡그려졌다. 그러더니 설화는 입술을 질끈 깨물었다. 답답했다. 태율이 그녀에게 떠나도 된다고 말하는 것이 너무나도 싫었다. 듣기 싫었다. 설화의 손이 주탁 위에 있는 술병을 움켜쥐었다. 그리고 그것을 술잔에 따르지도 않고 병째 들이켰다. 속에 있는 불을 술로 끄기라도 하겠다는 듯이.

놀란 태율이 술병을 뺏으려 손을 뻗었지만 설화의 처음 보는 서슬 퍼런 눈동자에 그대로 멈췄다. 꿀꺽꿀꺽 맑은 소리를 내며 술병이 직각으로 거꾸로 섰다.

탁!

경쾌한 소리를 내며 주탁 위로 호리병이 안착했다. 그와 동시에 설화가 태율을 향해 빽 하고 소리를 질렀다.

"이 멍청이 복숭아야!"

겹문, 중문, 창호 문을 넘어 밖의 나인들에게까지 들리는 쩌렁쩌렁한 목소리였다.

"멍충이! 멍충이! 이! 이! 태자라는 게, 그 똑똑하다는 태자라는 게!"

설화는 태율의 어이없다는 표정을 보면서도 투정 아닌 투정의 말을 꽥꽥 질러댔다. 소리로만 지르는 것은 성이 차지 않는다는 듯이 그녀는 고개를 돌려 주변을 둘러봤다. 가슴이 터질 듯 답답하고 머리는 핑글핑글 돌았다. 술기운이 피를 타고 그녀의 온몸 구석구석을 헤집고 다녔다. 그와 함께 태율을 향한 화마도 피를 타고 그녀를 휘감았다. 마침내 그녀의 손에 마른 메밀이 들어 있는 원앙침이 잡혔다. 설화는 냅다 그것을 잡고 태율을 향해 내려쳤다.

"윽! 아야, 아얏! 그만, 그만해, 설화."

"뭘 그만해! 뭘! 몰라, 넌 맞아야 해. 맞아야 해!"

"아, 잠깐. 잠깐만."

"잠깐이고 나발이고!"

내려치는 베개에 쓸려 술병이 쓰러졌다. 그와 동시에 노릇한 타래과가 담긴 그릇도 우당탕 옆으로 쏟아졌다. 제법 날카로운 소리에 놀란 휼과 내관이 서둘러 문을 여는 소리가 들렸다.

"전하! 괜찮으십니까? 소인 들어가보겠습니다!"

"들어오지 마!"

서둘러 소리친 태율이 황급히 설화의 손목을 잡아채 베개를 빼앗았다. 설화는 손목을 잡히고도 씩씩거리며 태율을 노려봤다. 발그레한 뺨과 앙큼한 눈빛이 제법 술기운이 올라온 듯했다.

"이거 놔."

"왜 이렇게 화내는 거야."

"몰라! 이거 놔."

설화는 입술을 앙다물며 손목을 마주 비틀었다. 그러

나 굳은살이 단단히 박여 있는 사내의 손아귀에서 손목을 빼내기란 쉽지 않았다. 하지만 그럴수록 설화의 반항은 더욱 극심해졌다.

'분해, 분해! 분해 죽겠어. 어째서 그런 말을 하는 거야? 어째서! 지금 와서? 나를, 겨우 그만큼 원했다는 건가? 나를 원한다고 했으면서. 그랬으면서!'

생각할수록 가슴속에 뜨거운 것이 울컥 솟았다. 화가 나서 그런 건지, 술 때문에 그런 건지 설화의 눈가가 빨갛게 달아올랐다.

"내가 잘못했어. 그만해, 응? 왜 그래?"

"몰라, 미워! 미워 죽겠어. 이 멍청이 복숭아 도령. 복숭아나 먹다 콱 체해버려라!"

"화내지 마. 응?"

달아오른 설화의 빨간 눈동자가 보이자 태율의 가슴이 덜컥 내려앉았다. 피가 절절 끓어올라 도무지 어떻게 해야 할지 갈피가 잡히지 않았다. 그녀의 눈에 슬픔이 차오르면 그의 가슴에는 고통이 떠올랐다.

"말을 해줘. 왜 이렇게 화내는 거야? 내가 뭘 잘못한 거야?"

"바보!"

"제발. 말해줘. 화내지 말고 말해줘, 응?"

마구 버둥거리는 그녀의 손을 두 손으로 잡고 태율이 진지한 눈으로 설화의 눈을 직시했다. 그 눈을 보는 설화의 얼굴에는 아직 가시지 않는 화기가 어른거렸다. 씩씩거리던 설화가 태율의 단단한 어깨를 밀어내며 속내를 풀었다.

"어떻게 나한테 그런 말을 할 수가 있어? 어떻게? 가라고? 가도 된다고? 곁에 있어만 달라고 했던 게 언젠데. 그랬으면서 어떻게 나한테 가도 된다고 말할 수 있어? 너는 내 결정을 믿지 못하는 거야! 나는 내 의지로, 내 선택으로 네 곁에 있으려고 마음먹은 건데. 그런데! 뭐? 네 마음대로 하라고? 이미 내 마음대로 한 거였다고! 그래, 가도 된다고 하면 갈게. 갈 거야! 너 없는 데로 아주아주 멀리멀리 가버릴 거야. 다신 복숭아 따위 먹지도, 보지도 않고."

폭포수처럼 쏟아지는 설화의 말을 들으며 태율의 가슴에 찌릿찌릿 전율이 올라왔다. 마치 작은 벌이 여러 차례 그의 심장을 쏘아댄 것만 같았다. 아프고 아렸지만 어딘지 모르게 벅차오르는 기분이었다. 그러나 그의 얼굴은 여전히 고통스러웠다.

"아니야! 네가 가길 원하는 게 아니라고."

"됐어. 너 나빠. 태율이 너 나쁘다고."

"나는 다만…….."

태율은 다만 그녀의 마음을 몰랐을 뿐이다. 항상 다가 간 것은 그였으니까. 그녀는 항상 그를 밀어내기만 했으 니까. 그녀를 쫓는 것은 그의 몫이었니까. 그러니 태율 은 그녀의 마음에 확신이 없었다. 혹시라도 그녀의 마음 이 그와 다를까 봐. 목숨보다 소중한 그녀를 그가 괴롭 히고 있는 것은 아닐까…….

어쩐지 태율의 얼굴이 너무나 괴로워 보여 설화는 말 을 멈췄다. 떨림과 함께 쏟아지는 태율의 한숨을 보며 설화는 고개를 돌렸다.

'저 얼굴에 속지 않을 거야. 바보, 바보!'

"날 봐. 네가 나를 외면하면 나는 너무 아파."

태율의 손가락이 그녀의 고개를 슬며시 잡아 돌려놨 다. 굳이 그 손을 밀어내지 않은 것은 어쩌면 설화 또한 그가 그녀에게 변명해주기를 기다렸기 때문이리라.

나지막한 한숨이 흘러나오고 곧이어 태율의 괴로운 목소리가 터져 나왔다.

"설화, 네가 생각하는 것보다 너를 원하는 내 마음은 무척이나 깊어. 너를 생각하면 그저 내 옆에만 있게 하 고 싶어. 나를 보고만 웃게 만들고 싶어. 그저 너를 꽉 끌 어안고 하루를 보내고 싶어. 그래서 무서워. 이토록 소중한 너인데, 그토록 기다렸던 너인데. 이런 내 마음이 너에게 독이 되는 것은 아닐까. 정작 소중한 네 마음을 내가 무시하고 있는 것은 아닐까. 나는, 나는 정말 너를 소중히 하고 싶은데. 네 마음은 이렇게 오직 너만 원해. 너만 은애해. 이런 널 향한 나의 마음이 무섭지 않아? 나조차 이렇게 두려운데, 설화 너는 두렵지 않아? 너와 관련된 것이라면, 너의 것이라면 너의 숨결, 너의 한숨까지 모조리 내가 가지고 싶어. 완전히 너를 가지고 싶어. 너는 나의 전부니까. 내가 살고자 하는, 살아갈 수 있는 나의 하늘이니까!"

태율의 나지막한 고백에 어쩐지 설화의 숨이 가빠왔다. 달싹거리는 입술에서는 어떤 말도 나오지 못했다. 다만 크게 떠진 눈동자가 괴로운 듯 찡그린 태율에게서 떠나가지 않았다.

태율은 그의 가슴속 작은 부스러기 하나마저 박박 긁어내 그녀에게 보여준 것이었다. 그런데 여전히 설화는 그에게 말이 없었다. 그녀의 침묵이 그에게는 부정으로만 들렸다. 그와 다른 마음이라는 것처럼 말하는 듯했다. 그래서 태율의 미간이 더욱 괴롭게 찡그려졌다. 심장이 찢어진 것만 같았다. 그토록 바랐던 그녀와의 혼례날이건만 오늘 그의 심장은 너무나 아팠다.

"…… 그랬다고. 내 마음이, 널 향한 내 마음이 그렇다고."

조금 힘 빠진 듯한 태율의 목소리에 설화의 손이 저절로 그에게 올라갔다. 뭐랄까, 저 아픈 얼굴을 보고 있자니 그녀의 마음이 더욱 아파왔다고 해야 할까. 그랬다. 그래서 설화의 손이 저도 모르게 그의 어깨를 와락 감싸 안았다. 그녀의 돌발적인 행동에 놀란 것은 태율이었다.

"설화?"

"정말 바보라니까……."

"뭐?"

이제는 그녀의 손으로 그의 어깨를 감싸주기에 그는 너무나 커버렸다. 그래서 설화는 더욱 힘을 주어 그를 꼭 끌어안았다. 바보 같았다. 그 어리고 어리바리했던 작은 황자는 여전히 이 커버린 태자 안에 있었나 보다. 설화의 얼굴에 배시시 웃음이 떠올랐다.

"나도 너와 같이 있고 싶으니까 남기로 결정한 거잖아, 바보야. 나도 너의 곁이 좋으니까 남은 거라고. 황후화……. 그 이유도 없다고 말할 수는 없지만, 그치만 그보다 너와 함께 있고 싶었어."

짧게 숨을 들이켜는 그의 가슴이 들썩였다. 설화의 작은 손이 그를 더욱 따스하게 끌어안았다.

"그러니까 네 마음 하나도 무섭지 않아. 예전부터 지금까지 한 번도 무섭다고 생각한 적 없어."

"…… 정말?"

"그래, 이 멍청이 복숭아야."

설화가 헤헤 웃으며 그의 등을 토닥여주니 태율도 와락 그녀를 끌어안았다. 태율이 끌어안자 설화는 숨이 막혔지만 아무 소리도 없이 그저 그를 받아주었다.

설화는 태율을 구원해주는 단 하나의 열쇠였다.

태율은 그녀의 말 한마디에 가슴이 벅차올랐다. 땅끝 깊숙이 꺼져버릴 듯 무거웠던 마음이 단숨에 하늘로 솟구쳐 올랐다. 구름 신을 신은 듯 온몸이 순식간에 뜨겁게 타올랐다.

그렇게 얼마 동안이나 끌어안고 있었을까. 문득 태율이 고개를 들어 그녀와 눈을 맞췄다.

"입 맞춰도 돼?"

"…… 어?"

미처 뭐라 대답하기도 전에 태율의 입술이 그녀에게 내려왔다. 예전, 소년이었던 태율과 했던 스치듯 짧은 입맞춤과는 너무나 다른 뜨거움이었다. 설화는 어쩐지 가슴이 터져버릴 것만 같았다.

"으음……."

그의 손이 그녀의 얼굴을 소중하게 감싸 안고는 조금 더 깊이 그녀 안으로 파고들었다. 버둥거리는 설화의 손을 한 손으로 잡아채고 조금 더 힘을 주어 그녀를 침상 쓰러트렸다. 저항할 틈이 없었다. 솜털처럼 부드럽고 작은 몸이 침상 위로 미끄러지듯 쓰러졌다. 그 위로 뜨거운 몸이 겹쳐졌다. 서로의 체온이 느껴질 만큼 얇은 자리옷이었다. 그의 체온, 그의 손길, 그의 입술에 설화의 머리가 핑그르르 돌았다. 조금 전 깬 줄 알았던 술기운이 다시 전신을 휘감는 듯 뜨거웠다. 숨도 잘 쉬어지지 않았다. 물컹하고 뜨거운 입맞춤의 느낌이 낯설었지만 싫지는 않았다. 싫다는 생각도 할 수 없을 만큼 기분이 야릇했다.

"자, 잠깐……."

"안 돼?"

"아니, 그런 건 아닌데……."

그녀의 대답에 태율이 빙그레 웃음을 지었다. 입맞춤만큼이나 숨 막히게 아름다운 태자의 얼굴에 설화가 눈을 깜빡거렸다. 그 이마 위로 태율의 촉촉한 입술이 내려왔다. 이마, 콧등, 눈썹 위에 입술 도장을 찍으며 점점 다시 그녀의 입술을 향해 다가왔다.

'태율이 입술에 술이 담겨 있나 보다. 왜 점점 머리가

몽롱해지는 거지?'

설화는 정말 그렇게 생각했다. 술에 취한 듯 아찔해지는 머릿속이 그녀를 화염으로 몰아넣었다. 그의 손길이 어느새 그녀의 잠자리 옷을 탐하고 있었지만 그녀는 그것도 느끼지 못할 만큼 그의 입술에 취해 있었다.

'아아, 이것이 풍 대군이 말한 남녀의 운우지정인가?'

구름 위를 밟는 것과 같다 했다. 설화는 어쩐지 그 말을 이해할 수 있을 것 같았다.

"으음……."

"사랑해……. 사랑해……."

"하아……."

"사랑해, 설화. 사랑해."

피리 소리인가, 비파의 소리인가? 음률처럼 나긋하게 울려 퍼지는 태율의 고백이 달콤하게 설화의 귀를 적셨다. 어느새 훤히 드러난 그녀의 동그란 어깨로 그가 입술을 퍼부었다. 조용히 그렇지만 뜨겁게 그가 그녀를 취했다. 향긋한 복숭아 향이 정신없이 그를 휘감았다. 그녀의 체향은 그를 달구는 달콤한 미약이었다. 그녀의 몸은 그를 적시는 간절한 생명수였다.

"너도 나를 원한다고 말해줘."

어쩐지 부끄러운 마음에 설화는 입을 다물었다. 하지

만 그의 손길이 그녀를 괴롭히며 대답을 재촉했다. 간질이듯 쓰다듬듯 몸 위를 배회하는 손길에 마침내 그녀가 항복하듯 입술을 터트렸다. 거친 호흡과 함께 터져 나오는 그녀의 목소리로 인해 태율의 피가 더욱 들끓었다.

"원해. 태율, 너를 원해. 네가, 으응…… 네가 좋아."

그녀의 수줍은 고백이 끝나기 무섭게 태율이 거칠게 그녀를 끌어안았다. 그녀의 새하얀 나신에 붉은 낙인을 새겨 내려갔다. 그의 피보다 더욱 끓어오르는 그의 마음이 기쁨과 환희에 바르르 떨렸다. 그를 품어주는 그녀의 따스한 손길에 태자의 마음이 구원을 얻었다. 다시 한 번, 그의 생명이 뜨겁게 타올랐다. 앙금을 풀어내듯 서로의 마음을 내보인 두 사람의 첫날밤이 더없이 살가웠다. 새벽달이 떠오르고 어스름한 아침 해가 떠오를 때까지 서로를 얼싸안고 탐하는 손길이 사그라지지 않았다. 첫날밤에 대한 설화의 무섬증을 가라앉힐 만큼 태율의 손길은 다정했다. 그리고 뜨거웠다. 또한 부드러웠다. 태율은 그녀를 향한 격정을 인내심으로 내리누르며 천천히 그녀를 안았다. 수줍은 설화가 그의 손길을 피해 이불 안으로 도망갈 때까지 그는 밤이 새도록 그녀를 탐했다.

"으음······."

얇은 비단 이불이 맨살에 감겨드는 감촉에 설화의 얼굴에 저절로 미소가 번졌다. 적당히 시원하고 적당히 따스한 공기가 기분 좋았다. 손을 더듬어 솔 내음이 배어 있는 베개를 품에 끌어안았다. 시원한 향기가 느껴지면서 동시에 그녀의 머릿속으로 향기의 주인이 떠올랐다. 설화의 눈이 부스스 깜빡거렸다.

"······ 지금이."

몸 구석구석에서 달콤한 고통이 퍼져 나왔다. 짜릿한 전율이 되어 바르르 떨리는 몸을 감싸 안은 그녀가 눈을 들어 주변을 살폈다. 태율은 어디 갔는지 보이지 않았다.

"마마, 기침하셨습니까?"

상궁의 목소리에 설화는 상체를 일으켜 침상에 몸을 기댔다. 날짜 관념이 사라진 지 오래였다. 가례 날 이후로 침소에서 며칠을 보냈다. 얼싸안고 그저 방 안을 뒹굴고, 달콤한 과일로 허기를 달랬다. 밤이 낮이 되었고, 낮은 밤이 되어 두 사람 사이에서 어우러졌다. 요 며칠 동안 그녀의 곁을 떠나지 않던 태율이 없었다. 그녀를 품에 안고 놓아주지 않던 그였건만 말도 없이 사라져버렸다.

'어딜 간 거지?'

나른한 눈을 비비며 설화는 허전한 침상을 다시 한 번 손으로 훑었다. 그의 부재가 벌써부터 아련했다.

"태자비는 어찌하고 너 혼자 온 것이냐?"

황제의 옥음에 태율의 입가가 슬쩍 올라갔다. 어마마마와 아바마마의 안전案前에 가례를 올리고 처음으로 문안 인사 올리는 그가 달랑 혼자 온 것이었다. 탐탁치 못한 황제의 표정을 보며 태율이 설화를 위해 변명했다.

"일어날 수가 없는 상태라 차마 대동하지 못했습니다."

"일어날 수가 없는 상태라니?"

걱정스러운 황후의 물음에 태율이 부드러운 음성으로 답한다.

"늦은 혼례라서, 소자 아바마마와 어마마마께 서둘러 손주를 안겨드리고 싶어 무리를 했더니 그만……. 태자비의 몸에 무리를 주었나 봅니다."

부끄러움도 없이 입가에 미소마저 띄우며 말하는 태율의 모습에 황제와 황후의 입이 순간 봉해졌다. 정작 그 말을 듣고 있는 어미의 얼굴은 붉어졌건만 태율은 당당하기만 했다. 순간 황제의 입에 우렁찬 웃음이 터져 나왔다.

"아하하하! 고놈 참. 이거 태자비에게 뭐라 할 수도 없겠구려. 아니 그렇소? 나도 하루 빨리 손주를 보고 싶으니."

"폐하! 아무리 그러하여도……."

"하하하하! 그래, 네가 그렇게까지 말했으니 내 빠른 시일 안에 좋은 소식 기대할 것이야."

"예, 아바마마. 더욱 힘써보겠습니다."

수려한 미남자인 황제는 그 미려한 자태와 달리 호탕한 사내였다. 나기도 전에 황제로 정해진 사내였고, 날적부터 황제로 살아온 그는 가진 자 특유의 호방함이 있었다. 여유로움과 압도적인 기운으로 천하를 아래에 둔 사내였다. 어지간한 일에는 불같이 화내는 성정이 아니었기에 그는 태자와 태자비의 뿌듯한 모습에 허허 웃어 넘겼다. 하지만 두 번은 아니 될 일이었다. 호탕함 뒤에는 항상 무서우리만치 치밀한 속내를 감추고 있는 황제였다. 태율은 이제 슬슬 설화를 침소에서 놓아주어야겠다고 생각했다.

문안 인사를 마치고 침전으로 되돌아가는 그의 발걸음이 다시 들떴다. 아직 그 고운 얼굴에 잠결이 묻어 있기를 바랐다. 새근새근 잠든 설화의 모습은 마치 어린 봄꽃처럼 사랑스러워서 밤이 새도록 바라봐도 질리지 않았다.

까악! 까악!

문득 태율이 하늘에서 들려오는 새소리에 걸음을 멈
췄다. 그의 뒤를 따르던 휼과 환선의 발걸음도 멈췄다.

"요 며칠 전부터 자꾸 까마귀 떼가 황궁을 맴돌더군요."

"시끄러운 녀석들! 새벽에도 지치지 않고 울어대는 통
에, 어휴!"

새벽잠을 설친 환선이 몸서리를 치며 하늘 위를 유영
하는 까만 새들의 무리를 노려봤다. 당장에 화살이라도
날리고 싶은 듯 씩씩거리는 모습을 보며 태율이 피식 웃
음을 흘렸다.

"…… 애가 닳기도 하겠지."

"예?"

"아니다. 가자."

더 말할 것도 없다는 듯 태율이 다시 발길을 옮겼다.
그를 따르는 두 사람은 하늘 위로 까만 까마귀들의 무리
와 태자의 뒤를 번갈아보며 어깨를 으쓱할 뿐이었다.

"…… 다고요! …… 진짜!"

조반상도 물리고 뻐근한 몸을 다시 누인 설화가 소란
스러운 소리에 눈을 떴다. 새벽에 잠을 제대로 자지 못

한 탓에 자꾸 깜빡깜빡 잠이 들었다.

"아가씨!"

'요랑이?'

익숙한 목소리가 악다구니를 쓰는 통에 설화의 눈이 반짝 떠졌다. 노곤한 몸을 일으켜 침상에 드리워진 진주 발을 거두니 차르르 하는 진주 부딪히는 소리가 맑게 퍼졌다.

"무슨 일이냐?"

설화의 말소리와 함께 침소를 막고 있던 세 겹의 문이 차례로 열렸다. 가장 바깥에 있는 문까지 모두 열리니 양 갈래로 머리를 내린 귀여운 궁녀가 요랑의 팔을 잡고 있었다. 놀란 설화가 그들에게 다가갔다.

"요랑아, 어찌 그러느냐? 이 아이가 무슨 잘못이라도 한 것이야?"

쓴 약을 먹은 것처럼 잔뜩 구겨져 있던 요랑의 얼굴이 그제야 활짝 펴졌다. 기다리던 제 편을 만나 반가운 마음에 숨겨놓았던 꼬리가 뽈록 튀어나올 뻔했다. 요랑이 간신히 기쁜 마음을 추스르고는 궁녀의 손을 뿌리치고 지척으로 다가온 설화에게 달려갔다.

"아니, 아가씨를 뵙겠다는데 궁녀들이고 병사들이고 자꾸 앞을 가로막지 않습니까?"

"그래?"

'어쩐지 요랑이 통 보이지 않는다 했더니.'

설화의 눈이 동그랗게 변해서 밖을 둘러봤다. 과연 침소 부근에 시립하고 있는 궁녀와 병사 또한 수십이었다. 무슨 철통 방어라도 하는 것처럼 겹겹이 둘러싼 인벽人壁이었다.

'이게 무슨 일이래?'

"어찌 잡은 것이니? 이 아이는 내가 부리는 아이란다."

요랑을 잡고 있던 어린 궁녀 소희가 재빨리 고개를 조아렸다. 부드럽게 묻는 태자비의 물음에 소희의 얼굴에 붉은 물이 번졌다. 그 향기로운 옥음이 다정하게 말을 붙여주니 소희의 어린 몸이 감읍하여 더욱 깊게 숙여졌다. 떨리는 입술을 열어 마마의 말에 답하려던 소희의 입이 뒤에서 울려 퍼지는 청아한 음성에 가로막혔다.

"내가 아무도 들이지 말라 일렀거든."

"태율!"

"아니, 네 노…… 읍!"

요랑의 앙증맞은 입술에서 귀여운 욕지거리라 튀어나오려는 것을 설화가 재빨리 틀어막았다. 황궁 안에서 태자에게 이놈 저놈 하다가는 좋은 눈길을 받지 못할 것이었다. 진땀을 흘리며 요랑의 머리에 꿀밤을 내린 그녀가 눈짓으로 주의를 주었다. 그러자 억울한 요랑의 눈초리가 애처롭게 아래로 쳐졌다.

"어찌 벌써 일어난 것이야? 곤할 텐데."

재빨리 설화 곁으로 다가온 태율이 그녀의 허리에 팔을 둘러 가까이 끌어안았다. 그러면서 은근히 요랑을 떼어놓는 것을 잊지 않았다. 이미 태율의 손짓에 곁에 대기하고 있던 궁인들이 물러나 있었다. 요랑은 마음껏 태율을 향해 눈을 부라렸다. 어미를 빼앗긴 아기 강아지처럼 서운하고 억울한 눈빛이 뾰족하게 빛나고 있었다.

"안 그래도 졸다가 일어났어. 어디 다녀온 거야?"

부드럽게 그녀를 방 안으로 이끄는 태율의 손길에 설화의 몸이 이끌려 갔다. 그러면서도 고운 손을 뻗어 요랑에게 손을 내미는 것을 잊지 않았다. 가례를 올린다고 자꾸 요랑에게 소홀했던 게 은근히 마음이 쓰였다. 요랑이 냉큼 그녀의 섬섬옥수를 움켜쥐었다. 아이처럼 천진한 얼굴이 밝게 피어올랐다.

"아바마마와 어마마마께 문안 인사 여쭙고 왔지."

"어머나! 근데 왜 혼자 간 거야!"

"네가 너무 피곤해 보이길래. 걱정 마, 말씀 잘 드렸으니."

"그게 문제가 아니지! 아, 지금이라도 다녀올까?"

안절부절못하며 자리에서 벌떡 일어서는 설화를 태율이 다시 부드럽게 잡았다. 그녀를 생각해 일부러 혼자 갔다 온 것인데, 그것이 오히려 더욱 그녀의 마음을 불편하게 만든 듯했다.

"뭐라고 말씀드렸어? 아프다고? 아휴, 아무리 몸이 성치 않아도 첫 문안 인사를 혼자 보내다니……. 내가 정말 면이 안 서네."

설화의 말에 태율이 갑자기 큭큭 웃음을 터트렸다. 설화는 지금 불안하고 면구스러워서 어쩔 줄 모르겠는데, 정작 태율이 웃음을 터트리니 눈살이 슬그머니 구겨졌다.

"왜 웃어?"

"아니, 그게……."

"뭐?"

"곧 손주 보여드릴 거라고, 그러려고 너랑 나랑 무리했다고 하니까 다 이해해주시던걸?"

"무, 뭣!"

순식간에 뽀얀 설화의 얼굴에 붉은 석류 물이 들었다. 설화가 깜짝 놀라 태율을 밀쳐내자 태율이 배를 잡고 웃었다. 그 옆에 앉아 말똥말똥 두 사람을 바라보던 요랑도 얼굴이 붉어졌다. 쪼끄만 게 무슨 뜻인지 알아들은 것을 보니 수컷은 수컷이렷다?

"아니, 혼자 가서 그런 말을 하고 왔다는 거야? 이, 이 나쁜 놈아!"

"어허, 서방한테 나쁜 놈이라니."

"서, 서방이고 나발이고."

당황한 붉은 얼굴이 울상이 되어 태율의 너른 어깨를 퍽퍽 내려쳤다. 야무진 주먹이 탄탄한 어깨를 사정없이 두드렸지만 그녀의 손길이 그에게 아플 턱이 없었다. 태율은 그저 하하 웃으며 그녀의 투정 아닌 투정을 받아주었다. 아무리 주먹질을 해봐도 털끝 하나 아파 보이지 않는 태율의 모습에 설화가 뾰로통하게 볼을 부풀렸다. 설화는 그들 곁에서 얼굴만 붉히고 있던 요랑을 덥석 끌어안았다.

"난 오늘부터 요랑이랑 있을 거야."

"어허?"

태율의 눈썹이 비뚜름히 올라갔다. 그러거나 말거나 설화가 요랑의 작은 몸을 꼭 끌어안고서 고개를 팽 하고 돌려버렸다.

"아직 신혼이 끝나지 않았건만 어디 외간 남자를 끌어들인다는 거야?"

"그래야 매일 아침 문안 인사를 무사히 드리러 갈 것

아니겠습니까, 태자 전하."

"요놈 없어도 문안 인사 무사히 보내드리오리다, 부인."

"믿지 못하겠습니다."

설화가 뚱한 표정을 풀지 않고 슬금슬금 엉덩이를 돌려 옆으로 가자 태율이 냉큼 그녀의 손을 끌어당겼다. 설화가 버둥거리며 그의 손을 벗어나려고 하자 태율이 슬쩍 그녀의 귓가에 귀엣말을 속살거렸다. 그러자 바동거리던 그녀의 손짓이 딱 멈춰 섰다. 설화는 새빨갛게 달아오른 얼굴로 끌어안고 있던 요랑을 다시 한 번 꽉 끌어안고서는 그를 떨어트렸다.

"요랑아, 옆에 네 거처를 따로 마련했다고 하는구나. 나가보련?"

"…… 예?"

'여자의 마음은 갈대라더니…….'

그를 끌어안고 죽어도 아니 놓을 것처럼 그럴 때는 언제고, 이제는 다시 나가보란다. 당황하고 황당한 눈동자가 그녀를 바라봤지만 설화는 그저 그의 머리를 곱게 쓰다듬어줄 뿐이었다.

'에휴, 내 신세야.'

요랑의 숨겨진 꼬리가 축 처진 듯 보였지만, 설화는 그를 내보낼 수밖에 없었다.

요랑은 방을 나가면서도 한숨 섞인 시선으로 태율을 노려보는 것을 잊지 않았다. 태율이 설화에게 속살거린다고 속살거렸지만 요랑은 늑대의 일족이었다. 그의 예민한 귀가 태율의 목소리를 놓칠 리 없었다.

'어젯밤 했던 것을 요랑이 앞에서 보여도 되겠어? 이러고 저러고 했던 게 다 드러날 텐데? 난 상관없지만……'

환청처럼 다시 들리는 태자의 목소리에 요랑은 고개를 부르르 떨었다. 그의 귓가가 새빨갛게 달아올랐다. 태자궁 뜰에 내려온 요랑이 모래 바닥에 발장난을 치며 심란한 마음을 달랬다.

"…… 뭐야 이건?"

요랑의 눈에 웬 뱀 두 마리가 걸렸다. 심기가 불편하던 요랑이 서둘러 품에서 짧은 돌칼을 꺼내 들었다.

'태자궁이라며 관리가 형편없구먼!'

혀를 날름거리는 뱀의 모습이 자못 괴이하고 흉물스러웠다. 요랑이 굳이 발톱을 꺼내지 않고 칼로 그것을 내리치니, 요상한 무늬를 가진 뱀 두 마리가 순식간에 비명횡사했다.

헌데 이상한 것은 요랑의 돌칼에 잘린 뱀의 피였다. 몸이 잘리면서 칼에 묻은 뱀의 피가 타버리듯 하얀 연기를 뿜으며 순식간에 사라졌다.

"뭐지?"

흉측하긴 하나 분명 살아 있는 평범한 뱀이었건만 어째서 동방삭이 준 칼날에 반응하는 걸까……? 잘린 뱀의 몸뚱이를 보는 요랑의 머릿속이 복잡했다.

14장 / 다가오는 음모

"정말 달콤한 과일이로군요. 그렇지 않나요, 빈궁?"

황금빛 사금다리 한 조각을 입에 넣어 우물거리던 황후가 환희 웃으며 설화에게 말을 건넸다. 그녀의 다정한 음성에 설화도 유순한 미소로 대답했다. 그런 두 여인의 뽀얀 웃음을 황제와 태자가 흐뭇한 눈으로 바라봤다.

"내 기분이 참으로 좋소. 이렇게 우리 태자 내외와 같이 낮수라도 들게 되고, 허허. 아니 그렇소 황후?"

"예, 저도 오랜만에 참으로 가슴이 다 뿌듯하고 설렙니다, 폐하."

"음? 오랜만에? 나는 황후만 마주하면 항상 처음처럼

가슴이 설레는데 황후는 아니었나 보구려."

"어머나."

황제의 은근한 말에 황후가 재미있다는 듯 고운 웃음을 보였다. 황제의 노골적인 애정을 받으면서도 당황한 내색 없이 그저 웃기만 했다. 황후는 항상 그러했다. 연약해 보이는 외모와는 다르게 쉽게 속을 보이지 않았다. 언제나 저 순한 웃음이었다. 경박스럽지도 않고, 그렇다고 감정이 다 드러나는 웃음도 아니었다. 그저 잔잔한 수면처럼 고요하면서 아름다운 미소였다. 그래서 황제는 항상 황후를 다 가지지 못한 기분이었다. 모두가 탐내는 지존의 사랑을 애써 갈구하지 않는 황후는 그가 내어주지 않아도 그의 사랑에 목말라하지 않았다. 천하의 주인이건만, 어쩐지 진정 가장 가까이 있는 황후만은 그가 온전히 가지지 못했다. 하지만 그것을 채근하기에는 황후에게 틈도 없고 흠도 없었다. 황제는 그저 조금 서운한 미소를 보이며 그녀의 비단결처럼 고운 옥수를 쓰다듬었다.

"이거 소자 내외가 자리를 비켜드려야 할 듯합니다. 이제 막 혼인한 저희보다 더욱 애틋하신 듯 보입니다, 하하하."

"이런, 아직 게 있었던 것이냐?"

태율의 농에 황제도 농으로 화답했다. 순간 화목한 웃음소리가 봉황정 뜰에 가득 울려 퍼졌다. 설화의 가슴에 새삼 따뜻한 바람이 불어왔다. 이렇듯 친밀한 가족의 울타리를 느껴본 적이 언제였던가. 가슴 아래에 뭉클한 감정이 자리 잡았다. 홍조로 물든 볼에 웃음이 피어올랐다.

"아, 아바마마, 소자가 며칠 전 미복하여 시정을 살피고 온 적이 있습니다. 헌데 거기에서 재미난 광경을 보았지 뭡니까?"

"음, 그래? 그게 무엇이더냐."

태자의 말에 황제가 호기심을 보였다. 황후와 설화도 그를 따라 태율을 바라봤다.

"소자가 한참을 돌아다니다 허기가 져서 어느 객점에 들렀습니다. 제법 크고 손님도 많은 객점이었지요. 그날따라 소자는 조금 초라하고 낡은 옷을 입고 있었습니다. 헌데 그 바쁜 객점에 들어가려는데 이 노비 놈이 앞으로 불쑥 튀어나와 제 앞길을 막아선 것입니다."

"오호? 어이하여?"

"저는 제 복장이 초라하여 노비에게도 무시받는구나 생각하며 괘씸하다 호통을 치려 했는데 아, 그것이 아니었습니다."

태자의 이야기가 길어질수록 세 사람은 더욱 귀를 기

울였다. 적당히 강약을 조절하여 말하는 태율의 목소리에 이야기는 더욱 감칠맛이 더해졌다.

"툭 튀어나와 죄송하다 넙죽 엎드리고선, 이 노비가 돌부리를 치워주지 않겠습니까? 어디서 굴러왔는지도 모를 주먹만 한 돌이 두어 개 널려 있었는데 바쁜 와중에 튀어나와 그것들을 모두 주워주고 혹여 발이 더러워질까 봐 짚더미도 다시 깔아주더이다."

"오호, 고놈 참 야무지구나. 그래, 주인이 일을 참 꼼꼼하게 시키는 모양이지?"

"저도 그렇게 생각했지요. 헌데 그게 아니더이다. 오히려 그렇게 오는 객들을 위해 손수 돌을 거두고 짚을 깔아주던 노비는 제가 들어가자마자 주인에게 발길질을 당하고 말았습니다."

"아이고, 어찌……."

안타까운 황후의 목소리에 태율도 걸쭉한 한숨을 내쉬었다. 목소리에 쓸쓸함이 진득하게 깔려 있었다.

"바빠 죽겠는데 시키지도 않은 일을 했다며 맞더이다. 집에서 키우는 개도 그렇게 맞지는 않을 것입니다. 어찌 사람을 금수만도 못하다는 듯 모질게 매질을 하는지. 보는 소자가 다 아프더이다."

"이런이런……."

"폐하."

말을 마친 태율이 감차^{甘茶}로 입술을 축이며 다시 황제를 불렀다. 아바마마가 아닌 폐하라 부른 연유는 그다음 말을 하기 위함이었다. 황제 또한 시원한 차로 입술을 축이며 태자를 바라봤다.

"그날을 계기로 소자가 사람들을 시켜 노비들 혹은 양인이 되지 못한 자들의 생활상을 조사해보았습니다. 헌데 그 처우가 참으로 잔혹하더이다. 노비들 또한 붉은 피가 흐르고, 생각을 하는 인간일진대 낮에는 소, 돼지처럼 부리고 그들의 여식은 여자로서 살아가기도 힘든 처우를 받고 있었습니다. 배려할 줄 알고, 생각할 줄 아는 인간이 어찌 금수보다 못한 처우를 받아야겠습니까. 저의 행색이 초라했지만 그들은 비단옷을 입으나 낡은 옷을 입으나 존귀하게 대해주었습니다. 저는 그들도 인간으로서 살았으면 좋겠습니다. 황은으로 백성들을 보살핀다면 황실에 대한 존경과 나라에 대한 충성심은 당연히 올라갈 것이라 생각됩니다. 소자 아바마마에 대한 존애는 더욱 깊어질 것이라 감히 사료해봅니다."

태율의 말에 황제의 동공이 크게 벌어졌다. 하늘 높은 줄 모르고 존귀한 존재인 황제로서 노비들의 일까지 신경을 쓴 적이 없던 그였다. 미행을 나갈 때도 귀한 비단

옷을 입고 깨끗하고 좋은 곳만 다녔다. 그러니 당연히 좋은 것만 보고 좋은 것만 들었다. 그러나 태자는 달랐다. 낡은 옷을 걸치고 백성들의 생활에 더 가까이 다가가고자 했다. 아비인 자신도 하려 하지 않았던 일을 태자가 솔선하여 시행한 것이었다. 황제는 그런 태자의 언행에 뿌듯함을 느낌과 동시에 찌르르한 부끄러움을 느꼈다. 그는 꽤 괜찮은 황제였다. 하지만 성황聖皇은 아니었다. 헌데 눈앞의 태자는 성황의 재목이 아닌가! 말할 수 없이 뿌듯한 반면 어찌할 수 없는 부끄럼이 황제를 불편하게 만들었다. 하지만 그는 자식에게 질투를 느끼는 치졸한 황제는 아니었다. 그가 느끼는 부끄럼은 그저 자신의 모자람에 대한 자조일 뿐. 황제는 허허 웃으며 고개를 끄덕였다.

"태자가 나라와 황실에 대한 생각이 참으로 깊구나."

"망극하옵니다. 다만, 아바마마께서 성심으로 지켜주시는 나라를 더욱 평온케 할 수 있기를 바라며 감히 말씀 올렸나이다."

"그래그래. 내 너의 말을 듣고 보니 생각할 것이 많아졌구나. 허허! 이제 태자가 나라의 안위를 살피고 보살필 줄 아는 성군의 눈을 다져가는구나. 어찌 이 아비가 기쁘지 않을쏘냐!"

황제의 화통한 웃음소리를 들으며 태율의 깊은 눈매가 저절로 숙여졌다. 그런 두 사람의 대화를 듣고 있던 황후와 설화의 가슴도 새삼 북소리를 내고 있었다. 자애롭고 현명한 황제도, 또 나라를 생각하는 총명한 태자의 사심도 참으로 아름다운 대화였다. 설화의 눈이 새삼스럽게 태자를 따스히 바라봤다. 그런 그녀의 시선을 느꼈는지 태자의 눈이 슬쩍 그녀를 곁눈질했다. 두 사람의 눈이 허공에서 딱 마주치니 태자가 재빨리 한쪽 눈을 찡긋하며 시정잡배처럼 은근한 추파를 던졌다.

'아이고, 어느 안전이라고!'

설화의 얼굴이 당황스러움에 붉어지며 재빨리 시선을 돌렸다. 하지만 입가에 미소가 번지는 것은 막을 수가 없었다.

"강하고 현명하게 자라라고 지어준 강명強明이라는 아명처럼 태자가 정말 그리 자라난 것 같아 이 어미는 너무나 마음이 기쁩니다."

황후가 미풍이 불듯 따스한 미소로 태자를 바라보며 말했다. 그 말을 듣던 설화의 고개가 순간 갸우뚱 옆으로 떨어졌다.

'강명?'

"그러게 말이오. 어릴 때는 그렇게 앓고 시름하여 항

상 황후의 눈에 눈물 마를 날이 없게 하더니, 이제는 어엿하게 혼례도 올리고 아비에게 진언할 줄도 아는 사내가 다 되지 않았소?"

"저⋯⋯."

말도 없이 순하게 웃는 얼굴로 자리하고 있던 설화의 입이 열리자 황제와 황후의 시선이 그녀에게 향했다. 설화는 쑥스러운 듯 눈가에 웃음을 걸치고는 태율을 힐끔 바라봤다. 영문을 알 수 없는 태율은 그저 무엇이든 말해보라는 듯 그녀를 마주 봐주었다.

"태자 전하의 아명은 자기가 아닌지요? 분명 처음 보았을 적 자기라고 알려주었는데⋯⋯."

"풉!"

감차를 입에 가져가던 태율이 감히 황제 내외 앞에서 마시던 차를 뿜어버렸다. 까맣게 잊고 있던 과거의 편린이 그의 폐부를 찌르고 올라왔다. 태율은 당황스러움에 시뻘겋게 변한 얼굴로 서둘러 설화의 입을 막아보려 손을 뻗었다. 하지만 이미 엎질러진 물이었다.

"자기? 자아기? 태자, 자기라고 했느냐? 허! 허허허!"

"어머나."

황제 내외의 떠나갈 듯 커다란 웃음소리가 다시 한 번 뜰 안에 가득 퍼졌다. 시전에서 필부필부匹夫匹婦들이나 쓰는 다정한 애칭이었다. 그것으로 불러달라 일렀단 말이지? 황후가 새삼 키득키득 웃음을 터트렸다. 이리 웃음이 터진 것도 참으로 오랜만이었다.

"그래, 빈궁. 우리 자기 태자 잘 부탁드립니다. 우리 자기가 처음 보았을 때부터 빈궁을 사모했나 봅니다."

"아하하하! 자기, 자기라니! 아비도 모르는 사이에 언제 자기가 되었느냐."

황제 내외가 파안대소하며 태자를 놀려대었지만 설화는 혼자만 영문을 알 수 없었다. 그녀는 그저 어리둥절한 눈으로 태자와 황제를 감히 번갈아 볼 뿐이었다.

태율은 손을 들어 그 새빨개진 얼굴을 가릴 수밖에 없었다.

"영문을 모르겠네."

혼잣말하는 설화의 목소리를 못 들은 척 태율은 휘적휘적 걸음을 옮겼다. 그런 태율의 모습에 다시 머리를 갸우뚱거리던 설화가 이내 생각을 털어내고 다른 말을 붙였다.

"근데 정말 그런 일이 있었어? 언제 나간 것이야, 미행은?"

"아아, 그거."

마침내 화제가 전환되자 태율이 냉큼 설화의 말에 맞
장구를 쳐주었다. 안심한 듯 조금 유순해진 눈으로 설화
의 손을 잡아끌었다.

"그거, 뻥이야."

"에엑?"

'이게 무슨 말? 뻥? 거짓이라?'

설화가 놀란 토끼 눈을 하자 태율은 그녀의 이마에 다
정하게 입을 맞추고 빙그레 웃음을 지었다.

"미행이나 잠행은 자주 나가지만 아바마마께 말씀드
린 그 사건은 사실 조금 거짓을 보탠 거야. 다만 내가 본
것은 구타당하는 노비들, 고통당하는 노비들이었지. 그
들은 종종 노비라는 이유로 금수만도 못한 취급을 받으
니…… 그를 보듬어주는 것은 윗사람이 할 일이지만 황
궁 안에서 그를 살피기란 어려운 것이지. 하여 거짓을
조금 보탠 것이야."

태율의 말에 설화의 가슴이 뭉실뭉실 따뜻하게 피어
올랐다. 제멋대로에 고집불통처럼 보이기도 하지만 그
누구보다 따뜻한 마음을 가진 태자였다. 주변을 살피는
것을 게을리하지 않고, 항상 철두철미하게 움직이는 그
는 마음이 든든한 사람이었다.

'이런 사람이 황제가 된다면 백성들의 숨통이 조금 트

이지 않을까?'

위에 군림한다는 것이 얼마나 어려운 일인지 설화는 잘 알고 있었다. 눈코 뜰 새 없이 바쁜 것은 말할 것도 없고, 잘해도 잘한다는 말을 듣기 어려웠다. 아바마마 곁을 지키며 수없이 봐온 그녀였다.

하지만, 어쩐지 태율이라면 잘해내지 않을까 싶었다. 설화는 복사꽃보다 화사한 웃음을 지으며 태율에게 파고들었다. 그네들의 뒤로 휼과 환선이 따사로운 모습을 말없이 가려주고 있었다.

*

인향 귀비의 처소로 향하는 황제의 발걸음이 멈칫했다. 그의 발걸음은 뒤를 돌아 황후에게로 향하고 싶었지만, 몸엣것이 들었다며 한사코 황제의 발걸음을 저지하는 통에 갈 수가 없었다.

새로 황실의 일원이 된 태자비도 어여뻤고, 그 어여쁜 태자비를 들여 어엿한 장부가 된 태자도 몹시 흐뭇했다. 황제는 새삼 그 어여쁜 이들을 안겨준 황후가 보고팠다. 하지만 그는 애써 그녀의 생각을 떨쳐냈다. 황제로서, 지아비로서 후비들에게 공평한 사랑을 안겨줘야 하건만 그의 마음은 자꾸 한쪽으로만 기울어졌다.

"황제 폐하 납시오."

여관들이 달그락거리는 소리도 없이 문을 열어주니, 인향비가 환한 웃음을 달고서 황제에게 안겨들었다. 유독 교태가 많은 귀비였다. 황제는 그런 그녀의 어깨를 보듬어 안았다.

"폐하, 기다리고 있었습니다. 어서 안으로 드시지요."

"오늘 따라 귀비의 처소에 사향내가 진하구료."

"예, 제 아비가 어렵게 구해주신 것이지요. 신체를 편안히 만들어주고 피를 활발하게 돌게 하는 향이라 합니다."

'그냥 머리가 아픈 향이오'라고 말하고 싶은 것을 황제는 꾹 참았다. 반가워하는 모습에 차마 씁쓸한 말을 할 수가 없었다. 표현을 하지 못하니 점잖은 짜증이 가슴 아래에서 울컥 올라왔다.

"요즘 현곤 황자가 통 보이지 않는 듯한데……."

손수 자리옷 시중을 자청한 인향 귀비가 황제의 물음에 반색하며 웃음을 보였다.

"며칠 전 사냥을 나선다고 문후 여쭙고 나갔습니다. 폐하께 먼저 인사드리고 갔다고 했는데 잊으신 것이옵니까?"

앙탈 섞인 투정에 황제가 씁쓸한 웃음을 보였다. 생각해보니 현곤이 들러 그리 말하고 간 것 같았다.

"황자는 항상 폐하 생각뿐이옵니다. 언제라도 폐하를 보필하려 주중강학을 게을리하지 않지요. 거기에 건강한 신체로 폐하를 지키겠다고 수련도 열심입니다. 어찌 그렇게 하루하루를 고단하게 보내는지 제가 다 안쓰러워 걱정이 이만저만이 아니랍니다."

"그러하오?"

무심한 듯 되묻는 황제의 반문에 인향이 침상에 자리하고 앉아 종알종알 입을 다물지 않았다. 이렇게 황제와 자리하고 앉은 것이 얼마 만인지……. 그녀는 그리운 임에게 투정을 부리는 어린 새처럼 방정맞은 입놀림을 멈출 수가 없었다.

"실상, 황실의 핏줄이라 함은 천하를 아우를 수 있는 깊은 지식과 강인한 무武를 겸비해야 하는 게 아닙니까. 황실은 뒤로하고 항상 밖으로만 나돌며 천것들과 어울린다면 황자로서, 혹은 나라의 주인으로서의 재목이 아니라고 생각합니다. 충신들을 가까이하고 그들에게 지혜와 참된 군주의 도를 배우며 국정을 논해야 하지요. 현곤 황자는 이번 사냥에도 한 태감과 예령의 자제들과 함께 어울려 갔다고 합니다. 아, 헌데 태자의 백호위정랑은…….”

묵묵히 그녀의 이야기를 들어주던 황제의 얼굴에 노염이 깃들었다. 편히 침수드시라고 들인 국화주 한 잔을 괴팍하게 들이켠 황제가 탁 소리가 나도록 거칠게 잔을 내려놓았다. 편안한 잠자리가 되어야 할 것을 귀비의 조잘거림으로 열화가 치밀었다.

“진정 나라를 사랑하는 것이 책상머리에 앉아 서책만 판다고 될 것이라 보오? 저 거칠 것 없는 사냥터를 다니며 위기를 이기는 지혜를 어찌 배운단 말이오! 귀비 그대가 그리 군주의 도리에 대해 잘 안다면, 어디 그대가 황제가 되어 나라를 돌보는 게 어떻소!”

“폐, 폐하…….”

서슬 퍼런 황제의 안광에 인향의 얼굴이 파리하게 질렸다. 창백한 얼굴로 붉어지는 눈시울을 참지 못해 황제를 올려다보았지만 이미 비위가 틀어질 대로 틀어져버린 황제는 냉정하게 고개를 돌려 자리를 털고 일어났다.

“오늘은 예서 잠을 청하기가 쉽지 않을 것 같군.”

그 냉정한 한마디를 남기고 떠나는 황제의 발걸음을 인향은 잡을 수가 없었다. 어찌 감히 황제께서 가시는 길을 붙들 수 있을까. 불과 조금 전만 해도 폭신한 구름처럼 안락하던 침실은 임이 떠난 빈자리를 채우는 냉랭한 한기로 싸늘했다.

"폐하, 어디로 드시겠습니까."

"요운 귀비의 처소로 간다."

"예, 명 받들겠습니다."

불편하고 어지러운 심기를 달래줄 비파 소리가 필요했다. 본디 황국에서 비파로 유명한 예인은 바로 모란 황후였다. 어려서부터 악기에 대한 재능이 대단한 그녀였다. 이미 황실로 들어오기 전부터 그녀의 비파 소리는 시든 들꽃마저 소생시킨다 할 정도로 아름답다는 소문이 자자했다.

'허나 오늘은 그대를 찾아갈 수가 없군.'

문득 걸음을 옮기던 황제의 눈이 하늘 위 둥근 달에 닿았다.

'궁중 예법이 뭔지. 황제보다 위에 있는 것이 예법이라……'

황제는 쓸쓸한 속을 달래며 선선히 부는 바람을 따라 부러 친히 발걸음을 옮겼다. 인향의 처소에서 요운의 처소까지는 가까운 거리가 아니었다. 허나 그는 가마를 물리고 바람 향을 느끼며 조금 걷고자 했다. 어지러운 마음을 다스릴 때는 이렇게 밤길을 조금 걷는 것만큼 좋은 것이 없었다.

황후만큼은 아니지만 요운 귀비 또한 비파에 능한 여인이었다. 곧잘 황후를 찾아가 비파 연습을 하더니 몇 년 지난 후에는 얼추 비슷한 소리를 내기 시작했다. 그랬기에 황제는 요운의 소리로 황후를 대신해보기로 했다.

 "아, 이놈의 비암들은 없앴다 싶으면 나타나고, 다 죽였다 싶으면 또 나타나고. 아이고, 귀찮아."
 어디서 또 슬금슬금 기어 나오는지 검은 뱀의 몸뚱이를 두 쪽으로 동강 내며 요랑이 중얼거렸다. 요랑의 작은 손에 들린 묵직한 돌칼에서 일어난 희뿌연 연기가 아지랑이처럼 하늘 위로 올라갔다. 그것을 후 불어 날린 요랑이 쭈그려 앉았던 다리를 일으켰다.
 "으댜댜댜!"
 요랑은 갑자기 도는 피로 인해 찌릿찌릿한 다리를 통통 두드렸다. 그러다 그는 희미하지만 익숙한 냄새에 그대로 움직임을 멈췄다.
 "이 냄새는……."
 귀여운 콧방울을 몇 번 벌름거리던 요랑이 서둘러 주변을 살펴보았다. 요즘 나타났다가 없어졌다를 반복하는 냄새였다. 하지만 그 실체는 보이지 않으니…….
 '이 작자가 당최 무슨 작정이지?'

요랑이 야무지게 입을 앙다물고 그의 검은 속내를 파악해보려고 애썼다. 하지만 그 작은 머리가 오늘따라 무디게 돌아갔다.

"에휴, 됐다! 내가 무슨 머리를 굴린다고. 그냥 부딪쳐보면 알겠지."

잡생각을 털어내듯 머리를 마구 흔들어댄 요랑이 야무진 손으로 머리를 퉁퉁 내려쳤다. 괜히 머리 싸매는 것보다 몸으로 직접 뛰어다니는 것이 직성에 풀렸다. 마침 냄새가 그를 이끌고 있었다. 설화의 처소인 천화궁天花宮의 뒤뜰로 요랑의 짧은 다리가 바삐 움직였다.

'도망가기 전에 잡아야지!'

냄새는 점점 가까워졌다. 상대는 아직 눈치채지 못한 듯했다. 발끝을 한껏 들어 올리고 속도를 높인 요랑이 천화궁 뒤뜰 커다란 백일홍 나무 앞으로 냅다 내달렸다. 익숙한 체향은 바로 저기에서 나오고 있었다.

"여긴 웬일이냐, 이 까마귀 신선 놈!"

진분홍 백일홍이 만개한 나무 아래 현오가 서 있었다. 새카만 까마귀 신선은 요랑이 온 것이 대수롭지도 않은 듯 태연한 얼굴로 느릿하게 고개를 돌렸다. 그의 손안에는 요염한 깃털처럼 새까만 뱀 한 마리가 기다란 몸을 꿈틀거리며 혀를 날름거리고 있었다.

황제가 인향 귀비의 처소를 박차고 나온 그 밤, 요랑이 검은 뱀을 들고 있는 현오를 마주친 바로 그 밤 여국의 사신단이 막 옥진강을 건너 부두에 닻을 내렸다. 여국에서 건너온 그 웅장한 뱃머리에는 커다란 사내 한 명이 서 있다. 그의 날카로운 눈은 이미 어둠이 내렸음에도 여전히 분주한 부둣가를 둘러보고 있었다. 하얀 얼굴에 날렵한 눈매가 인상적인 사내의 모습에서 얼핏 요운 귀비의 얼굴이 스쳤다 사라졌다.

"곧 있으면……."

'보겠구나, 운아.'

한일자로 굳게 다문 입술만큼 딱딱한 목소리가 흘러나왔다. 그러나 그의 가슴에서 중얼거리는 혼잣말만은 꽃봉오리처럼 보드라웠다.

그는 그리운 누이동생을 찾아 멀리 바닷길을 건너온 여국 외교부사 차운이었다.

"외숙부!"

배 아래로 내려서는 차운은 자신을 부르는 반가운 소리에 번쩍 고개를 들었다. 그 목소리만큼 반가운 아침 해가 그의 등 뒤로 찬란한 금싸라기를 뿌리며 올라오고 있었다.

"건휘야!"

불혹이 조금 안 되는 차운의 눈가로 날렵한 주름 몇 개
가 반갑게 휘어졌다. 어느새 장성하여 외숙부의 어깨를
훌쩍 넘게 커버린 요운의 장자 건휘 황자가 차운을 향해
달려들었다.

"이게 몇 년 만인지 모르겠습니다, 외숙부! 제가 진즉
찾아가 뵀어야 했는데 사정이 여의치 않았습니다!"

"이런, 이런! 두 해 만에 이리 큰 것이야? 곧 있으면 이
외숙을 넘어서겠구나, 녀석!"

"소문난 무골인 외숙을요? 제가요? 그럴 리가요! 하하
하."

반갑게 얼싸안은 숙질 간에 화통한 웃음소리가 울려
퍼졌다. 그들의 뒤로 부단히 짐을 나르는 인부들조차 슬
쩍슬쩍 고개를 들어 감히 두 사람을 올려다볼 만큼 시원
한 웃음소리였다.

"예까지 오시느라 고생 많으셨습니다. 이제부터는 이
조카가 모시겠습니다."

"우리 조카가 외숙을 모시고 간다 하니 내 마음이 어
찌나 든든한지 모르겠구나."

"어마마마께서도 애타게 기다리고 계십니다. 아! 오시
기 전에 외숙부를 뵈면 전해드리라는 서찰도 있습니다."

건휘 황자가 품 안을 뒤적여 곱게 접힌 종이를 꺼내 차운에게 건넸다. 차운은 그것을 받고는 그 자리에서 펼쳐 보았다. 고운 글씨체는 여국에 있을 때나 지금이나 똑같이 향기로웠다. 허나 그 안에 쓰여 있는 내용은 달랐다. 간결하지만 의중이 정확하게 쓰여 있는 서찰은 읽고 난 후에 곧바로 태워버리라는 글귀로 마무리되어 있었다. 굳은 얼굴로 서찰을 덮은 차운이 고개를 돌려 주변을 살폈다. 두어 걸음 떨어진 곳에 작은 화톳불이 보였다. 그 안으로 흰 종이를 휙 던져버리니, 놀란 건휘 황자가 눈을 동그랗게 뜨고 그를 바라봤다.

"가자꾸나."

"어찌 서찰을……."

말끝을 흐리는 황자의 물음에 말없는 웃음으로 답한 차운이 조카의 등을 부드럽게 쓰다듬었다.

"어서 가자꾸나. 해가 뜨면 인부들도 길을 재촉하기 힘드니."

"아, 예."

아직 어린 티를 벗지 못한 건휘 황자의 얼굴 위로 어렴풋한 의문의 빛이 맴돌았다. 하지만 차운은 그를 보고도 못 본 척 능청스럽게 길을 대촉할 뿐이었다.

어느새 어둑어둑 떨어지는 어둠을 올려다본 건휘 황

자가 고개를 돌려 외숙부를 바라봤다. 차가워 보이는 외모였지만 조카에게는 항상 부드러운 웃음을 보였다.

"이제 하루 하고 반나절만 더 가면 황궁이 나올 것입니다. 조금만 더 가면 도화읍이 나오니 거기에서 하룻밤 쉬었다 가시지요."

"그래, 그렇게 하자꾸나."

차운의 동의하에 막 말고삐를 재촉하려 할 때, 건휘의 뺨을 스치고 섬뜩한 소리가 지나갔다. 동시에 화끈거리는 통증이 그의 어깨를 강타했다.

"윽!"

화살이 순식간에 건휘의 어깨를 관통한 것이었다. 차운이 서둘러 그의 앞을 가로막고 화살이 날아온 쪽을 향해 칼을 겨눴다. 한순간에 사신단 무리의 전열이 흐트러졌다.

"누구냐!"

"공격해라!"

"차운왕 전하와 황자 전하를 보호하라!"

"막아라!"

도화읍으로 들어서는 작은 숲의 길목이었다. 매복하고 있었던 것인지 검은 복식의 열대여섯의 무리가 사신단의 무리로 뛰어들었다. 칼놀림이 날렵하고 재빠른 자들이었다. 하지만 차운도 여국에서 꽤나 소문난 무신이었다. 차운은 기습을 받고 어깨를 다친 조카를 보호하고 나섰다. 갑작스러운 화살 비에 다친 이들이 많았지만, 호위단과 차운은 제법 그들을 잘 막아냈다. 주춤주춤 물러서는 그들이 마지막 발악이라도 하듯 차운을 향해 한꺼번에 몰려들었다. 네 개의 칼날이 그를 향해 몰아쳤지만 차운의 거센 칼질에 공격하던 무리가 뒷걸음질 치기 시작했다.

"거기 서라! 누가 보낸 것이냐!"

"알 필요 없다! 너는 황궁에 들어오기 전에 죽으면 되는 것이야!"

"네 목이 먼저 떨어질 것이다!"

이미 수세에 몰렸음에도 악착같이 달려드는 암습자들의 무리를 차운이 끝까지 추적했다.

"외숙부님!"

하나둘 퇴각하여 물러나서면서도 틈틈이 비수를 날리는 것을 잊지 않았다. 악에 바친 공격이 마침내 차운의 팔에 꽂혔다. 단도였다.

"이렇게까지 해야 하는 것인가!"

"명령에 따를 뿐이다."

악문 잇새로 터져 나오는 차운의 물음에 검은 복면의

사내 또한 이를 악물며 대답했다. 깊은 숲 속까지 들어
와 대치하고 있는 두 사내 사이로 묘한 긴장감이 흘렀
다. 복면의 사내가 망설이지 않고 단도를 날렸다. 차운
이 그를 쳐내는 순간 다시 뱀처럼 날카로운 칼날이 차운
을 압박했다.

"죽여라!"

이를 악문 차운이 마침내 복면 사내의 목을 베었다. 단
발의 비명도 지르지 못한 두건의 사내가 그대로 앞으로
고꾸라졌다.

차운의 새하얀 얼굴에는 냉랭한 빛만 가득했다. 북풍
에 실린 한기가 그의 전신에서 뿜어져 나왔다. 잠시간
괴로운 듯 찡그렸던 미간도 어느새 고요히 정리되어 있
었다.

"전하!"

그를 부르는 희미한 소리가 뒤통수에 꽂힐 때쯤 차운
이 쓰러진 복면 사내의 품을 뒤적였다. 그의 품에서 고
운 비단 주머니 하나를 꺼내 든 차운은 내용물을 뒤졌
다. 금으로 만든 작은 장신구 하나가 덩그러니 떨어져
나왔다.

'역시 그자들이군.'

혼잣말을 내뱉으며 차운은 뒤로 돌아 그를 부르는 곳

으로 향했다.

"괜찮으십니까, 외숙부!"

"나는 괜찮다. 나보다는 너의 상처가 훨씬 깊어 보이는구나. 어서 치료를!"

"저는 괜찮습니다. 외숙부를 지켜드리려 온 것인데……. 정말 면목이 없습니다. 갑작스러운 기습이라니! 저놈들은 대체……."

이를 아드득 갈며 말하는 건휘 황자의 얼굴에 분노가 서렸다. 짙은 눈썹, 각진 얼굴에 붉은 열이 올랐다. 그 모습을 씁쓸하게 지켜보던 차운이 황자 앞으로 불쑥 손을 내밀었다.

"복면 사내가 떨어트린 것이다."

"예?"

"황급히 도망가는 그놈의 뒤를 쫓다가 발견한 것이다. 이게 무엇인지 아느냐?"

'물론 황자는 알고 있을 것이다. 아니, 당연히 알고 있겠지.'

차운은 부러 복면의 사내를 죽였다는 말은 하지 않았다.

"이, 이것은……!"

호랑이 문양이 새겨진 황금 조각을 본 황자의 얼굴빛이 파리해졌다. 조금 전 화살촉에 어깨를 맞을 때보다 더한 충격이 건휘의 머리를 때렸다.

그것은 바로 황태자의 호위 집단 백호위정랑의 표식
이었다.

느슨하게 정자에 누워 하얀 부채를 팔랑이는 흰 호랑
이 신선의 눈동자가 이쪽에서 저쪽으로, 저쪽에서 이쪽
으로 분주히 움직였다. 눈동자의 날카로움에 비해 느릿
하고 여유로운 동작이었다. 그와 동시에 찰진 수수부꾸
미처럼 꾹 닫혀 있던 함의 입에서 늘어지는 하품이 쏟아
졌다.

"흐아암, 아 뭐야. 거기 두 명, 이리 와봐. 여기여기, 어
허!"

함은 팔랑팔랑 부채질하던 것을 멈추고는 그가 누워
있는 나무 바닥을 통통 내려쳤다. 그의 손길을 따라 나
무 부딪히는 경쾌한 소리가 들렸다. 함의 저택 안 정원
의 전각 주위를 배회하던 둘이 함의 부름에 들은 척도
하지 않았다.

"아니 이것들이……. 빨리 이리 안 와!"

산세가 떠나가라 빽 하고 소리 지르는 호랑이 포효에
마지못하는 척 현오와 요랑이 그의 곁으로 다가왔다.

"한 번 말하면 들어야지, 꼭 내가 소리를 지르게 만들

지, 어?"

"누가 으르렁거릴 함(㕦) 자 쓰는 호랑이 놈 아니랄까 봐서. 하여튼 시끄럽긴."

"시끄럽긴 뭐가 시끄럽다 그래. 이 정도면 맑은 천둥소리 같구먼. 여튼! 그게 문제가 아니잖아. 요랑이 너 왜 갑자기 나타나서 현오 뒤꽁무니를 그리 졸졸 쫓아다니는 것이냐?"

"그것이……."

뾰로통한 요랑이 힐끔 함을 올려다보더니 다시 그 눈을 날카롭게 돌려 현오를 노려봤다.

"이 까마귀 신선 놈이 이상합니다! 뭔가 수상한 짓을 하고 있는 것 같아서 감시하고 있는 거예요."

"이상해? 수상한 짓?"

갸우뚱 떨어지는 고개를 휙 돌린 함이 현오를 바라봤다.

"뭔 짓 했냐? 아니 뭔 짓 할 거야?"

"아무 짓도 안 했고, 아무 짓도 안 할 작정이다."

"…… 그렇다는데 요랑? 그럼 이제 됐지? 자, 빨리 황궁으로 돌아가라고. 설화 아가씨 지켜야 할 놈이 왜 여기서 농땡이야."

여전히 늘어져 누워 있는 자세로 고개만 휘휘 돌려 묻던 함이 원하던 대답을 다 들었다고 생각했는지 접힌 부채 끝으로 요랑의 엉덩이를 툭툭 쳤다. 탐스러운 꼬랑지가 튀어나와 있는 엉덩이를 발딱 일으킨 요랑이 현오를 향해 삿대질을 했다.

"그렇게 물어보면 당연히 아니라고 대답하죠! 내가 이 두 눈으로 똑똑히 봤단 말이에요!"

"뭘 봤다는 거야?"

"이놈이 그 시커먼 구렁인지 비암인지를 풀어주는 걸! 그리고 내가 잡지도 못하게 만들었다고요!"

"뱀? 시커먼 뱀? 그게 뭐래? 현오, 그게 뭔가?"

함은 그제야 제법 흥미가 동했던지 누워 있던 몸뚱이를 일으켜 현오의 어깨를 툭툭 건드렸다. 며칠 전부터 부루퉁한 얼굴로 말이 없어진 까마귀 신선이 귀찮다는 듯 함의 부채를 털어냈다.

"별거 아니야."

"별거 아니긴! 그 뱀 새끼들이 설화 아씨 처소에 수십 마리나 발견되었는데! 너 이놈, 우리 아가씨 해하면 넌 죽어도 죽지 못하는 억겁의 세계에서 지옥 불에 튀겨지고 구워진 채 아귀들에게 손톱까지 쪽쪽 빨릴 줄 알아!"

요랑은 흥분해서 방방 뛰며 마치 자기가 아귀인 것처럼 무엇인가를 씹어 먹는 시늉을 하며 위협했다. 하지만 그런 짓이 현오에게 씨알이라도 먹힐 리가 없었다. 현오는 요랑의 재롱 잔치를 보며 콧방귀만 뀌었다.

"시커먼 뱀들이 황궁에, 그것도 설화 아가씨 주변에 모여들었다……?"

"예! 그리고 분명 새벽에 내가 이 신선 놈이 그 시커먼 뱀을 잡아 들고 있는 모습을 봤다고요. 그것도 아가씨 거처 뒤에서!"

"현오, 너 그거 잡아서 뭐했어? 잡아먹었나?"

함의 물음에 현오의 얼굴이 잔뜩 구겨졌다.

"그런 맛도 없고 영양가도 없는 것을 왜 잡아먹나?"

"그럼?"

"놓아줬다."

"왜?"

"왜긴 왜예요! 저놈이 풀었으니까 놓아준 거죠!"

"에이! 그럴 리 없지. 뱀과 까마귀는 천적이라고."

"그, 그건 모르겠고. 아! 천적이면 더 놓아주면 안 되잖아요! 그럼 왜 놓아준 거예요?"

"아, 그래. 왜 놓아줬나?"

어느새 작은 전각에 동그랗게 둘러앉은 세 수컷들이 분분히 이야기를 나누고 있었다. 흥분한 새끼 늑대도, 호기심이 동한 흰 호랑이도, 귀찮은 듯 시큰둥한 까마귀도 모두 한자리에 모여 이야기를 나누고 있는 신기한 모양새였다.

"하⋯⋯."

짜증스레 미간을 슬쩍 구긴 현오가 한숨을 한번 내쉬고는 마지못해 입을 열었다. 아직 그의 여린 심장이 찢겨진 상처도 아물지 않았건만 그를 도통 가만두지 않는 것들로 인해 아물 새가 없었다.

"주인에게 돌려보낸 거야."

"응?"

"네?"

"아 그러니까! 그 시커먼 뱀들을 주인에게 돌려보내는 주술을 걸어놨다고! 어디에서 왔는지 알 수는 없지만, 주는 대로 받을 것이다. 그것들을 보낸 주인에게 돌아갈 터이니까."

"아하!"

현오의 설명에 요랑과 함이 눈을 마주치고 손바닥을 마주쳤다.

'그래, 그래서 그냥 풀어줬다고 한 거군!'

요랑은 그제야 겨우 현오를 바라보는 눈꼬리가 슬그머니 내려갔다.

"어? 그래? 가만, 근데 그 시커먼 뱀들은 뭐였는데 그럼? 그냥 뱀? 독뱀?"

"어, 독뱀. 주술 걸린 독뱀."

"엑?"

"태어날 때부터 독을 먹이고, 독 안에서 키워진 살생 무기에 가까운 독뱀이었어. 그 미끈한 피부에도 독이 발라져 있지. 뱀을 죽여 묻은 피조차도 치명적인 독이었어. 그런 독한 뱀을 길러낸 자가 있을 것이야. 그것도 수십 마리씩이나! 그래서 그 주인에게 돌아가라 명령했다."

양전히 앉아서 현오의 설명을 듣던 요랑이 문득 자리를 박차고 일어났다.

"아, 그럼 내가 이러고 있을 때가 아니잖아! 얼른 아가씨 호위하러 가야지! 아이고, 함님 안녕히 계세요! 다음에 아가씨랑 찾아오겠습니다. 아니 아니지 함님이랑 월하님 황궁 구경 한번 오세요!"

"예끼! 싫다, 그 황궁이라는 곳. 난 그냥 내 체취 묻은 황산에 있으련다."

이미 바람을 타고 저 멀리 날아가고 있는 요랑을 향해 함이 혼잣말을 중얼거리듯 인사를 건넸다. 현오는 함의 곁에서 사라져가는 요랑의 모습을 끝까지 흔들리지 않는 시선으로 지켜보고 있었다.

*

　초승달이 괴이하게 빛나는 밤이었다. 검은 밤하늘 위에 뜬 달은 미인의 눈썹처럼 요요했건만 그 주위로는 별하나 보이지 않았다. 깜깜한 밤하늘 아래, 깊은 산속 낡은 나무 집 주위를 빙 둘러싼 검은 무장의 사내들이 있었다. 그들은 높은 나무 위, 그 옆 낮은 수풀 사이로 몸을 숨긴 채 호롱불이 아스라이 빛나는 초막집을 주시했다. 그 중심에는 백호위정랑 제5부대의 장, 욱태가 있었다.

　"대장, 언제까지 대기하고 있어야 합니까?"

　"기다려라. 아무런 움직임도 없이 저렇게 앉아 있는 것이 벌써 한 시간이다. 움직임을 보일 때까지 기다려라."

　욱태의 지시에 부대장 석호가 묵묵히 고개를 끄덕였다. 그렇게 다시 호롱불에 반사된 사내의 그림자를 보고 있던 욱태의 눈동자가 흔들렸다.

　'뭐지?'

　호롱불에 반사된 사내의 검은 그림자의 움직임이 이상했다. 바르르 떨리는 듯하더니, 이내 바닥을 향해 떨어졌다. 어딘가 부자연스러운 그 모습에 욱태와 석호의 눈이 마주쳤다.

　"이상한데요?"

"…… 잠시만 더 기다려보자."

수상하긴 했지만 함부로 움직일 수는 없었다. 치밀하고 약삭빠른 자였다. 이제까지 저자를 쫓던 사향의 부하들 모두 비명도 지르지 못하고 죽었다고 한다. 시체조차 찾을 수 없는 일도 종종 있었다고 했다.

그렇게 일각 정도의 시간이 더 지났을까? 욱태는 아무래도 서늘한 기분을 떨칠 수가 없었다. 아스라하게 흔들리는 호롱불 아래로 쓰러진 남자의 몸은 다시 일어날 기미를 보이지 않았다. 욱태는 석호와 부하들을 눈짓으로 이끌어 서서히 남자의 초가집으로 다가갔다. 조심스러운 발걸음 때문에 흙을 밟는 소리조차 나지 않았다.

종이를 덧바른 문 앞에 다가선 욱태가 귀를 기울였다. 아무런 소리도 들리지 않았다. 가슴 서늘한 위화감이 다시 한 번 욱태의 가슴을 조였다. 석호를 바라본 욱태가 고개를 끄덕이자 석호가 재빠르게 문을 박차고 안으로 들어섰다. 그 뒤를 욱태와 부하들이 엄호하고 나섰다.

"이럴 수가!"

"대장!"

방 안에 들어선 욱태가 본 것은 입가에 흰 거품을 물고 쓰러진 독아비였다. 덥수룩한 수염 아래로 흰 거품이 지저분하게 묻어 있고, 거뭇한 피부는 얼룩덜룩 보라색 물이 올라와 있었다.

"이게 대체 무슨!"

"대장! 저기!"

석호가 소리치는 방향을 바라보니 독아비의 손 아래 날카로운 송곳이 잡혀 있었다. 그리고 그 아래는 검은 뱀의 사늘한 죽은 몸이 축 늘어져 있었다.

"…… 독뱀인가? 독아비라는 자가 독뱀에 죽었다는 것인가?"

잘게 경련이 이는 욱태의 눈이 좌절감에 구겨졌다. 보름을 쫓았다. 이자가 있어야 했다. 이자가 있어야, 태자님의 계획을 도울 수 있었다!

'이렇게 죽으면 안 돼!'

"사, 살……."

흰 거품 가득 묻은 입가로 독아비의 실낱같은 애원의 목소리가 새어 나왔다.

"대장! 살아 있습니다!"

그를 부르는 소리에 욱태가 서둘러 독아비의 몸을 일으켰다. 뒤집어진 독아비의 눈동자가 파르르 떨렸다.

"사, 살려……주시오."

"죽으면 안 돼! 독아비가 아니냐! 독아비라는 자가 독에 죽을 수는 없다! 죽더라도 진실을 밝히고 죽어라!"

"보, 보따리…… 검은 화, 환……을……."

마비된 입을 타고 나오는 그 희미한 목소리를 용케 알아들었는지 석호가 재빨리 몸을 일으켜 방 한구석에 놓인 보따리를 잡아챘다. 그 안을 뒤집어보니 과연 쾨쾨한 냄새를 풍기는 검은 환 하나가 비단에 싸여 있었다. 욱태가 그것을 서둘러 독아비의 목구멍 안으로 밀어 넣었다.

살려고 하는 의지인지, 아니면 욱태의 무자비한 손길에 의해서였는지 독아비는 꾸역꾸역 그 검은 환을 목구멍 안으로 삼켰다. 뒤집어진 눈동자가 잠시간 바르르 떨리더니 흐릿하지만 초점을 찾았다.

하지만 그것도 아주 잠시, 이내 맹독에 기운이 모두 소진되었는지 독아비의 정신이 어둠에 끌려 들어갔다.

"이런! 황궁으로, 태자님께 복귀한다. 서둘러!"

"예!"

정신을 잃은 독아비를 둘러멘 욱태가 서둘러 초가집을 나왔다. 그의 이마 위로 마른땀이 흥건했다.

*

날이 아주 맑았다. 설화는 눈부신 하늘을 바라봤다. 포동포동한 하얀 구름이 푸른 하늘을 귀엽게 장식하고 있었다. 그 사랑스러운 모양새에 싱긋 웃음을 매다니, 어느새 그녀 곁으로 다가온 태율이 깍지를 꼈다. 굳은살이 촘촘히 박인 지아비의 손은 참으로 따뜻했다.

"햇살이 따갑지 않아?"

"음? 전혀. 오히려 너무 보드라운걸."

"그래? 그래도 얼굴 상할까 염려되는데……. 여봐라, 차양을 가져오거라."

설화의 얼굴을 다정하게 바라보는 청명한 태율의 눈동자가 그렇게 살가울 수 없었다. 수십 명의 궁인들이 그들의 뒤를 따라나섰건만, 이 오만한 황태자는 다른 이의 눈은 신경 쓰이지 않았다. 황궁의 지엄한 법도와 예라는 것이 있건만 그녀 앞에서는 오로지 그의 사랑만이 다였다. 내외하는 것도 모른 채 그는 항상 그녀의 손을 잡고 걷기를 원했다. 설화 또한 태율의 따뜻한 손길이 좋았기에 그저 묵묵히 그의 손을 마주 잡아주었다. 어느새 다가온 내관 둘이 그들의 머리맡에 차양을 드리웠다.

"그런데 오늘 입궐한다는 그 차운왕은 누구야?"

"아아, 여국에서 오는 사신단을 이끄는 자야. 그것보다 중요한 건 그자가 바로 요운 귀비의 오라비 된다는 것이지."

"요운 귀비……."

호랑이도 제 말 하면 온다 했던가? 설화가 요운 귀비
의 이름을 되뇌었을 때 그들의 바로 앞으로 요운 귀비와
인향 귀비의 행차가 나타났다. 황실의 주요 행사를 치르
는 풍안궁으로 향하는 발걸음이 겹친 것이었다.

"태자 전하."

먼저 살갑게 말을 붙인 것은 요운이었다. 언제나, 누구
에게나 미소를 보이는 다정한 그이였으니 태자라고 다
를 바가 없었다. 슬쩍 예를 올리며 한걸음에 다가서려는
요운의 팔을 인향이 손을 들어 저지했다. 날카로운 눈이
냉랭한 빛을 쏘아대며 설화와 태율을 노려봤다. 두 사람
의 갑작스러운 등장에 설화는 저도 모르게 주춤 뒷걸음
질 치고 말았다.

"풍안궁에 드시는 길입니까, 전하."

마지못해 꺼내는 까칠한 인향의 음성에 태자의 눈썹
이 슬쩍 추켜 올라갔다.

"요운 귀비와 인향 귀비께서도 풍안궁에 드시는 길인
가 보군요."

"예, 헌데…… 사이가 무척 좋으시군요?"

인향 귀비의 시선이 태자와 설화의 손에 닿았다. 까칠
한 그 시선에 마음이 불편해진 설화가 슬그머니 손을 놓
으려 했다. 하지만 태율이 단단히 잡고 놓아주지 않았

다. 설화가 그를 은근히 올려다봤지만 태율은 그저 싱긋 웃음을 보일 뿐이었다.

"저희 내외가 사이가 좋아 아바마마께서도 기뻐하시고 계십니다. 하루라도 빨리 황손을 보고 싶으신 게지요. 저희도 밤낮으로 부단히 노력하고 있지만 하늘의 뜻이니⋯⋯."

"전하⋯⋯!"

새빨개진 얼굴로 설화가 태율의 손을 힘주어 잡았다. 한 치 부끄러움도 없이 능청스러운 태율의 대답에 도리어 얼굴을 구긴 것은 인향이었다.

'오만방자한 것 같으니!'

인향의 고운 턱선이 딱딱하게 굳었다. 태율은 그것을 보고도 못 본 척 시선을 돌려 요운에게 인사를 건넸다.

"요운 귀비께서도 풍안궁에 드시는 길이신가 보군요."

"예, 전하."

태자의 물음에 요운은 새하얀 얼굴 위로 까만 눈을 초승달처럼 구부려 아름다운 미소를 보였다. 냉랭하고 차가운 인향 귀비와 태자 사이의 공기를 무너뜨리기라도 하듯 살가운 미소였다.

"오라버니께서 친히 오시니 발길이 다 들뜨더군요. 태자비 마마께서도 그동안 강녕하셨습니까? 지난번에 뵈었을 때보다 더욱 아름다워지신 것 같습니다."

"아, 예. 감사합니다."

허나 그녀를 바라보는 설화의 마음은 영 불편했다. 그녀만 보면 잡아먹으려 드는 사향도 불편하긴 마찬가지였지만 설화는 어쩐지 그녀에게 미소를 보이는 요운도 불편했다. 그 새카만 눈동자에 진심이 보이지 않았다. 아름다운 미소 뒤로 차가운 눈동자가 섬뜩했다. 다정하고 친절했지만, 그 미소를 보는 그녀의 마음은 서늘했다.

새빨간 얼굴로 주춤거리며 물러서는 설화의 등에 태율의 손이 닿았다. '물러서지 말고 맞서라!' 태율의 뜨거운 손을 타고 그의 목소리가 들려오는 듯했다. 설화는 주춤했던 발걸음을 바로잡았다. 등을 꼿꼿이 세우고 어색하지만 고운 미소를 입가에 매달았다.

"오늘이 두 귀비께도 즐거운 날이 되셨으면 좋겠습니다. 본궁은 아직 어수룩하고 서투른 점이 많으니 두 귀비께서 잘 이끌어주시길 바라겠습니다."

작은 목소리였지만 힘이 실린 설화의 말에 인향의 눈동자가 파르르 떨렸다. 그 옆에 서 있는 요운의 눈동자도 잠시간이지만 경직되어 설화를 바라봤다. 그 따가운 눈초리에 설화가 다시 한 번 어색한 미소를 보이며 살짝 고개를 숙였다. 그러자 낮은 태율의 웃음소리가 바람결에 슬쩍 들려왔다.

"이런, 저희는 준비할 것이 많아 먼저 자리를 비켜야
겠습니다. 두 귀비께서도 천천히 조심히 오시기를…….
그럼 이만."

분명 친절하고 부드러운 목소리였지만 그녀들의 곁을
지나치는 태자 내외의 곁바람이 차갑기 그지없었다. 곁
눈질로도 두 귀비를 바라보지 않고 떠나는 태자 내외 뒤
로 남겨진 인향이 빠드득 이를 갈았다. 새파란 안광이
실린 날선 눈동자가 떠나가는 태자 내외를 노려봤다. 하
지만 어쩐 일인지 그 곁에 선 요운의 얼굴은 하늘 위로
떠오른 둥그런 태양보다 밝게 빛나고 있었다. 요운은 그
살가운 미소로 떠나는 태율과 설화를 한참 동안이나 바
라봤다.

15장 / 독毒, 퍼지다

성대한 환영 의식이 거행되었다. 오색 빛깔 고운 옷을 차려입은 무희들이 쉬지 않고 춤을 추었고, 하늘 위로는 황국과 여국의 깃발이 펄럭였다. 날은 더없이 맑고 청아했으며, 선선한 바람마저 보드랍게 불고 있으니 황국 전체가 여국 사신단을 환영하는 것만 같았다.

그러나 그 화려한 축연의 장소에 들어서는 차운왕의 얼굴은 밝지 않았다. 그 옆에서 그를 이끌고 온 건휘 황자 또한 마찬가지였다. 지난밤 검은 무리의 자객들은 유독 차운왕과 건휘 황자만을 노렸다. 다행히 사신단에 큰 인명 피해는 없었다. 허나 사신단의 중심인물인 차운왕이 부상을 입었다. 건휘 황자 또한 어깨 위로 하얀 붕대를 두르고 있었다. 몇 명의 목숨보다 중한 것이 나라의 왕과 황자 아니던가.

입궐하는 사신단의 얼굴이 딱딱하게 굳어 있을 수밖에 없었다.

"…… 아직도 믿을 수가 없습니다."

"건휘야."

"왜, 어째서……! 형님께서, 어째서!"

"……."

괴로움과 슬픔이 범벅이 된 음성을 괴롭게 토해낸 건휘 황자의 얼굴은 이미 고통 그 자체였다. 차운은 그의 조카를 말없이 바라봤다. 건휘는 착하고 맑은 성품의 황자였다. 욕심도 없고 주어진 자리를 기꺼이 받아들이는 황자였다. 그 어진 얼굴에 숨기지 못한 의심과 괴로움의 빛이 일렁였다. 하지만 차운은 그 의문에 답해줄 수가 없었다. 그 또한 혼란과 괴로움에 마음이 복잡하기는 마찬가지였으니까.

"다 왔구나."

저 멀리 그들을 기다리는 황국의 황제 일가가 보였다. 붉게 칠해진 높이 솟은 계단 위로 황금 곤룡포와 붉은 예복을 입은 황제 내외가 보였다. 그리고 그 옆으로 화려하게 치장하고 앉아 있는 황제의 열두 황비. 그 속에 요운, 그의 동생이 보였다.

아름다운 동생, 비운의 황녀. 요운이 아름답게 미소 지으며 차운을 기다리고 있었다.

"하하하! 환영하오, 차운왕!"

"여국 사신단의 책을 맡고 있는 외교부사 차운왕. 황국의 황제 폐하께 인사 올립니다!"

"반갑소, 반가워. 헌데, 어찌 모습이……."

특유의 밝고 호탕한 웃음으로 차운을 환영하던 황제의 옥음이 불현듯 흐려졌다. 그의 눈이 닿은 곳은 바로 하얀 붕대가 꼼꼼하게 둘러져 있는 차운의 팔이었다. 차운은 황제의 시선을 의식하며 더욱 몸을 깊숙하게 숙였다.

그의 등줄기를 타고 미약한 소름이 돋았다. 딱딱하게 굳은 턱에 힘을 준 그가 천천히 고개를 들었다. 그의 눈이 황제 내외 옆으로 자리 잡은 태자의 내외에 닿았다.

'황제를 쏙 빼닮았군.'

씨도둑은 못한다 하더니 태자의 모습에 황제와 황후의 모습이 고스란히 담겨 있었다. 거기에 특유의 힘 있는 눈빛과 분위기까지 더해지니 현 황제 못지않은 기백이 엿보였다.

누가 봐도 황제의 재목이었다. 차운 자신이 보더라도

말이다.

태자는 차운과 눈이 마주치자 부드럽게 눈을 휘며 웃었다. 오만하면서도 밉지 않은 미소였다. 허나 차운은 그 미소에 화답하지 못했다. 그저 담담히 한 발자국 앞으로 나와 시선을 돌려 황제를 올려다보았다.

"고할 게 있사옵니다, 폐하!"

"말해보시오. 오시면서 무슨 일이 있었던 것이오? 건휘 황자, 너는 사신단을 제대로 호위하지 못한 것이냐?"

차가운 황제의 음성에 건휘 황자의 얼굴이 저절로 바닥으로 떨어졌다. 이를 악문 탓에 딱딱하게 굳은 턱에 힘줄이 섰다. 건휘 황자가 뭐라 할 새도 없이 차운왕이 품을 뒤적여 비단 주머니를 꺼내 내밀었다.

"어젯밤, 황궁으로 오는 길에 습격을 당했습니다."

"뭣이!"

"건휘 황자는 저를 보호하느라 한쪽 어깨에 중상을 당했습니다. 폐하, 부디 황자에 대한 책망은 거둬주시옵소서! 그것보다 이것을……."

바람을 장식하던 화려한 풍악은 어느새 뚝 멈춰 있었다. 차운왕의 말이 떨어짐과 동시에 살벌한 긴장감이 풍안궁을 장악했다. 황국의 귀한 손님이 황국 땅에서 습격을 당했다 한다. 그를 호위하던 황자마저도 부상을 당했다. 마른하늘에 날벼락이 떨어지는 소리였다.

헛숨을 들이켜는 소리가 귀비들 사이에서 터져 나왔다. 중신들의 낮은 수군거림이 풍악을 대신하여 울려 퍼지고 있었다. 황제의 얼굴에도 곤혹스러운 기색이 역력했다.

황제를 보좌하는 내관이 재빨리 차운왕이 내민 비단 주머니를 받아 황제에게 올렸다. 그것을 조심스럽게 열어본 황제의 반듯한 이목구비가 단박에 구겨졌다. 그 옆에 선 황후의 낯빛 또한 파리하게 변해 있었다.

"이것은……."

손바닥에 황금 조각을 올려놓은 황제의 시선이 천천히 돌아갔다. 그의 느린 움직임이 멈춰 선 곳은 바로 태자 태율이었다.

"모함입니다! 어찌 이런, 이런!"

격분하여 발을 구르는 환선이 답답한 속내를 이기지 못하고 제 가슴을 쾅쾅 내려쳤다. 환선과 같이 발을 구르지는 못했지만 답답한 속내는 백호위정랑 단원 모두 같은 뜻이었다. 명백한 모함이었다. 명백한 조작이었다! 누가 감히 사신단을 공격한단 말인가! 그것도 태자의 호위단이 어찌하여!

태율만 유독 생각에 잠긴 듯 고요했다. 그를 보는 환선

과 윤식 그리고 백호위정랑 장들의 얼굴은 붉으락푸르
락 열을 뿜고 있었다.

"전하! 저희는 정말 아닙니다."

"알고 있다."

제4부대장 차차웅의 말에 태율이 고요하게 대답했다.
그 대답에 따라 흥분한 듯한 백호위정랑의 단원들이 일
순간 고요해졌다.

태자님이 믿어주시면 되었다. 태자 전하께서 그들을
믿어주신다면, 그것으로 된 것이었다. 절대적인 믿음, 신
뢰의 빛이 사내들의 눈 속에 반짝이고 있었다.

조용해지는 백호위정랑을 힐끔 바라본 태율은 다시
생각에 잠긴 듯 입을 다물었다.

절대 태율의 명령이 아니면 움직이지 않는 이들이었
다. 그렇다면 태율이 그를 공격하라고 명령했던가? 아니
었다. 그런 일은 없었다. 허면 그 표식은 어디에서, 어떻
게 그자의 손에 들어간 것인가……

'누가?'

불현듯 조금 전 백호위정랑 욱태가 보이지 않는다며
채근하던 인향의 얼굴이 떠올랐다. 며칠 전부터 보이지
않는 것 같다며 부러 그 자리에서 그를 몰아세우던 인향
귀비.

'하지만 그럼 너무 노골적이지 않은가?'

"전하, 어찌하실 작정이십니까."

"……."

훌의 물음에 태율은 다시 단원들을 바라봤다. 버려지고 상처받은 이들, 스스로 설 곳을 찾는 이들이었다. 간신히 찾은 자신들의 위치를 버릴 이들도 아니었다. 태자도 이들을 버릴 수 없었다.

"이틀 후, 사신단의 여독이 풀리면 바로 청문회가 열린다. 부대장들은 모두 내일까지 단원들 모두의 소재를 소상히 적어 올려라. 요 열흘 동안 어디에 갔고, 무엇 때문에 움직였으며, 누구와 있었는지 빠짐없이 적어야 한다. 죄는 없다. 무고하니 진실은 밝혀진다. 허나, 이로 인해 꼬투리를 잡힐 것이다. 각오해야 할 것이야. 아, 그리고 욱태는 어찌 된 것이냐."

태자의 물음에 환선이 서둘러 답했다.

"매가 닿았습니다. 오늘 저녁 안으로 입궐한다 했습니다. 지금 오고 있을 것입……."

"전하!"

바로 그때, 환선의 말을 끊고 누군가 다급하게 방 안에 들이닥쳤다. 밤을 새워 말을 달려 왔는지 온몸이 땀범벅인 욱태였다. 그는 감히 무례를 무릅쓰고 다급하게 뛰어

들었다.

*

태율은 욱태의 말에 방을 박차고 뛰어나왔다. 그렇게
그가 죽으면 안 되었다.

"당장 황궁의를!"

"예, 전하!"

태율의 다급한 발걸음이 막 태자궁을 벗어나는 중문
을 넘어갈 때였다. 누군가 덥석 그의 팔을 낚아챘다.

"태율!"

얼굴 가득 걱정의 빛이 가득한 태자의 비, 설화였다.
태율의 얼굴에 당혹스러움이 한 겹 더 걸쳐졌다.

"들어가 있으래도……. 예까지 어찌 온 것이야."

"걱정이 되어서 가만히 있을 수가 없었어. 어딜 그렇
게 다급하게 가는 거야? 괜찮아?"

다정함이 한가득 묻은 손길이 마른땀이 흐르는 태율
의 얼굴에 닿았다. 그 따뜻한 손길이 닿자 태율의 마음
이 한층 진정되었다. 순간 설화의 향긋한 복숭아 향이
태율의 코끝을 스치고 지나갔다.

'복숭아……'

바로 그때 태율의 머리를 때리는 지난날의 잔상이 스쳤다.

'어쩌면, 어쩌면 설화라면…….'

"잠깐, 나와 함께 가자!"

"뭐?"

"보여줄 것이 있어."

"어……?"

태율은 설화의 손을 잡고 뛰기 시작했다. 한시가 급했다. 사랑스러운 그의 여인은 언제나 그가 가장 간절할 때 기적처럼 나타났다. 평생을, 억겁의 시간을 그녀에게 바친다 해도 모자랄 정도로 은혜로운 그의 연인, 그의 사랑인 설화.

그녀는, 전에도 지금도 항상 그의 구원의 빛이었다.

*

"여기는……?"

태율이 그녀의 손을 끌고 간 곳은 설화가 처음 와보는 곳이었다. 항상 태율의 뒤로 병풍처럼, 혹은 태산처럼 그를 지키고 서는 백호위정랑 무사들의 숙소였다. 하얀 옷에 청색 실이 수놓아진 옷을 입고 있는 수십여 명의 젊은 무사들이 들어오는 태율과 설화를 향해 깊이 고개를 숙였다.

"저 안에 네가 봐줬으면 하는 사람이 있어."

"누구?"

묻는 그녀의 말에 대답이라도 하듯 태율은 그녀의 손을 조금 더 힘주어 끌어당겼다. 그 힘에 이끌리듯 태율을 따라 설화는 나무 문 안으로 들어섰다.

"어머나!"

그 안에 들어서서 제일 처음 본 것은 마른땀을 잔뜩 흘리고 있는 지저분한 사내였다. 숨을 헐떡이지는 않았지만, 기력이 쇠했는지 연신 힘없는 기침을 하고 있었다.

"어찌하다? 이렇게 놔둬도 되는 거야? 어의는?"

"어의는 지금 오고 있어. 하지만 아마 그는 고치기 힘들 것이야."

"아……."

태율의 말에 설화의 얼굴빛이 어두워졌다. 죽음은 언제고 슬픔과 함께했다. 잠시간의 침묵과 함께 쓰러진 사내를 바라보던 설화가 눈을 비비며 다시 사내를 들여다보았다. 사내 곁으로 혼령을 데려가려는 지옥귀들이 서성이고 있었다. 붉고 작은 불덩이를 머리에 얹은 괴상망측한 손바닥만 한 도깨비들이었다. 사내의 곁을 서성이고 있던 지옥귀들은 그들을 바라보는 시선을 느꼈는지 그 빨간 눈동자를 돌려 설화를 바라봤다. 그러고는 이내 깜짝 놀라 저들끼리 마구 흥분하여 날뛰기 시작했다.

하지만 그것도 잠시, 무엇이 그리 두려운지 바르르 떨면서도 지옥귀들은 쓰러진 사내의 곁을 뱅글뱅글 맴돌았다.

"어라……?"

그 모습을 지켜보던 설화가 이상한 느낌에 눈을 찌푸렸다. 마치 그의 혼을 가져가야 하나 말아야 하나 알 수 없다는 듯 그 무서운 머리를 갸웃거리며 멈칫거리고 있었다. 이상한 일이었다.

'데려갈 것이면 얼른 데러갈 것인데 아직 목숨 줄이 남아 있다는 것인가?'

"왜…… 그래?"

설화가 고개를 갸웃거리며 이상하다는 듯 독아비를 바라보자, 태율이 조심스럽게 그녀를 불렀다. 설화는 뭐라 설명할 길이 없었기에 곤란하다는 듯 태율을 바라봤다.

"아니, 그게 좀 이상해서."

"뭐가?"

"그게……. 잠시만."

잠시 망설이는 듯하던 설화가 허리춤에 매달아놓은

무낭을 뒤적여 작은 대나무 피리 하나를 꺼냈다. 그것은 예전에 설화가 요랑을 꺼냈던 바로 그 피리였다. 그것을 입술로 가져간 설화가 힘껏 숨을 불어넣으니 투명한 바람 소리가 움막 안에 퍼져 나갔다.

"소리가 안 나는데?"

"아, 소리가 아니라 바람을 부르는 거니까."

"바람?"

어리둥절한 태율의 얼굴을 보고 말간 웃음만 보인 설화가 문득 고개를 돌렸다. 설화의 시선이 그녀가 들어온 낡은 나무 문에 닿았다. 그러자 얼마 후 우당탕 하는 소리와 함께 요란스러운 사내들의 목소리가 들려왔다.

"이거 놔! 아가씨가 부르셨다고!"

"누구냐!"

"에잇!"

콰앙!

"아가씨!"

용케도 저보다 두 배는 큰 무사들을 물리치고 동그란 눈을 치켜뜬 요랑이 등장했다. 그 모습에 설화가 빙그레 웃음을 지었다.

"그러게요, 이상하네요."

이상하다는 설화의 말에 요랑도 고개를 갸웃거렸다. 지옥귀들은 확신이 안 드는지 연신 그 이상한 머리만 갸웃거리며 움직이지 않았다. 이자의 목숨이 확실히 꺼지기를 기다리기라도 하는 듯했다. 눈에 보이기에는 목숨이 경각에 닿아 있는 것 같지만 실은 그렇지 않다는 것처럼.

"뭔지는 모르겠지만……. 설화, 이자를 살릴 수 있을까?"

"뭐? 내가?"

요랑과 쑥덕거리고 있는 설화를 향해 태율이 말했다. 깜짝 놀란 설화가 태율과 독아비를 번갈아가며 바라봤다.

'대체 무슨 사이기에?'

"내가 어떻게 살릴 수 있겠어……."

"죽은 자가 아니잖아. 그리고 넌 이미 나의 목숨도 여기까지 연명해줬잖아. 할 수 없을까?"

"그건 천도가! 아이참, 넌 죽은 사람이 아니었잖아. 그리고 그때는 천도도 있었고. 그 천도가 흔한 과일은 아니고……. 그런데 왜 그러는 거야? 중요한 사람이야?"

태율은 설화의 물음에 괴로운 듯 고개만 끄덕였다. 찡그린 얼굴을 보고 있자니 설화는 당장 천계에 올라가 천도를 가져오고 싶었다.

'하지만 날개옷도 없이 어찌? 어떻게 방법이 없나?'

"이자도 아직 죽은 자는 아닙니다. 아가씨, 저것들도 가만히 있지 않습니까?"

"그야 그렇지만……. 요랑, 방법이 없을까?"

"지옥귀들을 다시 염계로 돌려보내면 잠시간 연명할 수는 있겠지만, 저렇게 옆에 붙어 있는 것을 보니 목숨이 경각에 닿은 게 확실하긴 한데요. 에잇! 전 아직 저것들에게 손을 댈 힘이 없는걸요. 오히려 아가씨 명은 듣지 않을까요?"

"내 말을?"

"예."

요랑의 말에 설화가 그의 곁에 있는 지옥귀들을 지그시 바라봤다. 그러자 그녀의 시선에 움찔 놀란 지옥귀들이 다시 몸을 바르르 떨었다. 하지만 몸을 떨면서도 끝끝내 독아비 곁에서 떨어지지는 않았다. 설화는 그녀를 바라보고 있는 태율을 힐끔 바라봤다. 어떻게든 도와주고 싶었다.

결심을 굳힌 듯 설화가 독아비의 곁으로 한 걸음 더 다가섰다. 그러자 놀란 지옥귀들이 서로 몸을 붙이고 섰다.

"너희들, 잠시만 돌아가주면 안 되겠니?"

천천히 독아비 곁에 다가선 설화가 쪼그려 앉아 조심

스레 입을 뗐다. 그녀의 말을 알아들었는지 지옥귀들이 서로 마주보더니 뭐라 알 수 없는 언어를 중얼거렸다. 몇은 마구 고개를 도리질 치고 몇은 고개를 갸웃거리는 모양새가 저들끼리 뭐라 의견을 조율하는 모양이었다. 하지만 땀을 삘삘 흘리면서도 끝끝내 고개를 가로저었다.

"안 돼? 그럼 왜 안 데려가고 있는데? 이 남자가 아직 명계로 갈 때가 안 된 거 아냐? 그러니까……."

"크흠흠."

보드라운 목소리로 살살 달래던 그녀의 목소리가 불현듯 끼어든 헛기침 소리에 멈췄다. 순간 그 낡은 방 안에 있던 세 사람의 눈이 획 뒤로 돌아갔다.

"그놈들은 그렇게 말하면 절대 듣지 않는다고."

그곳에는 언제 왔는지 검은 옷의 현오가 조금 머쓱한 얼굴로 서 있었다.

순간 방 안에 사늘한 정적이 흘렀다. 설화는 눈을 동그랗게 떴고, 태율은 반듯한 눈썹을 찌푸렸다. 요랑도 기괴한 표정으로 현오를 바라보았다. 세 사람의 찌를 듯한 시선을 받는 현오만 머쓱함을 털어내기라도 하듯 짐짓 얼굴을 구기며 설화와 독아비 쪽을 향해 걸어갔다.

"그놈들 고집이 세서 그렇게 말하면 절대 안 들을 것이다. 알겠냐?"

현오가 멋쩍은 듯 발을 쿵쿵거리며 설화에게 다가왔
다. 그러자 태율이 설화의 손을 잡고 그 앞에 섰다. 오만
한 제왕이 제 것을 끌어당기듯하는 모양새에 현오의 입
술이 구겨졌다.

"흥!"

"어떻게 오신 거예요, 현오님?"

"몰라도 돼!"

"에?"

"아, 저리 비켜봐."

빽 하니 소리를 지른 현오가 독아비 곁에 섰다. 팔짱
을 끼고 짐짓 위협적인 눈빛으로 지옥귀들을 노려보니
작은 지옥귀들의 몸이 바들바들 떨렸다. 오늘 하루 재수
옴 붙은 날이라 속으로 무던히 씨부렁대는 지옥귀들이
었다.

"야, 태자."

불퉁스러운 현오의 목소리에 태율이 그를 바라봤다.

"너, 이 남자 필요하지?"

"뭐……?"

되묻는 태율의 목소리를 들으며 현오가 요랑 쪽으로
고개를 돌렸다.

"야, 요랑. 이 남자가 바로 그 뱀에 물린 자야."

"뱀? 아, 그 뱀!"

어리둥절한 태율과 설화를 두고 요랑을 부르니 요랑이 잠깐 생각하는 듯하다가는 손뼉을 쳤다.

"아! 그게 아가씨, 실은 요 며칠 전부터 아가씨 거처와 태자궁 주변에 계속 검은 독뱀이 나타나더라고요. 그래서 제가 계속 주위를 돌며 처리했죠. 헌데 아가씨 거처 뒤에서 현오님을 딱 마주친 거예요! 그랬더니 이, 현오님이 독뱀에 무슨 주술을 걸었는데…….."

"잠깐, 궁 안에 독뱀이 돌아다녔다고?"

태율은 요랑의 말에 충격을 받은 듯 목소리가 떨렸다. 그러나 정작 뱀보다 더 놀랐던 것은 황궁에 그것들이 돌아다닌다는 사실을 자신이 몰랐다는 것이었다. 황궁의 일이라면 제 손바닥 보는 것보다 훤히 알고 있어야 직성이 풀리는 태율이었다. 그것도 태자비의 주변이라면 더욱 심혈을 기울였다.

태율은 제 자신에게 참을 수 없는 짜증이 일었다.

'내 손으로 지켜줘야 하건만 또다시 저자가…….'

이를 악문 태율의 손이 설화의 허리를 깊이 감싸 안았다. 조금 더 대단한 남자가 되어야 했다. 인간을 넘어서는 저자를 이기려면…….

현오는 고개를 끄덕이고는 충격에 휩싸인 듯 보이는

태율을 다시 돌아봤다.

"아니, 그런데 그게 문제가 아니라 이 현오님이 그 뱀들에게 주술을 걸어놨다는 거야. 풀어놓은 자에게 다시 돌아가라! 이렇게! 헌데 봐봐, 여기 뱀에 물린 자국 보이지?"

"어머, 진짜네? 그럼 이자가 그 뱀을 풀어놓은 자라는 거예요?"

"그렇지! 그러니까 태자, 너."

잔뜩 굳은 태율의 눈동자가 현오의 새까만 눈과 부딪혔다.

"이 남자가 필요한 거 아니냐. 너와 설화의 목숨을 노리는 배후를 밝히려면 말이다."

역시나 사고 꽤나 쳐본 까마귀 신선이랄까. 하급 귀鬼들을 다루는 솜씨가 일품이었다. 지옥귀들에게 윽박지르고 협박하는 모습이 한두 번 해본 솜씨가 아니었다. 현오의 행패에 지옥귀들이 파랗게 질려 주춤주춤 물러나기 시작했다.

"빨랑 안 꺼져? 엉? 아오, 염계고 지계고 다시는 세상 빛 못 보게 해줄까? 이것들을 확!"

지옥귀들은 옹기종기 모여 열심히 고개를 주억거렸다. 설화와 요랑의 도움으로 그 작은 귀들의 형체를 볼 수 있게 된 태율이 유심히 그 모습을 바라보았다. 지옥귀들이 손에 들린 시커먼 창 같은 것을 휘저어 막 사라지려고 하는 그때, 태율이 재빨리 손을 뻗어 그중 하나의 뒷덜미를 잡았다.

"뭐야!"

"요거 하나 남겨두지."

"왜?"

신경질적으로 쏘아보는 현오는 무시하고 태율이 잡아챈 지옥귀를 요랑에게 던져주었다.

"쓸 일이 있을 것 같아서."

태율은 잠시 당황한 듯했지만 이내 다시 평온을 찾았다. 저 총명한 머릿속에 또 무슨 생각을 담고 있는지 설화는 도통 짐작조차 할 수 없었다.

"…… 하여튼 피곤한 태자야. 아니, 아직도 안 갔네 이것들이? 꺼져!"

미간을 찌푸린 현오가 고깝다는 듯 중얼거리더니 아직 사라지지 않은 지옥귀들을 향해 다시 빽 하고 소리를 질렀다.

지옥귀들을 돌려보내고 나니 독아비의 고통에 찬 신음성이 잦아들었다. 백호위정랑 숙소에 계속 죽치고 있을 수는 없었기에 태율과 설화 일행은 태자궁으로 자리를 옮겼다. 어색한 네 남녀가 널찍한 방 한편에 누워 있는 독아비를 한참 동안 바라봤다. 그렇게 반각 정도의 시간이 흘렀을까? 미동 없던 독아비의 눈동자가 파르르 떨리며 올라갔다.

"으, 여기는……."

독아비의 탁한 목소리가 석상처럼 굳어 있던 네 사람의 시선을 잡아챘다. 너 나 할 것 없이 그 곁으로 다가가니, 놀랄 기운도 없는 독아비의 눈동자가 잘게 흔들리며 태율을 바라봤다.

"내 너를 한참을 찾아 헤맸다."

"태, 태자……."

한 번도 만난 적 없는 사이였지만 독아비는 태율을 알고 있는 듯했다. 태율도 그것이 별로 놀랍지 않은 기색이었다.

"태어나면서부터 나를 병들게 만든, 그 누구도 만들 수 없는 독을 만든 네놈. 나를 죽음으로 몰아넣으려던 너를 말이다."

끔찍한 말을 하면서도 태율의 목소리는 담담하기 그지없었다. 그의 말에 놀란 것은 도리어 설화였다.

'처음 그가 몸이 약했던 것은 지병이 아니었던 것인가? 태어나면서부터 중독시켜 서서히 그를 죽음으로 몰

아가고 있었던 것인가, 이자가? …… 어이하여?'

"헌데 우습지? 너는 나를 죽이려 했지만 나는 너를 필사적으로 살리려 했다. 심지어 지옥 불에 끌려가려는 것도 막으면서 말이다."

"…… 흡!"

무형의 고통이 그를 압박이라도 하듯 독아비가 거칠게 숨을 몰아쉬었다. 그를 덤덤히 지켜보던 태율이 뒤를 돌아 요랑에게 손을 내밀었다. 그 손이 뜻하는 바를 알고 있는 요랑이 입술을 삐죽이면서 그가 원하는 것을 내어주었다.

"자, 봐라. 너를 잡아가려는 지옥귀라는 것이다. 네 혼을 빼서 저 지옥 구덩이로 데려가겠지. 네가 이 세상에 만들어낸 검은 독의 심판을 받게 하기 위해! 그 독으로 앗아간 생명들의 원성을 들어야 할 테니까."

"크윽! 사, 살려……. 허억!"

독아비는 자신의 머리맡으로 던져진 기괴하고 끔찍한 지옥귀의 무리에 경악을 토해냈다. 그를 향해 꾸덕꾸덕 기어오는 지옥귀의 모습에 독아비의 눈동자가 공포에 허옇게 돌아갔다. 그리고 마침내 지옥귀 중 하나가 그의 눈 옆으로 고개를 들이밀었을 때 극심한 경련을 일으키며 고기를 도리질 쳤다. 그 고통에 찬 몸짓을 잠시간 지켜보던 태율이 냉기 도는 얼굴로 그를 내려다보았다.

"너를 사주한 자가 누구냐. 20여 년에 걸쳐 너를 사주한 자, 지금까지도 나와 나의 비의 목숨을 노리는 자가 누구냐."

"허, 허억! 사, 살려주오."

"말해라. 분하지 않느냐? 너는 명령에 따른 것인데, 너만 이 지옥귀에게 끌려가야 한다는 것이, 너만 이 고통과 공포를 느껴야 한다는 것이……. 너는 사주를 받은 것뿐인데 말이다."

태율이 낮은 목소리로 속삭였다. 고통에 차 일그러지는 독아비의 얼굴에 경련이 일었다.

"말하거라."

"으아, 아악! 허억!"

설화에게는 그토록 부드럽고 따스하던 목소리가 어찌 저토록 차가울 수 있는지. 그의 뒤에 서 있던 설화는 눈물이 나올 것만 같았다. 착한 본성을 배반하고 그를 저토록 냉혈한 이로 몰아붙이는 과거가, 그리고 지금 이 현실이 안타까웠다.

'무엇이 그를 저토록 몰아붙였던 것일까? 무엇이 저이의 머리를 한시도 쉬지 않고 생각하게 만들었을까?'

그게 무엇이든 설화는 이제 그만 태율이 그것들을 놓

아주기를, 그로부터 조금이라도 자유로워지기를 바랐다. 설화의 손이 막 태율의 어깨에 닿으려는 그 찰나,

"…… 요운."

"…… 뭐?"

"호, 혼자 죽지…… 않아. 요운 귀비……!"

태자의 눈빛이 잘게 흔들렸다. 그리고 바로 그때, 설화의 작은 손이 그의 어깨를 감싸 안았다. 어떠한 충격을 받아도 제가 감싸 안아주겠다는 듯, 그녀는 있는 힘껏 그의 어깨를 안아주고 있었다.

*

"무슨 생각을 하고 있는 것이냐."

오라비가 가져온 고향 땅의 찻차를 음미하던 요운의 손이 그대로 멈춰 섰다. 그녀의 시선이 천천히 오라비 차운에게 닿았다.

"무슨 생각인 것 같습니까, 오라버니?"

"…… 위험한 일은 하지 말거라."

차운의 말에 요운이 살포시 웃어 보였다.

"위험한 일을 할 것이라 생각하십니까?"

"지금도 충분히 위험한 일을 벌이고 있지 않느냐? 무

엇을 바라는 것이냐? 황후의 좌? 그것을 바라는 것이냐? 그래서 태자 전하를, 태자를 몰아붙이는 것이야?"

"후후."

언제부턴가 요운은 속을 알 수 없는 웃음을 지었다. 황국으로 시집오고 얼마 후부터였을 것이다. 황국을 꾸준히 방문하고 있는 차운은 어느 순간부터 요운이 변했다는 것을 느꼈다. 여전히 곱고 아름다운 미소였지만 묘하게 거리감이 느껴지는 웃음이었다.

'그래, 원래부터 욕심이 많은 아이였지 너는⋯⋯.'

"오라버니께서는 그저 제가 지시하는 대로 따라주시기만 하면 됩니다. 모든 것은 제가 다 준비해놓았으니까요."

쓰다고 소문이 난 여국의 찻차였다. 헌데 마치 달콤한 꿀차라도 되는 것처럼 요운은 쉽게도 들이켰다. 얼마나 저 가슴 아래가 썩어 뭉그러졌는지 그는 상상조차 못 할 것이다. 황제에게 버림받은 황녀, 제 오라비의 실수로 황국에 헐값에 버려진 여국의 열여섯번째 황녀, 요운.

하얀 얼굴 아래 의미심장한 웃음을 흘리는 요운을 보며 차운은 격분하여 소리쳤다.

"무엇을 준비해놓았다는 거야? 태자를 끌어내리려는 것이야? 요운아! 이제 그만하거라. 그래, 내가 네 서찰에 적힌 대로 침입자들에게 맞서는 척해주었다. 그 품에서

금색 장신구도 빼내어 황제에게 바쳤다. 헌데 아무리 생각해도 이것은 아니지 않느냐! 대체 몇 명의 목숨 줄을 잡고 흔들어야 직성이 풀리는 것이냐? 더 깊이 손을 데었다가는 건휘마저 위험해질 수 있어! 알고 있지 않느냐?"

"…… 그래서요?"

"…… 뭐?"

너무나도 차가운 음성이었다. 탁 소리가 나도록 다기를 내려놓은 요운이 웃음기 지운 얼굴로 차운을 바라봤다.

"대업을 위해서 핏줄쯤은 버릴 수 있는 것 아니었습니까? 그러기 위해 태어난 것 아닌가요, 황자라는 존재는? 황녀의 존재들은? 아니었습니까, 오라버니? 그게 분하고 서러우면 힘을 가지면 됩니다. 힘을요!"

"그게 무슨! 그렇지 않아. 그때 일은 어쩔 수 없는……."

"닥치세요! 어쩔 수 없다는 말로 모든 것이 덮이지 않습니다. 지금 저에게 훈계라도 하시는 겝니까? 오라버니께서요? 저를 이곳으로 내몬 당사자이면서! 사천 오라버니를 부추겨 학살을 선동하신 분이 바로 차운 오라버니 아니십니까?"

"운아!"

소리쳐 그녀를 부르는 차운을 향해 요운은 언제 화를 내었냐는 듯이 달콤한 미소를 지어 보였다.

"저는 황국에서 가장 힘 있는 존재가 될 것입니다. 황국에서, 아니 여국조차 나를 무시할 수 없는 그런 존재가 될 것이라고요! 그날을 위해 살아온 20년이니까요."

'위험하다.'

차운의 눈앞이 깜깜해졌다. 저 아름다운 얼굴 뒤로 끔찍한 간계를 꾸미고 있는 요운이었다. 20여 년 동안 칼을 갈았다. 차운을 통해, 저 아름다운 미모를 통해 원하는 것은 어떻게든 얻어낸 요운이었다. 처음에는 그저 황제의 사랑을 받으려고 그러나 보다 간과했던 것이 잘못이었다. 그것보다 훨씬 어둡고 위험한 생각을 품고 있었던 것이다.

그의 사랑스러웠던 동생은 어느새 황궁의 귀녀가 되어 있었다.

"이제 막 돌아오셔서 곤하실 것 같은데 처소로 드시지요. 다친 팔도 다시 어의를 불러서 봐야 하지 않겠습니까?"

명백한 축객령이었다. 차운은 쓸개즙이라도 머금은 듯 씁쓸해져서는 요운의 처소를 나올 수밖에 없었다.

*

청문회는 엄숙하게 진행되었다. 그 누구도 태자가 사신단을 공격했다고 믿지 않았다. 그랬기에 청문회는 은연중에 백호위정랑의 짓이 아니라는 것을 증명하는 방향으로 흘러갔다.

백호위정랑 측에서 제시한 스물세 편의 기록은 지난 일주일 동안 그들 하나하나가 어디에 있었고, 누구와 무엇을 했는지 세세하게 기록되어 있었다. 그 기록은 증인의 이름까지 자세히 기록되어 있어 누구 하나 반문할 수 없었다.

증거로 제출된 백호위정랑 단원 표식은 가짜라고 추정되었다. 백호위정랑의 표식은 황국에서 섬세하기로 소문난 공장 이원호의 작품이었다. 그는 단언컨대 증거로 제시된 표식이 그가 만든 것이 아니라고 했다. 이원호가 만든 것은 아무리 작은 것이라 하더라도 그만의 표식이 되어 있었다.

태자를 몰아가기 위한 증거들은 순식간에 누군가 태자를 모함하기 위한 증거로 뒤바뀌었다.

"이상한 일이지 않소? 누가 태자를 이토록 모함한단 말이오?"

"글쎄요, 태자의 위位란 그렇게 호락호락하지 않으니 까요."

황제의 물음에 황후 또한 씁쓸하게 중얼거렸다. 청문 회는 이번 습격이 태자가 벌인 일이 아니라고 일단락 지 었다. 그러나 황제 내외의 심중이 심히 복잡해진 것은 어쩔 수 없었다. 그나마 위안을 삼을 만한 것이라면, 중 신들의 갑작스러운 행동이었다. 황제뿐만 아니라 수많 은 공신들이 백호위정랑의 짓이 아니라며 필사적으로 증거를 제출했으니, 그들은 바로 백호위정랑 단원들의 아비였다.

서출이라고는 하나 그들도 자식이었다. 제 씨앗으로 잉태한 아이들이었지만 밖으로 내놓아 자랑할 수 없었 고, 아무리 잘하여도 부정하고 무시할 수밖에 없던, 가 시 박힌 손가락처럼 아프고 마음에 걸리는 아이들이었 다. 음지에 살 수밖에 없던 그 아이들을, 능력이 있어도 죽여야만 했던 그들에게 공평하게 기회를 준 것이 바로 태자였다. 그러니 그들의 아비들이 태자와 백호위정랑 에게 신경을 쓰지 않을 수 없었다.

"그나저나 폐하, 저는 그렇게 많은 관리들이 찾아올 줄 몰랐습니다. 어찌 알았던 것인지 저 화릉 지방의 말 단 관리까지 밤새 길을 달려 찾아오지 않았습니까?"

황후는 놀라움인지 기쁨인지 모를 은은한 미소를 지
으며 황제를 돌아보았다. 황제 또한 고개를 끄덕이며 황
후의 심정에 동조를 표했다.

"그러게 말이오. 하루 이틀 사이에 무엇을 조사할 시
간도 모자랐을 텐데 말을 달려 찾아와 증인을 자처하다
니……. 내놓은 자식이라 하더라도 제 자식은 제 자식이
라 이거겠지."

"어찌 되었건 그들의 도움이 컸던 바이니 참으로 잘된
일이지요."

"허허! 태자가 부러 그런 것은 아니겠지만……. 문제라
여겼던 그들의 출신이 이번에는 톡톡히 도움이 되었소."

황제의 말에 황후는 말없이 눈으로 웃어 보였다. 복잡
한 심정을 담은 눈동자가 슬쩍 내려가더니 앞서 걷는 황
제의 등 뒤로 혼잣말을 중얼거렸다.

"…… 부러 그런 것일 수도 있지요."

*

"난 아직도 믿을 수가 없습니다."

"무엇을요?"

격앙된 인향의 목소리에 곁에 앉은 요운이 눈을 동그

랗게 떴다.

"정말 태자의 짓이 아니라는 것을요. 며칠이나 보이지 않던 단원들이, 사신단이 입궐하자마자 다시 모습을 보인 것도 수상합니다. 그 기록들이라는 것도 얼마든지 조작 가능하지 않습니까? 너무 물렁한 청문회였습니다!"

"아아……. 그건 그렇지요."

요운이 인향의 말에 적당히 맞장구쳐주었다. 신이 나서 청문회에 들어갔던 인향은 돌아오는 길에 잔뜩 인상을 구기고 있었다. 그렇게 기분이 상해 있는 인향을 요운이 자신의 거처로 초대했다. 기분을 풀어주겠다며 진귀한 요리를 대접했다. 하지만 인향은 눈이 휘둥그레지도록 푸짐하게 차려진 산해진미를 앞에 두고도 도무지 입맛이 돌지 않는 듯 수저를 들지 않았다.

"이건 분명 다시 조사할 필요가 있습니다!"

"예, 그렇지요. 실은 저도……."

인향의 말에 고개를 끄덕이던 요운이 문득 짙게 구겨진 눈으로 말끝을 흐렸다. 실컷 제 말만 지껄이던 인향이 심상치 않은 요운의 표정에 고개를 돌렸다. 평소의 요운이 보여주던 표정이 아니었다. 무언가 걸린다는 듯 입술을 깨무는 그 얼굴을 보며 인향이 채근하고 나섰다.

"왜요? 혹, 차운왕께서 말씀하지 않은 무엇인가가 있

는 겝니까? 뭐 이상한 점이라도 있었던 거 아닌가요? 아이참, 그렇게 조개처럼 입술만 꽉 깨물고 있으면 무슨 답이라도 나옵디까? 어서 말씀해보세요."

"그게 실은……."

걸렸구나 싶어 요운은 올라가려는 입술 끝을 간신히 다잡아야 했다. 역시나 성미가 급한 인향 귀비였다. 젊었을 적에는 그 점이 더욱 교태스러워 황제의 마음을 잡기도 했겠지만 지금은 달랐다. 저 성미가 그녀를 망칠 것이었다. 요운은 다시 한 번 얼굴빛을 정리하고 활짝 열려 있는 꽃살 무늬 창을 흘끔 바라봤다. 그 곁으로 둔탁한 그림자 하나가 보였다.

"실은 오라버니께서 말씀하시기를, 습격 당시 그 무리들이 노렸던 것은 오라버니가 아니라고 했습니다."

"어허? 그게 무슨 말입니까, 귀비?"

"그들이 노렸던 것은 황자, 그러니까 건휘 황자였다고 했습니다. 맨 처음 공격을 받은 것도 건휘 황자였고, 그 마지막까지 죽이려고 했던 것도 건휘 황자라 했습니다. 그 소리를 듣고 어찌나 아찔했던지……."

"그게 무슨?"

요운의 말을 듣고도 잘 이해가 가지 않는지 인향이 인상을 찌푸렸다. 그 어수룩한 모습에 혀를 차고 싶은 것을 다잡은 요운이 다시 한 번 침통한 표정으로 인향을 바라봤다.

"그러니까, 그 습격은 실은 황자를 노렸다 이 말이지요. 황자를요!"

"예? 아니 어이하여 황자를 노립니까?"

"건휘 황자는 세번째 황자입니다. 만에 하나, 정말 만에 하나 태자가 잘못된다면 황위 계승권을 가진 이지요. 이건 제 짐작일 뿐이지만 말입니다…… 허나 귀비 주변, 아니 태륭 황자 전하 주변에도 혹 무슨 일이 있지 않았습니까?"

"예?"

요운의 말에 인향이 깜짝 놀라 손으로 입을 가렸다. 안 그래도 없던 입맛이 갑자기 뚝 떨어졌다. 요운의 말에 인향의 뒷목에 소름이 돋았다.

'그래, 그러고 보니 며칠 전 태륭이 낙마하여 크게 다칠 뻔한 일이 있었다. 그전에도 밖에 다니다가 다리를 다쳐 온 일도 있었다. 허면 그 모든 일이 사고가 아니었단 말이던가? 누군가 황자를 노렸다는 것인가?'

"그러고 보니 며칠 전부터 태륭 황자가 다쳐 들어오는 일이 많았습니다! 허, 그럼 그 모든 일들이 누군가의 계략이라는 겁니까? 누가! 누가 감히!"

분개하여 상을 내려치는 인향의 말에 요운이 한껏 눈을 구슬프게 떴다. 속으로 그건 황자가 멍청해서 다친 것이라 욕할지언정, 입으로는 한껏 가녀린 목소리를 냈다.

"글쎄요, 확실하지는 않습니다. 그저 심증만이 있을 뿐이지요. 하지만 이 요운은 두렵습니다. 그 똑똑하고 머리 좋은 누군가 우리를, 우리의 황자들을 노리고 있다고 생각하면 참으로 두려워 잠도 청하기가 어렸습니다."

"누군가라니! 뻔하지 않습니까! 애초부터 우리를 눈엣가시처럼 생각하던 태자가 분명합니다. 분명해요! 그 속이 시커먼 어린 범이 이제 우리를 잡아먹으려고 하는군요! 내 당장 이것을 조사할 것입니다! 가만히 있지 않을 것이에요!"

"고정하십시오. 아직 확실한 것도 아닌걸요."

요운은 분기탱천한 인향을 말리는 척하면서 다시 한 번 힐끔 열린 창밖을 바라봤다. 그 앞에 조금 전까지만 해도 보이던 검은 그림자는 어느새 사라지고 없었다.

'갔구나, 갔어. 다 듣고 갔구나.'

속웃음을 삼킨 요운은 애써 인향을 진정시키고 그녀를 거처로 돌려보냈다. 이미 입맛이 싹 사라진 인향은 씩씩거리며 그녀의 처소로 돌아가버렸다.

"하여튼 멍청한 모자母子라니깐."

혼자 남은 인향이 사금다리 한 조각을 입에 넣으며 조용히 중얼거렸다. 그녀의 곁으로 다가온 여관들이 상을 치웠다. 요운만을 20여 년 넘도록 섬긴 그녀들이었다. 아무도 모르는 요운의 은근한 성깔을 알고 있는 그네들이었다.

"조금 전 분명 태륭 황자가 다녀간 것이냐?"

"예, 마마. 분명 인향 귀비 마마께서 들어가시고 얼마 안 있어 도착하셨습니다. 저희는 마마의 명령에 따라 바로 자리를 물리고 나왔습니다."

"그래……."

새하얀 요운의 얼굴에 만족스러운 웃음이 걸렸다. 사실 요운은 인향과 처소로 돌아오기 직전 제2황자인 태륭도 같이 불러들였다. 이처럼 귀한 산해진미를 인향과 황자에게 모두 대접하겠다는 명목으로 불러들이니 곧 그가 온다고 화답했다.

제2황자 태륭은 강건하고 머리도 좋았지만 어미의 성정을 그대로 물려받은 단점이 있었다. 오만하고 성질이 급했다. 하긴, 다음 황제 자리는 분명 너의 것이라고 인향이 노래를 불렀으니, 자신이 곧 황제라 믿고 있던 황자가 오만하게 크지 않을 방도가 없었을 것이다.

헌데 제 것이라 믿었던 태자의 직이 그대로 태율에게

넘어갔으니.

"어림없는 소리지."

'암, 어림없지.'

요운은 다시 붉고 얇은 입술 끝을 올려 웃었다. 너희
같은 것들에게는 당치도 않은 자리다.

'지난 20년 동안도 그러했고, 앞으로도 마찬가지.'

"분에 넘치는 욕심은 패망의 길이란다, 황자야."

다시 한 번 속살거리며 요운이 열린 꽃살 무늬 창을 닫
았다.

*

하룻밤이 더 지나니 독아비의 상태가 많이 호전되었
다. 엄청난 죄를 지었음에도 그는 태자의 지극한 정성을
받고 있었다. 그토록 무섭게 그를 다그쳤으면서도 막상
그에게서 원하던 대답을 듣고 난 태율은 평온해 보였다.

설화는 그 평온이 더욱 가슴 아팠다. 속이 아주 많이
곪으면 오히려 겉이 말짱해 보일 때가 있다. 부식되기
직전의 그것처럼, 최후의 명을 달리하기 전 빛나는 촛불
처럼 그렇게 겉이 말짱해 보일 때가 있는 것이다.

'저 깨끗한 얼굴 뒤로 어떤 고통을 달래고 있을까. 저

단정한 미간 사이로 분을 참고 있는 것은 아닐까?'

설화는 태율의 침묵이 안타깝고 애달팠다.

"뭔 생각을 그리 하는 게야?"

독아비의 경중을 살피고 나오던 설화가 문득 하늘에서 내려오는 현오와 마주쳤다. 우뚝 멈춰 선 설화가 그녀 곁으로 내려서는 현오를 말뚱말뚱 바라봤다.

"현오님은 참 자유롭네요."

"뭐?"

"황궁이고 구월산이고 구분 없이 제 집처럼 드나드시잖아요."

어디든 자유롭게 드나드는 현오의 모습과 태율의 모습이 너무나 대조되었다. 그래서 설화는 다시 한 번 태율을 대신하여 씁쓸하게 웃음을 흘렸다. 설화의 힘 빠진 미소를 보던 현오가 특유의 목청을 높이며 윽박질렀다.

"황궁의 하늘이나 구월산의 하늘이나 다 똑같은 하늘인데, 경계 없이 다닐 수 있는 것이 새들의 자유 아니냐! 흥!"

"아휴! 누가 뭐래요? 왜 또 소리를 지르신대?"

"내, 내가 언제 또 소리를 질렀다고 그러니."

끝으로 갈수록 잦아드는 목소리에 설화가 픽 웃음을 흘렸다. 뽀얀 볼 위로 살포시 올라오는 미소에 현오도 눈을 데굴데굴 굴렸다. 그 모습을 힐끔 보던 설화가 다시 발길을 옮겼다. 태율이 오기로 한 시간이었다.

"야!"

"왜요."

"어쭈? 나 무시하나?"

"어머? 제가 뭘 무시한다고 그래요? 현오님이 불쑥 내려와서 제 가던 길을 막으셨으면서?"

"막기는! 그냥 할 말이 좀 있어서 부른 거지."

"할 말이요?"

설화가 눈을 동그랗게 뜨고 다시 돌아보니 현오가 힘차게 고개를 끄덕였다.

"무슨 할 말이신데 예까지 날아오신 거예요?"

"아, 그게 말이지. 그러니까…… 너 그때 춘려님한테 받은 목각패 가지고 있지?"

"아, 그거요? 잘 가지고 있죠. 왜요?"

"그거 꼭 몸에 지니고 다녀라."

'갑자기 불쑥 찾아와서 목각패 지니고 다니라니?'

설화가 영문을 알 수 없어 현오를 뚫어지게 바라봤다.

"왜요?"

설화가 하도 큰 눈으로 유심히 바라보는 통에 현오의 얼굴이 다 붉어졌다. 현오는 괜히 목이 타는 듯 헛기침을 몇 번 하더니 슬쩍 뒷걸음질 치며 물러섰다. 그에 설화가 다시 한 걸음 다가가자 그의 붉은 얼굴 위로 마른 땀이 송골송골 올라오기 시작했다.

"그게 말이야. 그 궁희님이 원래 뱀족…… 그러니까 궁희님의 따님이신 춘려님이니까, 그 부정한 것이…… 저기 그러니까, 땅의 족속들은 그 패가 있으면 함부로 너에게 다가가기가……. 아, 저기."

"예? 뭐라고요? 좀 차근차근 말씀해보세요."

잘 들리지 않는 듯하여 설화가 귀를 쫑긋 세우며 그에게 상체를 더욱 기울였다. 때마침 살랑이며 부는 바람에 설화의 향기가 현오의 콧속을 간질였다. 무엇에 놀란 것인지 움찔 놀란 현오가 숨을 멈추고 다시 뒷걸음질 쳤다. 그에 설화가 현오와 뜻하지 않는 술래잡기를 해야 했다.

"아이참! 왜 자꾸 뒤로 물러서세요? 아니면 말이라도 좀 크게, 또박또박 해주셔야죠! 현오님!"

"거, 거기 서! 내가 말해줄 테니까. 잠깐만! 그러니까 그 목각패가 있으면 땅에 본本을 둔 것들은 함부로 접근할 수 없다고! 특히 부정한 것들은! 그, 그러니까 그거 꼭 몸에 지니고 있으라고!"

주춤주춤 물러나던 현오가 결국 빽 하니 소리를 지르

고 말았다. 그 쩌렁쩌렁한 소리에 설화의 귀가 따끔하게 아파왔다.

"아우, 귀 아파라. 소리 지를 필요까지는 없잖아요."

"그러니까 누가 가까이 오래!"

"자꾸 도망가시니까!"

"니가 쫓아왔잖아."

"에잇! 됐어요, 됐어. 그러니까 그 목각패가 땅을 근본으로 하는 것들 중에 부정한 것을 막아준다 이거죠? 아, 요즘 독뱀 돌아다녔다고 하니까 그거 때문에 그러시는 거예요?"

"그래. 잘 아네."

멀찌감치 떨어져서 크게 고개를 끄덕이는 현오를 보던 설화가 문득 짝 소리가 나도록 크게 박수를 쳤다.

"아! 그럼 이거 태율 줘야겠다!"

"…… 뭐?"

"저보다는 태자가 가지고 있어야 하지 않겠어요? 그래, 그래야겠다! 우와! 고마워요, 현오님! 얼른 가져다 줘야겠다!"

설화는 손뼉을 치며 현오에게 감사 인사를 건넸다. 그러고는 뭐가 그리 급한지 가던 방향으로 뜀박질하기 시작했다. 그렇게 멀어지는 설화의 모습을 현오는 구겨진 얼굴로 말없이 지켜봐야 했다. 현오가 문득 손을 들어 가슴을 탁탁 내려쳤다. 고개를 든 그가 하늘 저편 어딘가로 시선을 보냈다.

"…… 다리 말고 심장을 좀 가져가지 그러셨습니까."

기쁜 마음으로 천화궁으로 돌아온 설화는 그녀를 기다리고 있는 태율에게 달려갔다. 그녀의 거처 뒤편으로 운치 있는 작은 정자에 태율이 있었다. 살금살금 깨금발을 들어 그에게 다가가던 설화가 문득 발걸음을 멈췄다. 태율의 뒷모습이 너무 아프게 그녀의 눈에 박혔다.

'저 단단하고 너른 어깨가 왜 이리 무거워 보이지…….. 다시 예전의 그 천진하고 깨끗한 미소를 볼 수는 없을까?'

멈칫거리며 잠시간 고민에 빠진 설화의 머릿속으로 며칠 전 황후가 그녀에게 건넨 농담이 떠올랐다.

'태율의 기분이 상해 보였을 때는 태자비께서 그의 아명을 불러보세요. 아마 금세 기분 좋은 웃음으로 태자비를 안아주실 겝니다.'

잠시 머리를 갸웃하던 설화가 심호흡을 크게 했다. 그러고는 다시 살금살금 발을 놀려 그에게 다가갔다. 태율은 무엇인가 깊은 생각에 빠진 듯 그녀의 작은 발걸음

소리를 듣지 못한 것 같았다.

'후우.'

다시 작게 심호흡을 내뱉은 설화가 야무지게 눈을 빛내며 입을 뗐다.

"자기야!"

그녀의 작지만 낭랑한 목소리가 울려 퍼짐과 동시에 태율의 어깨가 움찔 떨리는 것이 보였다. 하지만 어쩐 일인지 태율은 뒤돌아보지 않았다.

'못 들었나? 그럴 리 없는데?'

고개를 갸웃하던 설화가 다시 꽃봉오리 같은 입술을 열었다.

"자기야!"

'왜 돌아보지 않지?'

설화는 이상하다고 생각하며 성큼성큼 그의 곁으로 다가갔다. 그녀가 막 그의 어깨를 툭툭 쳐보려고 손을 뻗을 무렵 태율이 몸을 돌렸다.

"뭐라고?"

"아이, 깜짝이야."

설화가 헛숨을 들이켜며 손을 내리려 하자 태율이 냉큼 그녀의 손을 잡아챘다. 그녀만큼이나 놀란 듯 깊은 태율의 눈이 동그래져서 그녀를 직시하고 있었다.

"뭐라고 했어, 방금?"

"자기야라고 했는데? 왜, 자기야?"

설화는 아무것도 모른다는 듯 순진한 얼굴로 배시시 웃으며 대답했다. 그러자 태율이 잠시간 숨을 멈추고 그녀를 바라봤다. 그러더니 불현듯 어깨를 들썩이며 박장대소하기 시작했다.

"푸하하! 갑자기 웬 자기야? 뭐야, 깜짝 놀랐잖아! 아휴, 정말."

"응? 으응?"

"아휴, 진짜 예뻐 죽겠네!"

황후의 말마따나 크게 웃음을 보이는 태율로 인해 설화의 가슴에 뭉게뭉게 따뜻한 김이 올라왔다. 뭐 때문에 이이가 이리 웃는지도 잘 모르면서 그녀도 그를 따라 헤헤 웃어 보였다. 그러자 태율이 그런 그녀가 사랑스럽다는 듯 양 볼을 마구 손으로 쓰다듬었다.

며칠 만에 보는 지아비의 웃음은 가뭄에 내린 단비만큼이나 달큼하게 그녀를 적셨다. 설화의 뽀얗고 앙증맞은 뺨 위에 선홍빛 설렘의 물이 들었다.

"다시 불러봐. 다시, 응?"

"자기야."

"다시, 계속해서. 어서."

"자기야."

"아, 정말 예뻐 죽겠다. 누구의 비가 이리 예쁜 거야?"

"피이."

휘어진 눈가로 태율을 흘겨보아도 태율은 히죽히죽 웃음을 멈추지 못했다.

"어? 저기 토끼 지나간다."

"뭐?"

그러던 중 갑자기 태율이 손을 들어 그녀의 옆을 가리 켰다. 설화가 고개를 돌리는 순간 그녀의 볼에 태율의 입술이 닿았다.

"에구머니나! 남우세스럽게 지금……."

설화는 깜짝 놀라서 태율을 노려보며 그의 입술이 닿은 볼에 손을 올렸다. 설화는 금세 태율의 손에 잡혀 그의 품으로 끌려 들어갔다. 부끄러워 붉어진 동그란 뺨 위로 태율의 입술이 다시 몇 번이고 닿았다가 떨어졌다. 그것으로는 성이 안 찬다는 듯 그가 그녀를 꽉 끌어안았다.

"볼이 백설기 같아. 말랑말랑하고 따뜻하고 부드럽고. 애기 볼 같아."

"퉁퉁하다는 거야?"

새치름한 그녀의 반응에 태율이 고개를 저었다.

"아니, 아이처럼 예쁘다는 거지. 정말이지 어떻게 이렇게 귀여워? 혼인한 처녀가 이렇게 사랑스러워도 되나? 음?"

"아이 같다니……."

"그래, 특히 이 복숭앗빛 뺨이 무척이나 사랑스러워. 아, 그러지 말고!"

"음?"

잠시간 뜸을 들이던 태율이 혼자 큭큭 웃음을 터트리더니 그녀를 꽉 끌어안았다. 다음 말을 하려고 몇 번이나 입술을 뜰썩이며 혼자 웃는 것이 퍽이나 즐거워 보여 설화는 그저 그가 하는 대로 가만히 품에 안겨 있었다. 몇 번이나 그렇게 입술을 열었다가 웃다가 하던 태율이 목소리를 가다듬고 그녀를 바라봤다.

"빈궁 이제부터는 내 당신을 애기라 부르겠소."

"…… 뭣?"

저도 모르게 큰 목소리로 반문한 설화가 태율을 이상하다는 눈으로 바라봤다. 그러거나 말거나 태율이 빙글빙글 웃으며 고개를 주억거렸다.

"그래, 둘이 있을 때는 우리 애기는 나를 자기라고 부르……."

"으앗, 그만해! 이상해!"

혹여 누가 들을까 무서워 설화가 냉큼 태율의 입술을 막았다. 그러자 태율은 그녀의 손길을 피해 짐짓 엄한 목소리로 말했다.

"어허, 서방님 말씀하시는데."

"어우! 너 이상해. 몰라!"

"애기야."

"하지 마. 내가 누나잖아!"

"애기야, 애기야!"

"아이참, 하지 말라니까!"

발을 동동거리며 어쩔 줄 몰라 하던 설화가 얼굴을 붉히며 귀를 막았다. 그러자 태율이 그녀의 손을 잡아 내리려고 시도했다. 질겁한 설화가 그를 피해 작은 정자 안을 종종거리며 뛰어다녔다. 참으로 오래간만에 정자 위로 두 사람의 웃음소리가 맑게 채워지고 있었다.

열여섯 개의 현으로 퍼져 있는 백호위정랑의 감찰 보고서를 읽던 태자가 문득 고개를 들었다. 은은한 채등 아래로 호롱불 두 개가 어지럽게 흔들리며 태자의 눈을 잡아챘다. 문득 그것을 멍하니 바라보던 태율이 소매춤을 뒤적여 작은 목각패를 꺼내 들었다. 오늘 낮에 설화가 그에게 건네준 것이었다.

춘려.

곱게 새겨진 여자 이름이었다. 이게 무엇일까? 태율은 섬세한 나뭇결을 따라 목각패를 쓰다듬었다.

"태자비 마마께서 주신 것입니까?"

멀찍이 떨어져 그의 뒤를 지키고 있던 휼이 조용히 물었다.

"그래."

"헌데 왜 그렇게 얼굴이 좋지 않으십니까, 태자 전하."

그것을 가만히 쓰다듬고 있는 태율의 얼굴이 조금 가라앉아 있었다. 그녀와 함께 있기에 매일매일 둥실둥실 떠오르는 마음이었지만, 동시에 그녀에 대한 고마움과 미안함이 그를 괴롭혔다. 그녀는 그에게 갚을 길 없는 진귀한 선물이었다. 그녀 자체만으로도 그랬지만, 거기에 항상 무엇인가를 그에게 주려고 했다. 천하를 눈 아래에 둔 태자의 지위였건만, 어쩐지 그녀 앞에서는 그것도 다 허허로웠다.

'그게 다 무엇인가. 그저 건강히, 마음 따뜻하게 하루 끼니 해결하고 웃으며 사는 게 제일 중요하지 않을까?'

그녀 앞에만 있을 수 있다면 권력이고 황제의 자리고 뭐고 중요치 않았다. 그녀 곁에만 있을 수 있다면.

"나는 자꾸만 받기만 하는 것 같구나. 그게…… 자꾸 나의 마음을 아프게 하니. 내가 해줄 수 있는 일은 없을까? 내가 줄 수 있는 것이라고는 고작 황금 따위와 태자비라는 지위뿐이구나, 휼아."

혼잣말을 하듯 중얼거리는 태율의 말에 휼은 대답이

없었다. 태율도 목각패의 매끄러운 옆선을 엄지손가락으로 쓰다듬을 뿐이었다. 문득 호롱불이 한 번 더 아스라이 흔들릴 때 예기치 못했던 휼의 목소리가 방 안에 울려 퍼졌다.

"전하께서는 마음을 주시지 않았습니까."

태율의 눈이 그제야 휼에게 돌아갔다. 휼의 올곧고 정직한 눈동자가 태자를 바라보고 있었다.

"처음 전하의 마음 그대로, 그리고 마지막까지도 그 마음을 온전히 다 태자비 마마께 주시지 않았습니까. 천금을 주고도 얻지 못할 것이 그 순결한 마음입니다. 저는 그렇게 믿고 있습니다, 전하."

태율은 예상하지 못한 대답에 놀랐다. 어찌 보면 태율의 생生에서 어미나 아비보다도 가까운 이가 휼이었다. 그런 휼이었으니, 어쩌면 태율의 마음을 가장 잘 알고 있는 이가 아니었을까? 태율의 날카로운 눈이 이내 슬쩍 휘었다. 그가 막 무슨 말을 하려는 찰나 문밖에서 환선의 목소리가 들려왔다.

"전하, 태릉 황자 전하의 내관이 들었습니다."

태율과 휼의 눈빛이 마주쳤다.

태율과 태릉은 한 살 터울이었다. 평소 사이가 좋지 않던 둘은 밤에 따로 마주한 적이 한 번도 없었다. 낮에도 마찬가지였다. 그래서 태율은 늦은 밤 태륭이 나와주십 사 요청한 것이 어쩐지 낯설었다.

"무슨 일로 만나자 하는 것인지 짐작이 가십니까?"

의심에 찬 휼의 목소리에 태율이 어깨를 들썩였다. 태율이라고 알 길이 없었다.

"가보면 알겠지."

시큰둥한 태율의 말에 은밀한 긴장감이 보였다. 태율과 휼 그 뒤로 환선과 윤식이 따랐다.

"저기 보이십니다."

밤길을 걷던 네 사람이 우뚝 멈춰 섰다. 50보도 채 되지 않은 거리에서 태륭 황자가 혈혈단신 홀로 태율을 기다리고 있었다. 그 또한 태율을 발견했던 것인지, 난간에 걸터앉아 있던 엉덩이를 털고 일어났다. 뜨겁게 닿는 그의 시선을 느끼며 태율이 한 걸음 한 걸음 그에게 다가갔다.

"오랜만입니다, 형님."

아무리 제2황자라고는 하나, 태율에게 형님이라는 호칭으로 부르는 것은 본디 법도가 아니었다. 마치 그를 태자라고 인정할 수 없다는 듯 고집스러운 저 입에서는 전하라는 한마디가 나오지 않았다.

"처음이라고 해야 하는 게 옳지 않을까?"

하지만 태율은 그다지 신경 쓰지 않는다는 듯 입가에 묘연한 미소로 화답했다. 초탈한 듯 여유로운 그 모습에 태릉의 얼굴이 도리어 찌푸려졌다. 태릉은 태율의 뒤로 시립하고 있는 세 남자를 바라봤다.

"자리를 좀 물려주실 수 있으시겠습니까? 형님께서 언제부턴가 황국에서 제일가는 무사 중 하나가 되셨으니 저 같은 것이 형님을 해칠 수 없을 것입니다."

말 속에 가시가 있었다. 허나 태율은 그것도 모르는 척 웃음을 보였다. 언제나 황족들 앞에서, 중신들 앞에서 보여주었던 차갑고 여유로운 그 미소를.

"그래, 내 설마 가족에게서 무슨 일이라도 당하겠느냐? 물렀거라."

허나 태율의 목소리 또한 뾰족하기는 마찬가지였다. 그 살벌한 분위기 속에서 세 사람의 발길이 조용히 멀어졌다.

남은 두 사람은 여전히 차갑고 무거운 눈빛으로 서로를 쏘아보았다.

*

"마마, 태자 전하와 태룡 황자 전하께서 조우하셨다 하십니다."

"오오, 그래?"

보랏빛 포도알 하나를 입안에 넣고 굴리던 요운이 화사한 웃음으로 나인을 돌아봤다. 입안에서 터지는 달큼한 과즙이 참으로 만족스레 어울리는 밤이었다.

"허면, 달푼이는 거기서 대기하고 있는 것이냐?"

"예, 마마. 태룡 전하가 오시기 전에 이미 그곳에서 기다리고 있었습니다."

"훗."

나인의 대답이 퍽이나 마음에 든다는 듯 요운이 작게 웃음을 터트렸다. 하얗고 기다란 손가락이 다시 포도알을 집어 들어 입안으로 쏙 집어넣었다.

"드디어 눈엣가시 같은 것들이 없어지겠구나. 여봐라, 비파를 가져오너라. 내 이 순간을 축하하기 위하여 악기를 켜야겠다."

"예, 마마."

사방으로 활짝 열어놓은 창호문 사이로 바람이 들어왔다. 오늘 따라 유독 바람이 휘몰아치고 있었다. 펄럭이는 투명한 비단 천이 요운의 방을 어지럽게 휘돌아다녔다. 그 광경을 보는 요운의 눈이 더욱 즐겁게 휘어졌다.

'어지러운 밤. 그래, 오늘은 어지러운 밤이로구나.'

들리지도 않는 혼잣말을 뒤로하고 요운이 열린 분합 문 너머로 태자의 뜰 방향을 바라봤다.

"그냥 확 죽여버렸으면 좋겠지만…… 그럴 배짱은 없 겠지?"

분명 그 고고한 자존심에 태율을 찾아가기는 했지만, 태자를 죽일 만한 배짱 따위는 없는 태릉이었다.

'욕심과 배짱이 더 두둑했다면 이미 어렸을 적에 태자 자리를 꿰찼겠지. 하지만 제 입으로 거저 들어올 때까지 기다리다 망한 것이다. 쯔쯧! 멍청하다니까 정말.'

"마마, 비파 들이겠습니다."

닫힌 문이 없으니, 그 문 사이사이를 총총 넘으며 비파 를 든 나인이 들어왔다. 유려한 곡선이 아름다운 요운의 비파가 그녀의 품으로 안겨들었다. 백짓장처럼 하얀 손 가락이 악기의 머리 부분을 힘주어 그러쥐었다. 팽팽하 게 조여진 다섯 현이 술대를 따라 청명한 소리를 냈다. 일정한 음률도 없이, 그저 소리 나는 대로 현을 퉁기던 요운이 방싯방싯 웃음을 흘렸다. 홀로 무엇이 그리 즐거 운지 어깨까지 들썩이며 웃는 그녀의 손길 아래 기괴한 비파 소리가 밤을 깨우고 있었다.

"아무렴 어떠니, 태릉. 네가 죽이지 못하겠다면 내가 죽이게 만들어줄게. 그저, 네가 죽였다는 것만 있으면 된단다. 너는 그저 죄만 뒤집어써주면 되는 거야."

'나를 위해서.'

요운이 다시 술대를 놀렸다. 현이 끊어질 듯 거친 소리가 요운의 궁 안에 가득했다.

*

"어릴 적, 형님이 신체 미령하시어 아바마마의 용안에 어둠이 드리워질 때면 저는 그렇게 형님이 미웠습니다."

가타부타 설명도 없이 시작한 태릉의 말이 태율의 귀를 때렸다.

"형님께는 송구한 말이겠지만, 저는 그랬습니다. 내가 더 잘할 수 있는데, 나는 그 누구의 마음에도 흡족한 태자가 될 것인데…… 하며 말입니다."

태릉의 말에 태율이 피식 웃음을 흘렸다.

"허면, 내가 건강해지니 밉지 않더냐?"

태율의 말에 태릉도 태자와 같은 웃음을 지었다.

"그럴 리 있겠습니까?"

"너는 그냥 내가 미웠던 거로구나."

"예, 그렇지요. 하지만 그래도 그러려니 했습니다. 아니 그러려고 했죠."

"그런데?"

태릉은 태율에게 한 발짝 성큼 다가갔다. 잔뜩 어그러진 그의 눈이 태율을 쏘아보고 있었다.

"분하고 억울했죠. 그 울화통을 형님은 모르실 겁니다. 어찌 알 수 있겠습니까! 그래도, 저는 그래도 어떻게든 분함을 이겨보려 했습니다! 그런데 어찌 저희에게 이러실 수 있으십니까!"

태율은 태릉의 말이 뭔가 이상하다고 생각했다. 태율이 그들에게 무엇을 했다는 건가? 그리고 그들이란 과연 누구란 말인가? 그의 미간이 찌푸려졌다.

"위협이라고요? 그 자리는 언제나 위협적인 자리입니다! 당연한 것 아닙니까? 그래서 그렇게 당연하게 저희를 없애려고 하셨던 것입니까?"

"잠깐."

"들으십시오!"

태율이 손을 들어 그를 제지하려고 했다. 하지만 이미 눈동자의 핏줄이 붉어진 태릉에게는 태율의 목소리가 들리지 않았다. 그때였다.

"으아아아악!"

그와 동시에 외마디 비명이 그에게서 터져 나왔다.

스멀스멀 기어오던 새까만 뱀이 태륜의 다리를 향해 달려든 것이었다. 불길한 검은색 사이사이 보랏빛 점이 빛나는 그 뱀은 독한 이빨을 태륜의 다리에 박아 넣고서 도 한참이나 달라붙어 있었다.

"이게 무슨! 태륜! 훌! 환선!"

"으아악! 아악!"

거친 신음이 태륜의 입술을 가르고 터져 나왔다. 태율 은 옆구리에 차고 있던 검을 빼들어 뱀을 겨누었다. 그 와 동시에 뱀의 고개가 태율을 향했다. 태율은 아주 잠 시 뱀과 눈이 마주쳤다. 반질반질 빛나는 뱀의 눈동자에 어쩐 일인지 두려움이 보였다. 뱀은 그를 두려워하고 있 었다.

당황한 태율이 멈칫거리는 사이 뱀은 그 불길한 몸뚱 이를 슬금슬금 움직여 물러나기 시작했다. 그와 동시에 태율의 소리를 듣고 훌과 환선 그리고 윤식이 정자 위로 뛰어 올라왔다. 사라지는 뱀의 모습을 본 윤식이 재빨리 가지고 있던 단도를 날렸다. 단도는 정확히 뱀의 머리에 꽂혔다. 그와 동시에 뱀의 터진 머리에서 검은 피가 흘 렀다.

"태륜! 태륜! 정신 차리거라!"

태율은 눈앞에 신음하고 있는 태륜이 걱정되었다. 서둘러 뱀에 물린 곳을 살펴보던 태율의 얼굴에 낭패가 서렸다. 다리는 이미 죽은 자의 그것처럼 새카맣게 변해 있었다.

"이것도…… 크윽!"

"흉, 어서 어의를 불러, 어서!"

"이, 이것도…… 쿨럭!"

"말하지 말거라, 독이 더 빨리 퍼질 것이야."

태율은 태어나서 처음으로 태륜을 안아보았다. 그의 상체를 끌어안고 그의 입에서 흘러나온 피를 연신 닦아주었다. 하지만 태륜의 얼굴은 이미 새파랗게 질려 핏기하나 없었다. 태율은 서둘러 자신의 옷을 찢어 태륜의 다리를 압박했다. 하지만 이미 독이 그의 전신에 퍼진 듯했다.

"혀, 형님……."

"말하지 말라 했다."

새빨간 피가 범벅이 된 입술 사이로 태륜이 계속해서 태율을 불렀다.

"이것도, 크윽! 이것도 형님 짓입니까?"

"…… 뭐라?"

초점 없는 태릉의 눈이 허공의 어딘가를 바라보며 중얼거렸다. 허무한 웃음이 그의 입술 끝에 걸렸다. 태율은 태릉의 말에 등골이 서늘해졌다.

"이번엔…… 하악! 서, 성공 하셨습니다. 크큭…… 건휘는 죽이지 못했지만, 저는 크윽…… 죽이는 데 성공하신 것…… 크윽!"

"그게 무슨 말이냐."

"참으로…… 잔인하십니다. 무서우신…… 분이군요."

태율의 눈동자가 잘게 흔들렸다. 그와 동시에 태릉을 끌어안고 있던 태율의 손가락이 시리도록 차갑게 식어 버렸다.

'모함! 모함이로구나!'

태율의 머릿속으로 요운 귀비의 새하얀 얼굴이 떠올랐다. 울분이 차올랐다. 힘이 들어간 턱 안으로 이가 다 갈렸다.

"말하지 말거라. 나는, 나는 아니다. 태릉아."

"하, 하하! 형님, 저는……."

"말하지 말라 했다!"

태율이 소리쳤지만 태릉은 이미 들리지 않는 듯했다. 그는 태율에게는 보이지 않는 것이 보이는 듯 허공을 응시했다. 태율이 식어가는 태릉의 몸을 필사적으로 끌어안았다.

'이렇게 죽으면 안 된다. 이렇게 허무하게, 겨우 그 여자의 음모에 휘말려 네가 희생되어서는 안 된다!'

울컥 치밀어 오르는 분노와 억울함 그리고 연민 때문에 태율은 이를 악물었다.

"형님, 하…… 저는 정말."

"태륭! 태륭!"

"형님이 싫습니다."

그 말을 끝으로 태륭의 숨이 멈춰버렸다. 태율의 얼굴은 절망으로 하얗게 질렸다. 태율의 냉기 어린 팔이 태륭의 몸을 힘주어 끌어안았다.

"으아아악!"

별 하나 뜨지 않은 어두운 밤하늘에 심장을 으깨고 나온 태자의 포효가 울려 퍼졌다.

*

황궁이 발칵 뒤집어졌다. 제2황자가 돌연사했으니 당연한 일이었다. 하지만 황자가 죽었다는 사실보다 더욱 황궁을 충격으로 몰아가고 있는 것은 '태자가 황자를 죽였다'라는 소문이었다. 모든 정황이 태자를 가리키고 있었다.

태자의 뜰에서 일어난 사건이었고, 태자와 함께 있을 때 벌어진 일이었다. 또한 유독 뱀이 태자에게는 위해를 가하지 않았다. 황궁의 모든 사람들이 수군거렸다. 황제도, 황후도 그 상황을 도무지 믿을 수가 없었다.

"아아악! 우리 태릉을 살려내세요! 어찌, 이렇게 잔혹할 수 있습니까? 어찌 이렇게 무서울 수 있나요?"

"마마, 고정하시옵소서."

"태릉! 아아, 우리 황자! 불쌍해서 어쩌누! 우리 황자!"

"마마."

황궁은 인향의 울음소리로 가득했다. 귀비라는 체통도 잊어버리고, 어미로서 오열하는 한 여자만 남아 있었다. 오열하고 쓰러지고를 반복하느라 단 하룻밤 사이에 얼굴이 반쪽이 되어버렸다. 태자를 데려오라고 발악하는 귀비의 모습에 황후는 감히 위로의 말을 건네지도 못했다. 태율이 벌인 일이 아니라고 믿었지만 모든 사람이 그녀와 같은 마음은 아닐 것이었으니.

"이게 무슨 일이냐, 도대체. 태자, 입이 있으면 말을 하거라!"

"송구하옵니다. 소자 그저 태릉의 부름에 그곳에 나간 것뿐이옵니다."

호랑이처럼 호통치는 황제의 말에 태율이 침착하게 대꾸했다. 온갖 복잡한 생각이 그의 머릿속을 어지럽히면서도 어쩐지 그는 한편으로 모든 것이 명료하게 보였다.

"모든 것은 조사 후에 밝혀지겠지! 허나, 그전까지 태자는 거처에서 단 한 발자국도 나올 수 없다! 또한 그 누구도 태자의 곁에 있을 수 없다. 짐이 명령할 때까지 태자는 홀로 거처에 은신하고 있거라."

"명 받들겠습니다."

태자궁이라는 감옥에 홀로 갇히라는 명이었다. 밤새 혹독한 일에 시달리고, 날이 밝자마자 다시 또 무섭게 휘몰아치는 사건에 태자가 갇혔다.

"태율……."

설화의 낯빛이 귀신처럼 새하얬다. 물러가는 태율의 발걸음 끝에 설화가 서성이고 있었다. 천천히 그녀 곁으로 다가서는 태율이 안심하라는 듯 작은 미소를 보여주었다. 걱정하지 말라며, 나는 괜찮다는 그 웃음에 설화의 눈동자가 붉어졌다.

"내가 벌인 일이 아니야."

"알고 있어!"

"…… 그럼 됐어. 네가 날 믿어준다면 힘을 낼 수 있어."

"율아."

"내 걱정은 하지 말고 식사 꼭 챙겨 먹고⋯⋯. 요랑, 혹여 태자비에 무슨 일이 없도록 잘 부탁한다."

"그, 그건 걱정 말라고!"

태율의 말에 설화 곁에 쭈뼛쭈뼛 자리하고 있던 요랑이 세차게 고개를 끄덕였다. 그를 보며 고개를 끄덕인 태율이 망설임 없이 발걸음을 옮겼다. 떠나는 자보다 남아 있는 자들의 얼굴이 훨씬 어두운 순간이었다.

*

"후후후."

황제가 직접 태자를 문책하는 모습을 모조리 지켜보고 있던 요운의 입가에 주체하지 못한 웃음이 새어 나왔다. 그 스스로도 깜짝 놀랐던지 재빨리 입가를 가렸다. 허나 그 곁으로 선 차운왕에게는 이미 들켜버리고 난 후였다.

"네 짓이더냐."

거처로 돌아가는 요운의 뒤를 따라 차운이 다가왔다. 나풀거리는 걸음으로 궁에 돌아온 요운이 빙긋 웃음을 보였다.

"글쎄요."

"네 짓이로구나."

"오라버니께서 그렇게 생각하신다면 그런 것이겠지요."

"너는 도대체……."

'얼마나 더 잔인해지려는 것이냐.'

쓸쓸한 그 한마디가 맴돌았다. 도무지 믿기지 않았다. 어찌하여 요운이 이렇게 스스로를 망가뜨리게 되었는지. 차운의 입술 사이에서 진득한 한숨이 나왔다.

"사신단이 오셨는데, 이리 불미스러운 일이 생겨 이 요운 참으로 안타깝습니다. 집안일로 객들의 마음을 편치 않게 만든 점 죄송스럽게 생각하오니 부디 양해 바랍니다."

뒤돌아선 요운의 말에 경고가 실렸다. 간섭하지 말라는 뜻이었다. 사신단으로 왔으면 사신단의 일만 하고 가라, 그런 뜻이었다.

"그만두거라."

"…… 무엇을요?"

차운이 그녀의 어깨를 잡아 돌렸다. 아무것도 모른다는 표정으로 요운이 그를 올려다보았다. 참으로 잔망스러운 얼굴이었다.

"하늘이 무섭지도 않느냐!"

"…… 하늘이요?"

"너는 지금 천륜을 저버리는 잔혹한 일을 저지르고 있는 것을 모르겠느냐! 더 이상 스스로를 망가뜨리지 말거라. 천벌이 무섭지 않은 것이야?"

"하!"

요운이 코웃음을 치며 차운의 손을 털어냈다.

"예, 무섭지 않습니다! 어디 하늘에서 누가 지켜보고 있다면 천벌을 내려보라지요! 어서요!"

"요운!"

"그딴 게 있었으면 예전에 벌써 다른 누군가에게 내려져야 했던 것 아닙니까?"

냉랭하게 대꾸한 요운이 차운을 한 손으로 밀어냈다. 그 차디찬 손길에 주춤 물러선 차운의 옆으로 그녀의 몸이 스쳐 지나갔다.

*

"이게 대체 무슨! 당치도 않은 일이 벌어졌다고!"

"진정해, 환선. 그렇게 흥분한다고 일이 해결되지 않아."

"아니, 내가 지금 흥분 안 하게 생겼어? 아 욱태 놈은 어디 간 거야!"

"욱태는 내가 독아비를 살펴보라 보냈다."

백호위정랑의 숙소 한 귀퉁이에 모여 있던 환선과 다른 단장들이 불현듯 들려오는 흙의 목소리에 몸을 일으켰다.

"오셨습니까."

"아니, 대대장님. 이게 대체 무슨 일이오? 일이 어떻게 돌아가는 것이란 말이오!"

"진정하거라."

"아, 왜 다들 진정하라고만 하는 거요!"

길길이 날뛰는 환선의 말에 다른 단장들의 얼굴이 어두워졌다. 자신들이 할 수 있는 일이 없기에 더욱 답답했다. 힘이 있었으면 주청이라도 드려볼 텐데……. 다시 한 번 서출인 자신들의 무력함에 화가 치밀어 올랐다.

"지금 가장 중요한 것은 독아비다. 그가 이번 일을 해결할 핵심 열쇠야."

"헌데 저리 누워 있으니! 아이고 답답해!"

환선이 답답하다는 듯 가슴을 펵펵 내려쳤다. 그리고 그와 동시에 때마침 그들이 기다리던 욱태가 문을 열고 들어섰다.

"차도가 있느냐?"

"예! 깨어났습니다!"

"그래? 그럼 어서 가보자! 우선 환선, 윤식만 나를 따라오너라. 모두 움직이면 수상하게 보일 것이야."

흘의 명령에 윤식과 환선이 몸을 일으켰다. 서두르는 발걸음으로 문을 나선 그들은 불현듯 들려오는 목소리에 발걸음을 멈췄다.

"흘!"

놀랍게도 그들을 불러 세운 것은 태자비 설화였다.

*

흘과 나머지 백호위정랑 무사들은 설화를 보자마자 재빨리 고개를 숙여 예를 표했다. 평소에 그들이 그녀에게 인사를 건네면 수줍어하던 설화였지만 오늘은 조금 달랐다. 화가 난 듯 붉은 입술을 꾹 깨물고서 결연한 표정으로 흘을 바라보고 있었던 것이다. 그리고 그런 그녀의 뒤로 요랑과 현오가 곁을 지키고 있었다.

"어디로 가시는 거죠?"

"아, 독아비가 깨어났다 해서 그리 가보려 하고 있었습니다."

"그럼 저도 같이 가겠습니다."

"예?"

설화가 불현듯 찾아와 그들과 함께 가겠다는 말에 휼
은 잠시간 당황했다. 하지만 이내 수긍하고는 재빨리 발
을 놀렸다.

"이것도 그분이 저지른 일이겠죠?"

  설화의 목소리가 떨렸다. 휼은 그녀의 눈동자를 아주
잠시 쳐다보고는 아무 말도 못 했다. 딱히 대답을 바라
고 한 말은 아니라는 듯 설화가 다시 작지만 힘 있는 목
소리로 혼잣말을 했다.

"그저 좋은 황제가 되려 하는 태율인데, 어찌하여 그를
이리도 치밀하게 몰아가는 것입니까. 어찌하여! 저는 정
말 이해할 수 없네요."

  설화는 정말 속이 상했다. 분하고 화가 났다. 태율의
모습은 담담해 보였지만 그럴수록 설화의 속이 더 상했
다. 그녀가 걱정할까 봐, 다른 이들에게 더욱 의연해 보
여야 하기에 태율은 항상 여유롭게 행동했다.

"휼! 정말 나는 화가 나요!"

  설화는 말하다 보니 더욱 화가 치밀어 올랐다. 그 고운
발을 들어 사뿐사뿐 얌전히 길을 걷던 그녀가 돌연 발을
쿵쿵 구르며 걷기 시작했다. 태자비의 그런 모습을 처음
본 윤식과 환선이 눈을 동그랗게 뜨고 서로를 마주 봤
다. 하지만 설화의 되바라진 모습을 이미 몇 번 본 적 있

던 현오는 어깨를 한 번 으쓱하고 말 뿐이었다.

"황궁 무너지겠다."

"뭐라고요!"

어째 아무 말 없이 따라온다 했던 현오가 불쑥 얄미운 말을 내뱉었다. 설화의 눈이 현오를 노려봤다. 그 살벌한 눈빛에 괜히 휘파람을 불며 딴청을 부리던 현오가 그녀의 등을 슬쩍 밀며 앞으로 가라고 채근했다.

"그렇게 화내면 아무리 너라고 해도 주름진다, 주름. 팔자주름, 눈가 주름, 이마 주름."

"이익!"

현오의 놀림에 약이 바짝 오른 설화가 살벌하게 노려봤다. 그것으로도 성이 안 찼는지 나풀거리는 치마를 슬쩍 잡아 올리더니 냅다 다리를 올려 현오의 정강이를 걸어찼다.

"아얏! 아오, 넌 태자비라는 애가……."

"얄미운 대머리 독수리 같으니라고."

도저히 태자비라고는 볼 수 없는 행동에 윤식과 환선은 몇 번이고 눈을 비볐다.

"씨게도 차네! 아우 아파."

"엄살은! 흥!"

고개를 새침하게 돌린 설화가 그제야 엉킨 속이 좀 풀

린다는 듯 개운한 얼굴로 다시 길을 걸었다. 별로 아프지도 않은 정강이를 문지르며 엄살을 부리던 현오도, 그를 한심한 눈으로 보고 있던 요랑도 쪼르르 그녀를 따라갔다.

백호위정랑의 숙소 뒤편 숨겨진 거처에 독아비가 있었다. 허름한 나무 집이었지만 그 앞으로 백호위정랑이 겹겹이 호위를 서고 있었다. 그들을 지나 안으로 들어서니 나무 침상 위에 죽은 듯이 누워 있는 독아비가 보였다. 처음 보았을 때보다 혈색과 숨소리가 많이 안정되어 보였다. 현오가 쫓아 보낸 지옥귀는 그 뒤로 얼씬도 하지 않았다. 아마 독아비가 호전되어서 그런 것도 있지만, 현오가 그들을 호되게 내쳤기 때문일 것이다.

"깨어났다고 하지 않았느냐?"

"조금 전에 미음과 약을 먹였더니 잠이 들었습니다."

"그래?"

휼이 미심쩍다는 듯 독아비에게 다가갔다. 미동도 없이 눈을 감고 있는 독아비의 모습은 마치 죽은 자와 같았다. 휼은 그런 그의 어깨를 잡고 강하게 흔들었다.

"일어나시오."

몇 번을 그의 어깨를 강하게 흔들었지만 어쩐 일인지 독아비는 깨어나지 않았다. 그에 당황한 휼과 환선이 눈을 마주했다.

"상태가 나빠진 거 아닌가? 여봐라, 어서 가서 어의
를……."

"잠깐!"

"태자비 마마."

어의를 부르려던 홀이 그를 막아서는 설화 때문에 말
을 멈췄다. 설화는 뭔가 이상하다는 듯 고개를 갸웃거리
더니 독아비 곁으로 바짝 다가갔다. 그녀에게 죽은 자를
본다든가, 아픈 이를 알아보는 그런 특별한 재주는 없었
다. 하지만 묘한 분위기를 잘 알아챘다.

"이봐요."

그의 곁으로 다가선 설화가 조금 전 홀이 그랬던 것처
럼 어깨를 슬쩍 흔들었다. 하지만 남자의 강한 힘에도 꿈
쩍하지 않던 그가 설화의 손길에 깨어날 리 만무했다. 그
에 설화가 그의 곁으로 고개를 내리더니 뭐라고 귓속말
을 했다. 그러자 놀랍게도 독아비의 눈이 번쩍 떠졌다.

"으으!"

"어, 일어나셨네요."

겁에 질린 독아비의 눈이 설화를 바라봤다. 그러자 설
화가 특유의 천진하고 순한 웃음으로 그를 바라봤다. 독
아비의 눈에는 두려움이 더욱 짙어졌다.

"나, 나는, 나는 아무것도 모르오!"

독아비는 발작적으로 소리쳤다. 휼이 다시 그에게 다가갔다. 그의 표정은 잔뜩 굳어 있었다. 태자를 구하려면 이자가 꼭 필요했다.

"알고 있소. 당신이 이미 황천길 길목에서 다 불지 않았소? 이제 와서 숨기려 하지 마시오."

"나, 나는 아무것도 모르오. 정말이오!"

"무엇 때문에 그러는 것이오. 무엇이 당신을 두렵게 만드는 것이오."

잔혹하다고 소문이 난 독아비가 지금은 겁에 질려 있었다. 요 며칠 황천 구경을 하고 왔으니 두려움증이 이는 것은 당연했다. 거기다가 현실적인 문제가 그를 두렵게 했다. 독아비는 세차게 도리질을 쳐가며 입을 꾹 다물었다.

"모르오. 모르오!"

"…… 요운 귀비."

불현듯 설화의 입에서 껄끄러운 이름 하나가 튀어나왔다. 그 이름을 듣자마자 독아비의 어깨가 움찔 떨렸다.

"그녀가 당신에게 무슨 일을 저지른 것입니까? 무슨 일을 저질렀기에 당신은 20년이 넘도록 사람들을 괴롭혀온 거죠? 그 무서운 독뱀을 왜 그녀에게 바친 거죠?"

"나, 나는…… 크윽!"

"말해보세요."

설화의 말에 독아비는 괴롭게 신음했다. 그의 심연을 괴롭히는 무엇인가가 그의 입을 끝끝내 다물게 만들었다. 그 모습을 지켜보던 설화는 그가 누워 있는 침상 위로 살며시 엉덩이를 붙였다. 그녀의 새하얀 손이 수많은 독으로 검게 물든 독아비의 손 위를 덮었다. 그녀의 온기가 그에게로 퍼져 나갔다.

"내가, 우리가 해결해줄게요. 도와줄게요."

"당신들은, 당신들은 그녀를…… 나를 도와줄 수 없소."

마침내 독아비의 입술이 열렸다. 설화는 그를 잡은 손에 더욱 힘을 주었다.

"우리가…… 못 할 것이라고요?"

힘이 실린 설화의 목소리에 독아비의 고개가 돌아갔다. 그와 눈을 마주한 설화가 빙그레 웃음을 보였다.

"정말, 내가 못 할 것 같나요?"

부드럽지만 강한 그녀의 말에 독아비는 어쩐지 아니라고 다시 말할 수 없었다.

*

정말 오래간만에 태율은 완전한 고독을 느꼈다. 마치

이 세상에 그만 혼자 동떨어져 있는 듯, 홀로 고독한 시간이었다. 심지어 수라를 가져다주는 나인들조차 모습을 보이지 않았다. 그가 나가면 상이 차려져 있었다. 태율은 수저를 들어 이것저것 찔러보다가 이내 내려놓고 말았다. 그러다 시원한 얼음을 넣은 복숭아 화채가 눈에 걸렸다.

'복숭아 도령!'

선율처럼 청아한 목소리 하나가 그의 귓가에 들려왔다. 잠시간 태율의 입가에 미소가 돌았다. 그리고 그와 동시에 얼음장처럼 차가운 사내의 목소리가 그의 귀를 때렸다.

'나는…… 형님이 싫습니다.'

태율은 몇 수저 들지 못하고 자리를 털고 일어났다. 영혼을 집어삼킬 듯 황홀한 하늘을 멀끔히 바라봤다. 창을 활짝 열어놓아도, 그의 마음이 온전히 저 태양을 삼키지 못했다.

"마지막 말이 싫다가 뭐냐……."

태율은 그가 지금 이 넓은 궁에 홀로 은신하고 있다는 사실보다, 그가 모함의 한가운데 서 있다는 사실보다, 설화와 모후에게 걱정을 끼치고 있다는 사실보다 태릉의 마지막 말에 가슴이 아팠다.

웃으며 가도 이별은 서글픈 법인데, 누군가를 미워하며 비명횡사하게 만들었다는 사실, 그것도 정을 나누지는 않았지만 피를 나눈 형제를 그렇게 만들었다는 사실이 그를 괴롭게 만들었다.

'살아 있을 때는 마음껏 미워해도 된다. 마음껏 경쟁하고, 슬퍼하고, 싫어하여도 괜찮다. 살아 있으니, 언제든 바뀔 수 있는 것이 사람 마음이니까. 살아 있다는 축복인 것이니까. 하지만 죽으면, 죽어버리면 그게 다 뭐냐. 결국 죽을 때 마음을 가지고 황천길을 건너야 할 텐데.'

하필 노잣돈이 미움이라니. 태율의 입은 소태를 씹은 듯 씁쓸했다.

태율이 막 잡생각을 털어내려 할 때였다. 반대쪽 창 너머로 우당탕 하는 소리가 들렸다. 낯선 그 소리에 어깨를 긴장시킨 태율이 검을 찾아 들었다.

"누구냐!"

날카로운 그의 목소리에 화답하듯 익숙한 목소리가 우는 소리를 냈다.

"으앙."

그리고 동시에 닫힌 창문이 활짝 열리고 설화가 뛰어들어왔다. 깜짝 놀란 태율은 들고 있던 검을 떨어트리고 말았다.

"여기가 어디라고 온 거야. 들키면 치도곤을 당할 것인데!"

당황한 태율이 냉큼 설화를 방 안으로 끌어당겼다. 그러고는 혹여 누가 볼세라 밖을 둘러보고는 창호문을 꼭꼭 여며 닫았다. 당황하고 놀란 가슴 사이로 반가움과 기쁨이 동시에 피어올랐다. 설화에게 뭐라 하기는 했지만 태율의 입가는 이미 부드럽게 풀어져 있었다.

"누구한테? 황제 폐하께?"

"그래!"

"그럼, 그냥 혼나지, 뭐."

배시시 웃으며 말하는 설화의 모습에 태율이 멍해졌다.

'언제 이렇게 당돌해졌지?'

태율은 당황스러웠지만 그 말이 싫지는 않았다.

"하여튼 은근히 말괄량이라니까."

"그런가?"

설화는 헤헤 웃으며 태율의 침상에 털썩 주저앉았다. 그러고는 팔을 활짝 열어 태율을 바라봤다.

"보고 싶어서 왔어."

그녀의 말에 순간 태율의 숨이 턱 막혔다. 뜨끔뜨끔 따뜻해지는 가슴이 먹먹했다. 괜찮다 했는데, 아니었나 보다. 그는 조금 외로웠나 보다.

태율이 굳어 그 자리에 멀뚱히 서 있자 설화가 얼굴을 조금 붉히며 그에게 계속 오라고 손짓했다. 익숙하지 않은 어리광에 저도 민망했지만, 이리하면 그가 좋아할 것이라 생각하며 용기를 낸 것이었다. 이내 태율이 깊은 눈매를 무너뜨리며 웃음을 보였다.

"내가 더 보고 싶었다."

"아니야, 내가 더 보고 싶었어."

"아냐, 나야."

　설화의 어깨를 으스러뜨릴 듯 끌어안은 태율이 그녀의 향기로운 머리카락에 입을 맞췄다. 조금 전 입에 댄 복숭아 화채보다 더 달콤한 그녀의 향이 그를 가득 채웠다.

"밥은 잘 먹었어?"

"그럼, 조금 전에 두 그릇은 먹었지."

"거짓말하면 벌 받는다, 율아?"

"하하하! 정말이야."

"에이, 내가 한 번은 봐줄게."

"고마워."

　고단했던 지난 며칠이 그녀의 품에서 녹아 사라졌다. 태율은 따뜻하고 부드러운 그녀의 몸을 계속해서 쓰다듬었다. 어깨, 허리, 머리를 계속해서 쓰다듬었다.

"어찌할 생각이야? 계획은 있는 거지?"

"음, 글쎄."

"글쎄라니! 나는 지금 너무너무 화가 나 있다고."

"하하! 우리 애기 화났구나."

"태율!"

농담처럼 넘어가려는 태율의 말에 설화가 그의 품에서 떨어져 성을 냈다.

"독아비가 깨어났다고. 그가 깨어나기를 기다렸잖아, 너."

"독아비가 깨어났나?"

"응!"

태율의 턱이 조금 딱딱하게 굳어졌다. 복잡해 보이는 그의 짙은 눈동자가 잠시 허공을 응시했다.

"그가 쉽사리 협력하지 않을 텐데……. 하필 지금 내가 여기 있으니."

한숨 섞인 태율의 말에 설화가 씩 웃음을 지어 보였다.

"협력한대."

"뭐?"

"방금 독아비랑 이야기하고 왔어. 협력할 거래."

설화의 말에 놀란 태율의 눈이 크게 떠졌다. 잠시간 그렇게 설화를 바라보던 그가 이내 피식 웃음을 보였다. 그리고 태율은 그녀의 이마에 입술을 눌렀다.

"그래, 네가 나의 편이었지. 나의 천군만마."

달콤하게 속삭이는 그의 목소리에 설화의 얼굴에 말간 웃음이 폈다.

"자, 그럼 내일 다시 아바마마를 알현해볼까."

태율의 얼굴에도 설화와 같은 맑은 미소가 걸렸다.

*

아침부터 황궁으로 향하는 발걸음이 소란했다. 며칠 전 62중신들을 부름 하신 황제 폐하로 인해 대안궁對顔궁의 중문은 닫힐 틈이 없었다. 거기에 이례적으로 열두 황비들까지 모이니 장내의 은근한 긴장감은 더욱 고조되었다.

마침내 안 좋은 시기에 여국에서 외교부사로 온 차운왕까지 모두 들이고 나서야 황제가 모습을 보였다. 엄숙한 실내를 둘러보는 황제의 옥안은 평소보다 딱딱하게 굳어 있었다. 그의 뒤로 황후 모란과 태자비 설화가 대동하여 모습을 드러냈다.

"내 오늘 그대들을 모두 불러들인 연유를 아는지 모르겠소."

자리하고 앉은 황제의 입이 무겁게 열렸다. 그와 동시에 중신들의 고개가 더욱 깊이 숙여졌다.

"다른 게 아니오. 며칠 전 황궁에서 애석하고 불미스
러운 일이 발생했소. 아비로서 눈물을 금할 수 없고, 이
황궁의 주인으로서 분노를 금치 못할 일이었소. 하여 내
태자를 궁에 은신토록 조치했소만, 태자가 억울함을 풀
고자 한다 청하여 이 자리를 마련했소."

"성은이 망극하나이다!"

궁 안이 쩌렁쩌렁 울릴 정도로 깊고 낮은 목소리가 하
나 되어 망극함을 외쳤다. 그를 스윽 훑어보던 황제가
문을 돌아보았다.

"태자는 들라!"

매서운 옥음이 문을 열자 그 너머로 태율이 들어섰다.
죄인이라 하기에는 기백이 당당했고, 억울하다 하기에
는 무척이나 담담한 모습이었다. 태율은 장내로 들어서
황제에게 예를 취하고는 천천히 시선을 들어 주변을 둘
러보았다.

황후를 닮아 깊고 아름다운 눈이 중신들을 지나 황비
들을 바라봤다. 하나하나 시선을 맞추던 태율의 고개가
요운에게 향할 때쯤, 태율은 그녀를 건너뛰어 설화를 바
라봤다.

그 명백한 무시의 시선에 순간 요운의 얼굴이 구겨졌다.

"괘씸한 놈!"

요운은 웃는 낯 아래로 아무도 모르게, 그러나 매섭게 중얼거렸다.

　"태자는 듣거라. 그 일에 대한 짐의 조사는 아직 끝나지 않았다. 헌데 너는 어이하여 이 많은 사람들의 발걸음을 이끌어온 것이냐. 만약 합당한 연유가 있지 않다면 경거망동한 네 죄를 엄히 물을 것이다!"

　평소 온화하던 황제의 목소리가 아니었다. 그의 목소리는 군주의 것이었고, 그것이 제 자신이 아끼는 태자라고 해서 달라지지 않았다.

　"지당하신 말씀이십니다."

　"좋다, 이제 네 이야기를 들어보겠다."

　"그 전에 폐하께 드릴 것이 있습니다!"

　"그게 뭐냐?"

　태율은 일부러 황제를 폐하라 불렀다. 온정을 바라는 것이 아닌, 진심으로 그의 깨끗함을 보이기 위함이었다. 태율은 밤새 준비한 서찰 하나를 품에서 꺼내들었다. 황금빛 두루마기에 싸인 서찰을 황제에게 고이 갖다 바쳤다. 황제의 얼굴 위로 슬쩍 의문이 깃들었다.

　태율이 건넨 두루마기를 받은 황제는 그것을 펼쳐 재빨리 훑어보았다. 제법 빽빽하게 쓰여 있는 글귀들을 읽어 내려갈 때마다 황제의 얼굴에 심상치 않은 어둠이 올라왔다.

"허! 이 말이 사실이렷다?"

"하늘을 우러러 한 점 거짓도 없나이다."

"허! 허허!"

기가 막힌다는 듯, 혹은 화가 난다는 듯 황제는 헛웃음을 뱉었다. 서찰의 내용을 모르는 62중신들과 열두 황비들의 얼굴은 곤혹스럽기만 했다. 그것은 황후 모란 또한 마찬가지였다.

"해명해보거라!"

황제의 우레 같은 다그침이 이어졌다. 숨을 고르는 것인지, 말을 고르는 것인지 잠시간 태율은 입을 다물었다. 그 잠깐의 정적이 다른 이들로 하여금 더욱 그에게 집중하게 만들었다. 그리고 마침내 모두의 시선이 그를 힐끔거리기 시작하자 태율이 입을 열었다.

"무릇 생명은 소중한 법입니다. 수많은 백성들을 보살필 의무가 있는 황족의 생명이라면 더욱 무거워야 하는 법이죠. 그러나 또한 이 세상에서 삶을 지고 태어난 이 중에 귀하지 않은 것은 없습니다."

담담히 입을 연 태율은 다시 한 번 목소리에 힘을 주어 말을 이었다.

"저는 결코 저의 아우 태룡을 죽이지 않았습니다. 그

렇다고 자연사라 할 수 있을까요? 이 황궁에서 독뱀에 의한 자연사는 당치 않습니다. 허면 누군가 그를 해하려한 것일까요? 하지만 그보다 먼저 모두가 알아야 할 것이 있습니다. 과거에도 이 황궁 안에서 누군가 독을 이용한 적이 있다는 것을 말입니다."

순간 좌중은 조용히 술렁이기 시작했다.

"폐하께 드린 서찰에는 과거 10년 동안 제 별식을 담당한 일곱 나인의 이름이 적혀 있습니다. 그것도 제 몸에 병마가 들기 시작했을 때부터 10년 동안 말입니다. 헌데 이상한 일입니다. 그들은 지금 모두 이 세상 사람이 아닙니다. 그것도 제 별식을 담당하던 일곱 나인 모두 말이죠."

"그게 무슨 말입니까, 태자. 이 어미는…… 이 어미는 그 뜻을 헤아리기 어렵군요."

황후의 목소리는 떨리고 있었다. 그녀의 옅은 떨림에 멀지 않은 곳에 시립하고 있던 윤 태사의 고개가 올라갔다.

"어째서, 어째서 생과방 나인 셋은 쥐도 새도 모르게 세상을 떠나게 되었을까요? 제 병세가 악화되었을 때만 말입니까? 신기한 일 아닙니까?"

비웃음이 차갑게 걸려 있는 태자의 목소리에 가까이

있던 중신들이 <u>으스스</u> 몸을 떨었다. 평소와 다를 바 없이 속을 헤아리기 힘든 웃음이었지만 어쩐지 오늘은 더욱 냉하기 그지없었다.

"태자, 네 말의 의도는 누군가 그녀들을 죽였다는 것이냐?"

"감히 그리 말씀드리고 싶습니다."

"누가! 어찌하여 그런 일을 벌인단 말이냐? 그네들이 독살을 당했다는 것이야?"

"감히 아니라고 말씀드리겠습니다!"

거친 황제의 물음에 태자가 단호히 고개를 내저었다.

"그녀들은 바로 저의 독살을 돕던 이들입니다!"

"뭐라?"

곳곳에서 숨을 들이켜는 소리가 들렸다. 그 소리는 비단 순순한 놀라움과 두려움의 소리만이 아니었다. 떨리는 한숨과 당황함이 섞여 있었다.

"그게 무슨! 낱낱이 고하거라! 누가 감히 태자를, 아니 황자를 독살하려 했다는 것이냐! 누가 감히!"

"아뢰옵기 황공하오나, 폐하. 그자는 바로 지금 이 자리에 있습니다."

"그 말이…… 사실이렷다?"

노한 황제의 음성이 천둥처럼 장내에 울려 퍼졌다.

"증거를⋯⋯."

바로 그때, 황비들 사이에서 차분한 목소리 하나가 튀어나왔다.

요운이었다.

"그 놀랍고 무서운 말이 사실이라면⋯⋯ 태자, 증거가 있어야 할 텐데요."

놀라운 것은 요운의 얼굴이었다. 태율은 새삼 그녀의 가면 같은 얼굴에 놀라움을 금치 못했다. 분명 놀랐을 텐데도 그녀의 얼굴에는 조금의 변화도 없었다.

'저러니 내가 알 수 없었던 것이지.'

쓰게 입맛을 다신 태율이 침착하게 고개를 끄덕였다. 태율의 시선과 요운의 시선이 공중에서 무섭게 부딪쳤다.

"정말 오랜 시간 동안 찾아 헤맸습니다. 헌데 폐하, 이게 끝이 아닙니다. 태륭의 죽음 또한 그자와 관련이 있습니다."

"뭣이?"

"그날 먼저 저를 부른 것은 태륭이었습니다. 그때 태자궁으로 심부름 왔던 내관이 있습니다. 헌데 그 내관에게 흥미로운 이야기를 들었습니다."

"그게 무엇이냐."

"태륭이 저를 찾아오기 전, 요운 귀비의 처소에 들렀다

하더군요."

"…… 그래?"

들리지 말아야 할 이름이 들렸기에 황제의 노한 얼굴 위로 당황스러움이 순식간에 스쳐 지나갔다. 태율은 담담히 말을 이었다.

"그렇지 않습니까, 요운 귀비?"

태자의 부름에 요운은 순한 눈망울을 깜빡이며 고개를 갸웃했다.

"그래요? 저는 몰랐습니다. 아! 그날 인향 귀비께서도 저의 처소에 오셨습니다. 하지만 보지 못하셨지요?"

"네, 못 봤습니다! 못 봤어요. 태자 전하, 거짓을 고하려거든 잘 알아보고 고하시지요?"

명백히 태율의 짓이라 믿어 의심치 않는 인향이었다. 그녀의 악에 바친 목소리가 찌를 듯이 날카롭게 태율에게 향했다.

"거짓이요? 허면, 그를 모시고 갔던 송 내관과 다섯 궁녀 모두 거짓을 말한 것이라고요? 그리고 태릉의 호위 무사까지도요? 그들은 분명 요운 귀비의 낮수라 초대를 받았다 했습니다. 하지만 같이하지는 못했다고 하더군요. 처소 앞에서 한참을 서성이셨다…… 그리 말하지 않았나, 송 내관?"

"예. 그 앞에서 조용히, 아주 조용히 서 계셨습니다."

중신들 너머 저 뒤에서 낮고 작은 목소리가 불쑥 끼어들었다. 순간 좌중의 시선은 모두 소리가 난 쪽을 향해 돌아갔고, 그 틈바구니에서 나이 든 사내 하나가 조심스럽게 모습을 보였다.

"허면, 태륭이 혹여 그 안에서 들리는 말을 엿듣기라도 했다는 것인가?"

잠시간 당황한 듯하던 황제가 서둘러 물었다.

"아뢰옵기 황공하오나, 들려오는 말을 막지 않고 들으시기는 하셨사옵니다."

"그래? 인향 귀비, 제가 그날의 대화를 물어도 되겠습니까."

태자의 물음에 당황하고 약이 오른 인향의 얼굴이 붉어졌다.

"어찌 부녀자들의 시시콜콜한 잡담을 들으시려 하십니까? 이제는 기억도 잘 나지 않습니다."

"허면 송 내관이 말해보게."

인향의 말에 싱긋 웃던 태율이 송 내관을 돌아봤다. 순간, 인향과 요운의 미간에 험악한 주름이 잡혔다. 가만히 고개를 숙이고 눈을 내린 송 내관은 그날의 일을 하나도 빠짐없이, 그리고 거짓 없이 고했다. 그의 말소리가 가만가만 퍼질수록 두 귀비의 얼굴빛은 새까맣게 변했다. 그리고 송 내관의 이야기가 모두 끝날 무렵에는 황제와 황후의 얼굴도 새하얗게 변해 있었다.

"그게 태륭의 죽음과 무슨 상관이라는 말입니까!"

"있지요! 아주 큰 관련이!"

인향이 소리치자, 태율은 크지 않은 소리로 힘주어 대꾸했다.

"들라 이르라!"

태율의 외침과 함께 병세가 완연한 독아비가 등장했다.

쨍강!

그리고 독아비가 모습을 보이자마자, 요운 귀비의 곁에 시립해 있던 시녀가 부채를 떨어트렸다. 그녀의 얼굴에 놀란 빛이 스몄다. 눈은 붉게 달아올랐다.

"아버지……?"

"휘영아."

그녀의 이름은 휘영. 독아비가 요운에게 빼앗긴 둘째 딸이었다.

*

요운의 얼굴은 평소와 같았지만, 마음속만은 그렇지

못했다. 모든 것이 순식간이었다. 그녀가 20년 넘게 차곡차곡 진행해온 일들이 한순간에 뒤집어졌다. 그것도 성공을 눈앞에 두고!

으드득.

꼭 다문 잇새로 이가 갈렸다. 짐짓 아무렇지 않은 척 눈을 들었을 때 그녀의 눈과 차운의 눈이 마주쳤다.

요운의 심장이 철렁 내려앉았다.

'그런 표정 짓지 마! 불쌍하다는 표정 짓지 말라고!'

그녀는 정말 그렇게 소리치고 싶었다. 모든 것이 끝났다는 듯 차운의 표정은 일그러져 있었다. 그의 눈에는 동정의 빛이 가득했다.

독아비로부터 데려와 인질 아닌 인질이 되었던 휘영이 새파랗게 질린 얼굴로 아비에게 뛰어갔다. 황제의 앞이고, 귀비의 앞이고를 떠나 그동안 바깥에서 무탈하게 지내시리라 생각했던 아비가, 10여 년을 넘게 생이별한 아비가 병든 모습을 보고 있자니 발이 저절로 움직였던 것이다.

"어찌…… 어째서 이런 모습으로 여기에! 아버지?"

"많이…… 컸구나."

"아버지! 아버지!"

놀라움과 흥분을 이기지 못하고 휘영이 아비를 끌어

안았다. 그토록 보고 싶었던 아버지였다. 꿈에서나 한번 볼까 했던 가족이었다.

"이게 무슨……."

황제의 옥음과 함께 태율의 고개가 돌아갔다.

"아바마마, 아비에게서 딸을 빼앗아 협박했다 하더이다. 처음 그녀의 말을 듣지 않고 도망치려 했을 때 첫째 딸을 죽였고, 그럼에도 협력할 수 없다 했더니 어린 둘째 딸을 납치했습니다. 사람을 죽이는 일을 하지 않으면 자식을 죽이겠다고 20년 동안 강요당했습니다. 이 독아비라는 자는 그렇게 살아도 산 것이 아닌 삶을 20년 동안 살아왔습니다. 단 한 사람의 욕심 때문에! 단 한사람의 강요 때문에!"

태율은 말을 마치며 요운을 바라봤다. 강인하고 차가운 눈동자가 요운에게 딱 멈춰 섰다. 그와 함께 황제의 눈도, 62중신들의 눈도, 황후의 눈도 심지어 인향의 눈도 모두 그녀에게 향했다. 그럼에도 그녀는 표정을 흐트러트리지 않았다.

"요운, 이 모든 일이…… 정녕 그대가 저지른 짓이오? 그대가 태자를 죽이려 하고, 태릉을 살해한 범인이 맞느냔 말이오!"

그녀를 믿었던 황제의 음성은 노여움이 가득했다. 그

것은 명백한 배신이었다.

황제의 목소리를 듣고도 요운은 잠시간 말도 없이 고개를 숙였다. 슬쩍 처진 어깨, 내려간 고개에서 죄책감이라도 보일까 싶어 모두들 그녀를 바라봤다. 하지만 그녀가 다시 고개를 들었을 때 보인 표정은 아무것도 없었다. 정말 소름 끼치도록 아무것도 없는 얼굴이었다.

"더 이상 아니라고 할 것이 뭐 있겠습니까, 폐하. 이미 태자가 모든 것을 준비해놓은 듯한데, 저는 할 말이 없습니다."

"아니면 아니라고, 맞으면 맞다고 말을 하시오!"

쿵!

황좌를 내리치는 황제의 손길이 벼락같았다.

"맞습니다."

"허!"

덤덤히 대꾸한 요운이 독아비와 휘영 그리고 태자를 쳐다보고는 슬쩍 입꼬리를 비틀었다. 태자의 얼굴 또한 특별한 표정 하나 없었다. 하지만 그의 눈빛만큼은 서릿발 내리는 오뉴월보다 시렸다. 요운은 재빨리 표정을 바꿔서는 고개를 돌려 황제를 바라봤다.

'이렇게 된 거…….'

요운의 검은 눈에 해괴한 빛이 번들거렸다. 그녀는 손

을 들어 그녀의 결 고운 머리를 장식하고 있던 뒤꽂이를 빼내었다. 검은 머리카락이 물결치듯 흘러내렸다. 그 황금 뒤꽂이는 그녀가 입궁할 적 황제가 하사한 것이었다.

"죽을죄를 지었습니다, 폐하! 무엇에 씌인 것이지요. 무엇에 단단히 홀린 것이옵니다! 허나 죄인은 죄인! 어찌 죄인의 몸으로 황제 폐하께서 하사하신 보물을 지니고 있을 수 있겠습니까! 폐하, 부디 다시 거둬주소서."

요운의 처진 눈망울에 눈물이 대롱 걸렸다. 처진 어깨, 슬픈 눈으로 요운이 천천히 발걸음을 옮기니 황제 곁에서 있던 무사들이 그녀를 막아섰다.

"죄인이 어디 감히 황상의 곁에 다가서려 하느냐!"

"윽!"

매서운 손이 그녀를 슬쩍 밀쳤다. 요운은 몇 발자국 뒤로 물러섰다. 휘청하면서 내려간 고개가 올라왔다. 그녀의 얼굴에 미소가 걸려 있었다.

"황상이 아니다!"

누군가 날카롭게 소리쳤다. 요운이 날카로운 뒤꽂이를 단단히 손에 움켜쥐고 달려든 곳은 놀랍게도 태자비 설화였다.

"이 건방진 태자야! 너 또한 죽을 만큼 다시 괴로워하거라!"

눈 깜짝할 새였다. 그녀를 지켜주기에 태율은 너무 멀리 떨어져 있었다. 요랑과 백호위정랑은 황제의 내궁으로 들어올 수 없었다. 그리고 저 멀리 어딘가에서 그들을 지켜보고 있던 현오도 차마 어찌할 수 없었다.

"꺄악!"

찢어질 듯한 비명이 누구의 것인지도 분간이 가지 않았다.

콰앙! 쾅!

비명과 동시에 눈을 뜰 수 없을 정도로 아찔한 벼락이 내려쳤다. 그 벼락은 정확히 요운에게 날아들었다.

"꺄아아악!"

"이게 무슨!"

"허억!"

수십 명이 동시에 놀라 비명을 지르거나 웅성거렸다. 섬뜩한 느낌에 주춤주춤 뒤로 물러서는 이들도 있었다. 그리고 공기 중으로 매캐한 탄내가 진동했다. 조금 전까지만 해도 검은 머리, 하얀 얼굴의 아름다운 여인은 온통 새카만 재가 되어 있었다.

"벼, 벼락이!"

"아니, 어떻게 실내에서 벼락이 친단 말이오?"

"이게 대체!"

놀란 설화가 태자를 바라보았다. 두 사람의 눈이 동시에 하늘 위로 향했다. 보이지는 않지만 그곳에 있을 누군가를 바라봤다.

"처, 천벌이다."

그 중얼거리는 소리는 정말 작은 소리였다.

하지만 그 날카로운 소리가 순식간에 장내를 지배했다. 두려움과 경외감 가득한 눈동자들이 정신없이 주변을 훑고 있었다. 순간 장내로 들어온 산들바람이, 이제는 요운이라고도 부를 수 없는 새까만 잿더미를 스치고 지나갔다.

그와 동시에 요운이었던 새까만 재는 먼지가 되어 무너져 내렸다.

종장 / 끝은 새로운 시작이어라

눈으로 직접 보았지만 사람들은 믿을 수가 없었다. 그들은 그 믿을 수 없는 벼락에 대해 이야기하며 무서워했다. 그토록 무시했던 하늘이 존재했던 것이다.

죄를 지은 자들은 은근한 두려움에, 하늘이 없다고 서러워하던 이들은 희망에 몸을 떨었다.

지은 죄가 악독하여 요운은 초상조차 치를 수 없었다. 요운의 오라비 차운은 그저 죄스러운 마음으로 그녀의 재를 긁어모아 항아리에 담았다. 그 누구도 그녀를 위해 울지 않았기에, 차운만이 홀로 몰래 안타까워 눈물을 흘렸다.

그 독기 어린 마음, 죄지은 현생의 삶을 반성하라고 요운의 재는 신령하고 깨끗하다고 정평이 난 황궁의 산기슭에 안치되었다. 마지막으로 그녀가 죄를 사하고 극락에 가도록 빌어준 차운은 아무것도 가져가지 못하고 여국으로 돌아갔다. 그녀로 인해 여국은 다시 한 번 황국에 빚을 지게 되었다. 돌아가는 차운왕의 발걸음이 천근만근 무거울 수밖에 없었다.

모든 것이 일단락된 그날 밤, 태율 또한 은신 처분이 거두어졌다. 독아비와 그의 딸은 그들의 소원대로 원래 살던 황국 변두리 작은 섬으로 돌려보내졌다. 독아비의 죄가 없는 것은 아니지만, 태자는 그를 가여워하여 용서해주었다. 고통스러웠던 밤이야 이미 지나간 일이었으니까, 또한 그가 없었다면 태율과 설화는 만나지 못했을 테니까…….

설화는 폭풍 같던 지난 며칠로 인해 고단한 몸을 뉘었다. 본래 같이 자리하려던 태율과 설화였지만, 현오의 귓속말에 설화는 애써 그를 돌려보냈다. 고단한 며칠간의 독을 풀려면 혼자 잠이 들어야 하지 않겠느냐는 것이었다. 그 말이 맞다고 여긴 설화는 굳이 태율을 보냈다. 태율은 어찌 된 일인지 그때부터 말도 걸지 않고 심술만 부리며 돌아갔다.

"애기가 누군데, 누구보고 애기래. 치이, 삐쳐서는……."

고운 머릿결을 손으로 슬슬 쓰다듬으며 설화가 킥킥 웃음을 터트렸다. 이리저리 곱게 흔들리는 호롱불만큼이나 부드럽게 살랑이는 웃음소리가 고요한 방을 가득 채웠다. 평소보다 조금 이른 시간이었지만 긴장이 풀려서 그런지 설화는 슬슬 노곤해졌다. 이렇게 아무 일도, 아무도 곁에 없는 고요한 밤은 참으로 오랜만이었다.

"슬슬 잘까."

나른한 기지개를 켜고 입으로 촛불을 끈 설화가 금침을 헤치고 침상에 들어갔다. 까무룩 잠이 들려는 참이었다.

'덜컹!'

설화의 눈이 번쩍 떠졌다. 묘한 긴장감에 잠시간 동그란 눈을 요리조리 굴리며 주변을 살폈다.

'덜컹덜컹!'

이번에는 좀더 큰 소리가 들렸다. 소리는 창 너머에서 들려왔다. 그쯤 되자 설화는 몸을 일으키지 않을 수가 없었다. 바람결에 흔들리는 소리라고 하기에는 너무나 뚜렷했다. 설화는 주섬주섬 요랑을 부를 피리를 찾았다.

'뭐지?'

두렵지는 않았으나 조심해서 나쁠 것도 없었다. 설화

는 가늘게 뜬 눈으로 창을 주시하며 떨리는 입술을 뗐다.

"거기 누구 있습니까?"

"……."

밖은 조용했다. 설화는 다시 한 번 물었다.

"거기 누구 없습니까?"

"픕!"

설화의 맹한 질문 뒤로 낮은 웃음소리가 터져 나왔다.
그러더니 덜컥거리던 창이 불현듯 활짝 열렸다.

"낭군님 납셨다!"

"태율!"

깜짝 놀란 설화가 태율을 부르니, 태율이 성큼성큼 방
안에 들어와 그녀에게 다가섰다.

"아니, 이게 무슨? 그리고 옷차림 왜 이래?"

"나가자."

"뭐?"

"밖에 야시장이 열렸다던데? 안 나갈 거야?"

태율의 물음에 설화는 저도 모르게 "나갈 거야" 하고 대
답하고 말았다.

"휼이랑 다른 사람들은 어디 가고?"

태율이 이끄는 대로 살금살금 궁을 나와보니, 항상 보

이던 태율의 그림자들이 보이지 않았다. 설화의 손을 꼭 잡고 성큼성큼 걷던 태율이 입술을 삐죽 내밀었다.

"지금 나랑 있는데 다른 남자들을 찾는 거야?"

"그게 무슨 말이야."

태율의 장난스러운 투정에 설화가 까르르 웃음을 터트렸다. 예전에 함을 처음 보았을 때처럼 설화가 손을 들어 태율의 팔뚝을 퍽퍽 내려쳤다. 그러자 태율이 팔에 힘을 주고 그녀의 주먹을 버텼다.

"우와, 팔 딱딱하다."

"당연하지. 내가 얼마나 고되게 훈련하는 줄 알아?"

"정말 그런가 봐. 엄청 단단하네?"

"그래, 그러니까 흉이나 요랑이 없어도 너 하나는 내가 지켜줄 수 있다고."

아이처럼 자랑하는 태율의 모습이 귀여워 설화는 연신 감탄사를 내뱉으며 그를 치켜세워주었다. 그러자 태율이 더욱 어깨를 으쓱하며 목에 힘을 주었다.

"그런데 갑자기 왜 야시장에 가자고 한 거야?"

미복하여 나온 두 사람은 궐 밖의 여느 갑남을녀甲男乙女처럼 손깍지를 정답게 끼고서 걷기 시작했다. 저 멀리로 요란한 등이 걸린 야시장이 보였다.

"밖에 야시장이 열렸다고 하니까 그냥 네 얼굴이 떠오

르더라고. 그리고 너랑 이리 둘이 다녀본 적도 없는 것
같아서…….”

슬쩍 웃으며 말하는 태율의 말이 무척 다정해서 설화
는 새삼 가슴이 떨려왔다. 그 수줍은 마음을 태율에게
들킬 것만 같아서 설화는 냉큼 그의 손을 잡아끌고 복작
복작한 야시장 안으로 들어갔다.

“저, 저기 녹두전 있다. 우리 녹두전 먹자.”

고소한 녹두전도 먹고, 수수하지만 달콤한 꿀떡도 사
먹고, 걸걸한 아저씨들의 내기 장기판도 구경하니 어느
새 한 시간이 훌쩍 지나가고 있었다. 문득 여인들의 장
신구를 구경하던 설화가 그 곁을 스쳐 지나가는 화장이
진한 여인 두 명을 돌아봤다.

“아 맞다.”

“왜? 뭐 사줄까?”

설화를 따라 이것저것 구경하던 태율이 고개를 돌렸
다. 그러고는 깜짝 놀라 눈을 동그랗게 뜨고 말았다. 설
화의 눈이 새치름하게 그를 노려보고 있었던 것이다.

“왜 그래?”

“너! 기방 다녀왔던 거, 그렇게 은근슬쩍 넘어가면 될
줄 알았어?”

“…… 기방? 아! 그때?”

"그때?"

부루퉁 튀어나온 입으로 설화가 태율의 말을 따라했다. 그 귀여운 입술 모양에 태율이 푸하하 웃음을 터트렸다. 그러더니 냉큼 손을 들어 튀어나온 설화의 입술을 꼬집었다.

"아야!"

"자꾸 그렇게 입술 내밀면 여기서 확 입 맞출 거야."

"……."

"으이그! 내가 갔던 그때 그 기루는 내가 세운 거야."

"응? 네가?"

"그래, 귀족들과 중신들의 보고만 듣고서는 진짜 바깥 이야기를 들을 수 없으니까. 그래서 정말 이 바깥과 통하고자 세운 거야. 가장 어두운 것은 가장 화려한 것에 끌리는 법이니까."

몰랐던 이야기였다. 전혀 예상도 못했던 대답에 설화는 태율을 새삼 다시 올려다봤다.

태율의 저 머릿속은 항상 쉴 새가 없는 듯했다. 그 작고 어렸던 복숭아 도령이 이토록 반듯하고 훌륭한 성군이 되어 있다니. 설화는 어쩐지 가슴 아래로 뜨거운 무엇인가가 울컥 치밀어 오르는 것이 느껴졌다. 아니, 다시 생각해보니 태율은 항상 머리가 좋았던 것 같았다.

그 좋은 머리를 나라를 위해, 사람을 위해 쓰고 있다는 게 참으로 기껍고 복된 일이었다. 설화의 처진 입꼬리가 저도 모르게 흐뭇한 미소로 바뀌었다.

"그런 줄은 몰랐네."

"그랬다고요."

"치! 그래도 앞으로 거기 갈 땐 나도 같이 가."

"뭐?"

"같이 가!"

떼를 쓰는 것이라고 생각했는지 태율은 마지못해 고개를 끄덕였다. 헌데…… 기방에 출입하는 태자비라니? 태율은 고개를 돌리고 말도 안 된다고 고개를 설레설레 내저었다.

"…… 이 새끼가!"

두 사람의 발걸음이 우뚝 멈췄다.

"아휴! 저 꼬마 죽겠네!"

"누가 좀 말려봐요!"

조금 떨어진 곳에서 소란스러운 소리가 들려오고 있었다. 동그랗게 모여 웅성거리는 사람들의 얼굴에는 걱정과 불안함이 범벅되어 있었다. 하지만 누구 하나 함부로 움직이는 사람이 없었다. 설화와 태율은 누가 뭐라 할 것도 없이 그 소란스러운 무리를 향해 다가갔다.

"누나를 데려가지 마!

"아, 이 찰거머리 새끼!"

퍽퍽!

덩치가 산만 한 사내 둘이 자신들의 반도 오지 않는 소년을 마구 짓밟고 있었다. 그리고 그 사내들에게 잡혀 있는 소녀 또한 한바탕 얻어맞았는지 힘이 풀린 다리로 바들바들 떨고 있었다.

"누, 누나를…… 윽!"

"돈이 없으면 누나라도 팔아야 할 것 아냐! 아니면 니 아버지 잡아 오든가!"

"아, 아버지 돈 벌러 갔다고. 내가, 내가 곧 갚을 테니까 누나 놔줘!"

"니가 무슨 수로 은자 스무 냥을 갚아? 니 누나로 퉁치는 것도 싸게 해주는 거야. 저리 안 꺼져?"

너무 얻어맞아 이미 눈을 뜨지도 못하는 상황에서 소년은 끝까지 사내의 바짓가랑이를 잡고 늘어졌다. 그것을 보는 설화의 눈이 찌푸려졌다. 마음이 좋지 않았다. 주변을 둘러싼 사람들도 두려운지 쉽사리 나서지 못했다. 화가 난 설화가 막 걸음을 떼었을 때 태율이 먼저 앞으로 나섰다.

"어라, 너 금동이 아니냐?"

순간 사람들의 눈이 태율에게 쏠렸다. 태율은 능청스럽게 소년에게 달려가 그를 끌어안았다. 그러더니 소년을 때리고 있던 사내들에게 말했다.

"아니, 이 아이가 무슨 잘못을 했다고 그러시오?"

"오호? 서로 아는 사이인가 보지? 이 새끼 아비가 돈 떼먹고 날랐다 이거야. 돈을 갚아야지!"

"그게 얼마나 되기에 사람을 데려가려고 하는 거요!"

"은자 스무 냥이다!"

"스무 냥! 그깟 돈이 사람 하나 오가는 가격이라고 그러오? 에잇!"

버럭 소리치던 태율이 주머니 소매 안을 뒤적이더니 작은 주머니 하나를 꺼내 던졌다.

"그 안에 은자 열다섯 냥이 들어 있소! 내 내일부로 다섯 냥 더 갖다줄 터이니 이 아이들을 내버려두시오!"

사내 둘이 태율이 집어 던진 전낭을 보더니 고개를 끄덕였다.

"가격이 올랐다. 서른 냥이다."

"스무 냥이건 서른 냥이건 내 가져다주리다! 어디로 가면 되오?"

태율의 말에 뭐가 좋은지 낄낄거리던 사내 둘이 냉큼 내일 어디어디로 오면 된다고 말하더니 잡고 있던 소녀를 내던지고는 자리를 떠났다. 낄낄거리며 멍청하다 어쩌다 저들끼리 속된 말을 중얼거리는 것을 무시하고는 태율이 소년을 안아 들었다. 그 곁으로 냉큼 설화가 달려와 소녀를 부축했다.

"아는 아이였어?"

"아니."

"뭐? 금동이라며?"

"그냥 아무 이름이나 부른 거야. 그것보다 빨리 치료하러 가야 할 것 같은데."

"응!"

태율은 두 아이를 데리고 홍등가로 향하고 있었다. 설화가 따라가니 그곳은 다름 아닌 아까 말한 그 기루였다. 태율이 들어서자마자 놀란 종자가 서둘러 그를 안채로 모셔갔다. 곧이어 행수 사향이 모습을 드러냈다. 헌데 그녀의 뒤로 뜻밖의 인물이 보였다.

"전하? 아니, 비 마마까지!"

"…… 휼, 네가 어찌 여기 있는 것이냐?"

"아, 저 그게……."

태자의 물음에 휼이 어물어물 입을 열지 못하자 사향이 냉큼 끼어들어 말했다.

"그보다 그 다친 아이들은 뉘인지요?"

"아, 그렇지. 이 아이들 치료 좀 하자. 그리고 흉아, 너는 내일 자시에 시전거리 물레방아에 나가거라. 거기에 얼굴에 자잘한 상처가 있는 사내 둘을 잡아들여 그자들의 배후에 누가 있는지 낱낱이 밝혀라."

"예, 전하."

태율의 명에 사향과 흉이 바삐 발을 돌리니, 그제야 태율과 설화가 자리에 털썩 주저앉아 숨을 돌렸다.

"괜찮으려나……."

"멍만 좀 든 거지, 죽을 만큼 맞은 것은 아니니까."

"그렇긴 한데, 그래도 아프지 않은 것은 아니니까."

우물거리는 설화의 말에 고개를 끄덕이던 태율이 문득 고개를 돌려 설화의 손을 잡았다.

"미안, 처음으로 데리고 나왔는데…… 정신없게 만들었네."

"무슨 소리야! 네가 안 나섰으면 내가 나섰어!"

맞잡은 손에 힘을 주며 설화가 고개를 내저었다. 그러자 태율의 얼굴에도 맑은 미소가 떴다. 한참을 말도 없이 그녀를 바라보던 태율이 무슨 단단한 결심이라도 한 듯한 얼굴로 다시 입을 열었다.

"나는 말이지."

"음?"

"황국에는 요운과 같은 악심을 품는 사람들이 생기지 않았으면 좋겠어. 완전히 없앨 수는 없겠지만…… 그래도 내가 할 수 있는 한 사람들을 평안하게 하고 싶어."

설화가 태율을 바라봤다. 태율 또한 설화를 바라봤다.

"희생이라는 이름으로, 대의라는 명목으로 탐욕이, 고통이 생기지 않았으면 좋겠어. 그게 내가 이 세상에 바라는 최소한의 바람이야. 헌데 말이야, 나는 때때로 내가 과연…… 잘할 수 있을까 두려워."

"율아."

"네가 없어도…… 내가 그리할 수 있을까?"

많은 것을 담고 있는 태율의 눈동자가 설화의 눈을 놓아주지 않았다. 꼭 잡은 손만큼 힘 있는 눈동자가 설화를 붙잡았다.

막연한 가슴으로 그를 한참이나 마주 보고 있던 설화가 이내 천천히 입꼬리를 말아 올렸다.

"너는 잘할 수 있을 거야."

설화의 가슴이 떨려왔다.

"나 또한 인간세계에서 권력이라는 것으로, 지위라는 것으로 사람을 돕는 것을 내 두 눈으로 보고 싶어. 나 또한 아름다운 이 세상을 널리 이롭게 하고 싶어. 그리고……."

설화의 말을 듣고 있던 태율의 가슴이 거칠게 들썩였다.

"네가 그리하는 것을 오래도록 옆에서 돕고 싶어."

"설화……."

참을 수 없다는 듯 태율은 결국 그녀를 와락 끌어안았다. 그의 품에 안긴 설화 또한 그의 머리카락을, 등을 한없이 따뜻한 손으로 토닥여주었다. 그리고 미처 다 꺼내지 못한 말을 그의 귓가에 조용히 속삭여주었다.

'오래도록, 영원히 말이야.'

*

"그래서? 그래서 할머니? 웅?"

"워쩐 일로 우리 아가가 잠도 안 자고 끝까지 이야기를 듣는겨? 용하네."

"만날 마지막 말만 못 들었어. 설이 오늘은 다 듣고 잘테야. 그래서 할머니! 어케 됐어? 설화 아씨랑 태율이 어케 됐어?"

할머니의 따뜻한 품에 안겨 칭얼거리는 설이의 등을 가만가만 쓸어주며 할머니가 다시 입을 열었다.

"긍께, 그 태율이가 곧 황제가 되어가지고는 못사는 사람들도 도와주고, 아픈 사람들도 보살펴주고, 또 탐관오리를 귀신같이 잡아서는 일일이 다 벌을 줬디야. 그래가

꼬 두루두루 나라를 평안케 하고 사람들의 사랑을 받았지 뭐야? 그것을 우리 상제님이 다아아아 지켜보고 있었던겨. 그래서 태율은 죽고 나서 하늘나라 관리가 되어 상제님을 도와 지상을 살피고 설화 아씨랑 오래오래……. 어라라? 이 녀석 그새 잠든겨? 용케 버틴다 했더니.”

할머니의 주름진 얼굴 위로 따뜻한 웃음이 피어났다. 거칠고 마른 손이 토실토실 살이 오른 귀여운 손녀딸의 등과 머리, 볼을 살뜰히 토닥여주었다. 할머니의 마른 햇살 냄새에 감싸여 새근새근 잠든 설이의 볼이 우물우물 엄마를 찾고 있었다. 소복소복 쌓이는 눈은 여전하여 할머니 또한 딸 내외가 걱정되기 시작했다. 그리고 바로 그때 덜커덩거리는 반가운 소리가 들려왔다.

“엄마, 저희 왔어요.”

“저희 들어왔습니다.”

머리에 쌓인 눈을 털며 방 안에 들어선 엄마와 아빠가 천사처럼 설이를 보며 웃음을 지었다. 아이의 잠든 얼굴은 하루의 피로를 다 털어줄 만큼 사랑스러웠다.

“쉬이잇! 아가 잔다.”

“아이고, 우리 딸 잘 자고 있네.”

“방금 잠들었다야.”

“어머, 방금? 또 그 이야기 해달라고 졸랐어요, 설이가?”

"그려, 오늘은 웬일로 거의 다 듣고 잠들었어야."

"푸후! 나도 어렸을 때 맨날 그 이야기 듣고 잤는데……."

엄마는 두꺼운 목도리를 벽에 걸어놓고 잠든 아이의 곁에 바짝 얼굴을 내밀었다. 아이의 얼굴은 보기만 해도 행복하게 만드는 힘이 있었다.

"그 이야기 때문에 설이 이름도 지은 거잖아요. 설화 아씨처럼 곱고 착하게 자라라고. 아 참! 근데 나 그거 기억이 안 나는데 엄마."

아이를 품에서 떼어놓은 할머니가 에구구 앓는 소리를 내며 몸을 일으켰다.

"뭐시가 말이여?"

"그, 까마귀 신선……. 까마귀 신선 어떻게 됐다고 그랬더라?"

"아아, 현오 말이여?"

"응! 난 현오, 그 까마귀 신선도 너무 좋더라고."

새삼 어렸을 때처럼 눈을 빛내며 이야기를 재촉하는 딸아이를 보며 주름진 할머니의 얼굴에 아련한 웃음이 핀다.

"궁금혀?"

"어, 얼른 말해줘요."

"그게 말이여……."

할머니의 마른 목소리가 다시 조곤조곤 따뜻한 방 안
에 퍼져 나갔다.

남은 이야기 / 환천후애還天後愛

평화로운 아침이었다. 주변으로 맑은 하늘색이 깨끗했고, 구름 땅은 뽀송뽀송 부드러워 보였다. 환생을 기다리는 영혼들이 나비가 되어 고운 날개 자락을 나풀거렸다. 부부 침소의 문은 꼭꼭 닫혀 호기심을 자극하는 그런 아침이었다.

"응애!"

요즈음 이런 맑은 날이면 어김없이 씩씩한 아기 울음 소리가 연년延年 무곡성의 궁을 뒤흔들었다. 노을빛 궁 안에 모든 사람들을 깨울 정도로 쩌렁쩌렁 우렁찬 소리였다. 소리가 장하면 고집이 세다던데, 머리 좀 크면 고집 좀 부리겠다 생각하며 설화가 벌떡 몸을 일으켰다.

'아침부터 아주 밥 달라고 성화구나 네가.'

"…… 아침마다 아버지에게서 어머니를 빼앗아가다니, 못된 아들이야."

"깼어?"

"당신이 옆에서 조금이라도 벗어나면 바로 정신이 들어. 신기하지?"

낮게 잠긴 다정한 목소리에 설화의 얼굴 위로 옅은 웃음이 번졌다. 곧 침의를 여미던 설화의 허리에 굵직한 손 하나가 감겨 들어왔다. 아직도 가녀리기만 한 부인의 허리를 힘주어 끌어당긴 태율이 중심을 잃고 쓰러지는 설화를 품 안에 가둬버렸다.

'어찌 또 아침부터 이럴까?'

설화가 수줍은 눈을 흘기며 태율의 팔을 슬쩍 밀어냈다.

"우리 이랑 배고프다고 우는 소리 안 들리는 거야? 못된 아버지네."

"나도 배고파."

"곧 아침 들여 오라 할 테니 기다려봐."

"안 돼, 나갈 수 없어."

밀어내는 설화의 손을 잡고 입 맞춘 태율이 장난을 거는 듯 씨익 웃어 보였다. 요즈음 갑자기 일이 많아진 탓

에 늦게까지 바깥에 있다가 귀가하는 일이 많아졌다. 칠
성신 무곡성의 직職을 맡더니만 아주 엉덩이를 붙일 새
가 없었다. 그로 인해 부인에게 어리광이라도 부리려는
것일까? 요즘 태율은 어째 설화만 보면 잡고 놓아주지
않았다.

"봐, 이랑이도 우는 소리가 멎었는걸?"

"흐음……."

그의 말마따나 유모가 달려가본 것인지 아이의 방 쪽
에서 우는 소리가 잦아들었다. 아기와 태율 사이에서 잠
시 머뭇거리는 듯하던 설화가 이내 생각을 굳혔는지 그
의 목 뒤로 손을 둘러 안았다. 그리고 순식간에 힘을 주
어 그를 끌어당기니 태율이 별 저항도 없이 설화의 몸 위
로 밀착하여 쓰러져 내렸다. 그 순간 설화가 태율의 양
볼을 감싸 쥐고는 보드라운 입술을 그의 입술에 겹쳤다.

'쪽!'

"이랑이한테 가보면 안 될까?"

순식간에 입술을 내어준 태율이 설화의 말에 번쩍 정
신을 차렸다. 요즘 들어 부쩍 남편 부리는 솜씨가 늘어
나는 그녀였다. 부인의 애교 섞인 입맞춤에 기분이 좋아
졌는지 푸하하 웃으며 그녀의 몸을 풀어줬다. 슬금슬금
이랑이 우는 소리가 들려오는 듯했다.

"얼른 가봐, 다시 운다."

"응."

흐트러진 침의 자락을 다시 여미며 엉덩이를 떼는 설화의 손목을 태율이 다시 잡아챘다.

'이이가 또 왜 이럴까?'

설화의 눈이 동그래져 태율을 돌아봤다. 한쪽 손으로 머리를 받치고 느슨하게 누워 있는 태율이 싱긋 웃으며 말했다.

"빨리 갔다 와. 아침부터 불씨를 던져줬으니 당신이 마무리 지어야지."

"뭐?"

"어서 갔다 오라고. 늦으면 잡으러 갈 거야."

잡힌 손목을 간질이는 태율의 의도된 손짓이 품은 뜻을 알 것만 같아 설화의 얼굴이 붉어졌다.

"응애!"

아이 우는 소리에 화들짝 정신을 차린 설화가 잡힌 손목을 냉큼 털어냈다.

"몰라."

설화가 고개를 돌리고 방을 빠져나가는 모습 뒤로 아침부터 즐거운 태율의 웃음소리가 터져 나왔다. 아침 해가 떠오르기도 전부터 아빠나 아들이나 참으로 엄마를 바쁘게 하는 부자父子였다.

　설화가 몸을 푼 지 이제 막 열 달이 되었다. 이랑은 열 달이 넘어가니 방긋방긋 잘도 웃었고, 더 이상 아침마다 어미를 부르며 큰 소리로 보채지도 않았다. 웃는 얼굴이 얼마나 예쁜지 보고 있으면 절로 따라 웃게 되었다. 작은 손바닥이 무엇을 쥐고 있으면, 그게 무엇이든 모두 주고 싶을 만큼 사랑스러운 아이였다.

　천계에서 아이는 귀한 존재였다. 영생의 존재들에게 후손後孫이란 큰 의미가 없었다. 그렇기에 누구도 아이를 남기는 것을 당연하다고 생각하지 않았다. 혼인 존속은 삶의 한계가 정해진 이들을 위한 것일 뿐이었다.

　"어찌 이리 잘도 웃는지. 보는 내 마음이 다 동그래지는구나."

　하지만 그런 천계인들이라고 해서 아이의 천진한 모습을 사랑하지 않는 것은 아니었다. 이랑을 안아 든 여인이 아이를 따라 빙그레 웃으며 기분 좋게 말했다.

　"처음에는 너무 울기만 해서 걱정이 좀 되었는데, 요즘은 잘 웃고 잘 먹어서 이 어미를 기쁘게 하네요."

　"아기도 처음 세상에 나와 적응할 시간이 필요했겠지. 이젠 이 세상이 제법 익숙해졌나 보구나."

설화의 말에 인자하게 맞장구쳐준 여인이 안아 든 아이를 토닥여줬다. 그 토닥임이 마음에 들었는지 단풍 같은 손가락을 꼼지락거리던 이랑이 여인의 옷깃을 쥐며 벙싯벙싯 웃어 보였다.

"허허! 이랑이 이 할미가 마음에 드는 게냐?"

마치 그녀의 말을 알아듣기라도 한 듯 이랑이 작게 옹알거리며 통통한 손가락을 그녀에게 뻗쳤다. 여인의 얼굴에 절로 따뜻한 웃음이 번졌다. 젖내 나는 아이의 따뜻한 체온을 안아본 것이 얼마 만인지. 이랑은 하늘 성에 누워 지상만 바라보던 지난했던 그녀의 삶에 작은 활력소가 되어주었다.

"마고님께서 계속 안아주시고 얼러주시니 이랑이가 저보다 마고님을 더 따르게 생겼네요."

"그럴 리가 있나? 누가 뭐래도 아이에게는 어미가 최고지."

"이곳에서는 모두 이랑의 어미이자 아비가 되어주시고 있는걸요."

순박한 설화의 말에 마고 선녀의 눈이 즐겁게 반짝였다. 설화의 말을 듣고 있자니 그녀는 이랑이 더욱 사랑스러웠다. 둥싯둥싯 아이를 얼러주던 마고가 문득 배를 쓰다듬고 있는 설화를 바라봤다.

"배가 아픈 게냐?"

"아, 아닙니다. 그냥 살짝 당겨서……."

설화는 어제부터 아랫배가 살살 당겼다. 아이가 나온 지 열 달이 지났는데 이제 와서 다시 배가 아플 리는 없고……. 순간순간 오는 미약한 느낌에 그저 슬금슬금 배만 문질렀다. 그런 그녀의 모습에 마고 선녀가 걱정스럽게 손을 뻗었다. 천계에서 천계인이 아플 일이 얼마나 있을 수 있을까? 별일이다 싶어 뻗은 손으로 그녀의 배를 짚어주던 마고 선녀의 얼굴이 단박에 굳어졌다. 자신의 배 위에 닿은 마고 선녀의 손에 설화가 깜짝 놀라 조용히 그녀를 바라보니 마고가 순간 쯧쯧 혀를 찼다.

"왜, 왜 그러세요?"

"마곡성 태율은 어디 갔느냐?"

"그이는 어찌 찾으시는지요?"

"네 지아비가 하늘 아래 와서 그런지 참으로 자식 욕심이 많구나."

"예?"

영문을 몰라 되묻는 설화의 목소리에 마고가 혀를 차던 입술로 히죽 웃음을 보였다.

"1년도 채 안 되었는데 어찌 또 둘째가 들어선 게야? 이거 너희들 덕분에 당분간 천계에 아이 웃음소리가 꽤나 장하겠구나."

"두, 둘째요?"

깜짝 놀란 설화가 배를 감싸 안았다. 아무것도 느끼지 못했는데 갑자기 둘째라니. 뽀얀 볼이 흥분과 당황스러움에 분홍빛으로 물들었다.

'요즘 계속 부부 사이가 지극하기는 했지만……'

설화의 얼굴이 부끄러운 빛이 들었다. 이 기세로 가다가는 천계에서 다산의 상징이 될 것만 같았다.

"내 돌아가는 길에 상제님께 들러 말을 전해야겠구나. 좋아하실 모습이 눈에 선하구나, 선해."

"마고님……."

"웃차! 곧 서쪽으로 해가 들어서겠구나. 이만 가야겠다."

이랑을 침상에 눕히고는 자리를 털고 일어선 그녀가 설화의 손을 잡았다.

"필요한 게 있으면 말하렴. 나에게는 너희도 내 아이들 같은 존재들이란다."

그 따뜻한 말에 설화의 가슴이 새삼 따뜻하게 차올랐다.

마고 선녀는 돌아가는 길에 상제의 궁에 들렀다. 처음 세상을 빚을 적에 상제만큼이나 마고 선녀의 공이 컸던

지라 하늘에서는 마고 선녀도 상제만큼이나 절대적인 존재였다. 지나가는 모두들 그녀를 보며 머리를 조아렸고, 하늘 같은 그 발걸음을 황망하게 맞아주었다. 복도를 사뿐사뿐 걷던 마고의 발걸음이 우뚝 멈춰 섰다. 저 멀리 그녀를 발견하고 가만히 허리를 숙인 검은 머리의 사내가 보였다.

"삼족오로구나."

"마고님을 뵙습니다."

압수당했던 세 다리 중 하나를 지난날의 공로로 돌려받게 된 현오였다. 예전처럼 마냥 개망나니 짓만 하고 다니지 않고 얌전히 상제의 뒤에서 크고 작은 일을 수행하고 있었다. 지금도 상제님의 명으로 선계와 천계의 중간 하늘 한옥경漢玉境에서 벌을 받고 있는 정음에게 가려던 참이었다.

"꽤나 건방진 삼족오가 이번에 들어왔다기에 누군가 했더니, 너로구나? 그래, 생각했던 것보다 엇나간 아이는 아닌 듯하네."

"본디 천성이 까마귀다 보니, 조금 시끄럽고 반항심이 있을 뿐입니다."

예는 갖추되 제 할 말을 다하는 현오의 혀에 마고가 웃음을 터트렸다. 그녀 또한 설화가 아래에 있을 때 시시

때때로 하늘 아래를 굽어보았다. 그때마다 현오가 그녀를 돕고 현명하게 돌본 것을 알고 있었다. 그리고 설화와 닿지 못한 붉은 실의 행적도.

"재밌는 아이로구나. 그래, 어디 한번 잘해보려무나. 곧 재미있는 일이 생길 테니."

제 할 말을 마친 그녀는 뒤도 돌아보지 않고 길을 나섰다. 스륵스륵 움직이는 그녀의 뒷모습에서 더 이상 삼족오 따위는 돌아보지 않겠다는 고고한 기운이 흘러나왔다.

"할망탱이, 말을 해주려면 좀 제대로 말해주고 가야지."

아직 그의 비뚤어진 까마귀 성격이 죽지 않고 있었다.

"뭐? 둘째?"

어깨에 걸쳐져 있던 관복을 벗겨주던 설화가 태율의 높아진 목소리에 깔깔 웃음을 터트렸다. 휙 돌아선 태율이 냉큼 그녀의 어깨를 잡고서 다시 한 번 확인하듯 물었다.

"정말? 확실한 거야?"

반짝 빛나는 그의 눈빛을 보며 설화가 힘차게 고개를 끄덕였다. 태율은 설화를 끌어안고 와하하 웃음을 터트렸다. 그 호탕하고 유쾌한 웃음소리에 설화의 탐스러운 뺨에도 즐거운 홍조가 반짝였다.

지상에 있을 때 항상 아이를 원하던 태율이었다. 하지만 어쩐 일인지 둘 사이에 아이가 생기지 않았다. 아마 그것은 아이를 위한 삼신할미의 선택이었는지도 모르겠다. 덜컥 황제와 황후 사이에 생긴 아이는 태자가 되어 황국을 살펴야 할 텐데, 불사의 어미에게서 태어난 그가 죽지도 못하고 몇십 년이고 황국의 황제로 남아 있다면 그것도 그 나름의 괴로움이 될 테니. 더군다나 그렇게 된다면 인간인 비를 맞이하고 그녀가 죽는 것을 보아야 하는 아픔을 감당해야 할 것이었다.

지상에서의 위대한 과업과 하늘과의 인연, 또 부지런하고 깨끗한 심성으로 태율 또한 하늘로 올라올 수 있었고, 설화와 다시 한 번 혼인을 맺었다. 축복처럼 바로 들어선 아들 이랑에게 아내를 빼앗겼다고 툴툴댔지만, 그 누구보다도 이랑을 사랑하는 이가 바로 태율이었다.

"밤마다 힘쓴 보람이 있네! 와하하! 대가족을 이루겠어, 이러다!"

"으휴! 정말 내가 낯부끄러워서……."

"경사인데 뭘 부끄러워하고 그래? 기쁘고 또 기쁜 일인걸."

빙그레 웃음을 보인 태율이 설화를 번쩍 안아 들었다.

"에구머니!"

"우리 마마님 또 힘내야 하는데 침소까지 내 직접 안 아서 데려다주리다."

"하루 종일 밖을 돌며 일하느라 곤할 텐데, 뭘 또…….."

"이상하게 당신과 있으면 하나도 몸이 무겁지 않아. 몇 년이고 안고 생활할 수 있을 것만 같아."

지아비의 다정한 말에 설화가 뽀얀 웃음으로 답해주었다. 이제는 지아비의 비쩍 곯아 있던 어린 모습은 온데간데없었다. 새삼 떠오르는 오래된 추억에 설화가 두 손으로 그의 목을 꼬옥 끌어안았다.

"내일은 아바마마께 찾아가 이제 그만 정음 언니의 벌을 면해달라 청해봐야겠어."

"음?"

태율이 그녀의 말에 귀를 기울이며 발길을 옮겼다. 문간 사이를 넘을 때마다 더욱 조심스럽게 그녀를 안은 팔에 힘을 주었다.

"정음 언니가 아니었으면 너와 내가 이렇게 만나 천년만년 신랑 각시 맺지 못했을 테지? 그리고 우리 이랑이도, 배 속에 있는 이 아이도 없었을 테고……. 그렇게 생각하니 언니에게 고마우면 고마웠지 밉다는 생각이 안 들어, 도무지."

"그렇지, 그렇기도 하지."

"아바마마도 벌을 내리셨지만 꼬박꼬박 지밀을 보내 확인하시고 또 틈틈이 지켜보시는 것을 보면 마음이 편치 않으신 게지. 그렇지 않겠어? 아무래도 당신과 내가 간청하는 게 아바마마 면도 차리고 편하게 사면해주실 수 있는 길이 아닐까."

소곤소곤 이어지는 설화의 말을 듣고 있던 태율이 그녀의 이마 위에 쪽 하고 입을 맞췄다.

"착하고 똑똑하고 어여쁘기까지 한 이 여인이 누구의 부인인가? 아아, 나의 부인이구나!"

"어휴, 남들 들을까 무섭다."

"부부의 침소에서 들리는 말인데 부끄러울 게 뭐 있어?"

"말이나 못 하면 정말……."

눈을 흘기는 설화를 침상에 고이 내려준 태율이 빙긋 웃으며 말했다.

"상제님께서는 자신의 자식이지만 하늘과 땅의 질서를 흩트려놓을 수도 있는 일을 저질렀기 때문에 벌을 내리신 게지. 제 핏줄이고 혈육이라고 그것을 마냥 봐주실 수 없는 상제님의 마음이 오죽했을까? 벌써 백 년이라는 시간이 지났고 또 그녀가 짠 삼베로 헐벗고 소외받은 땅의 사람들이 도움을 많이 받았으니 그 죗값이 많이 내려갔을 것이야. 거기에 당신 말대로 당신과 내가 간청하기까지 하면 이제 슬슬 그 외로운 산자락에서 내려올 수 있을 게야."

칼을 잡아 거친 손가락이 설화의 얼굴 위에 내려온 한 가닥의 머리카락을 부드럽게 넘겨주었다. 다정한 지아비의 말에서 그녀의 마음을 모두 헤아려주고 다독여주는 따스함 느껴졌다. 설화의 얼굴 위로 초승달 두 개가 곱게 박혔다. 그녀가 다시 팔을 들어 태율의 품으로 파고들었다.

"배 속에 있는 아이도, 이랑이도 모두 훌륭하게 자라서 하늘의 덕을 땅으로 널리 퍼트려줬으면 좋겠어. 내가 너무 모자라니 우리 아이들이 모자란 나를 대신해 우리가 누리고 있는 이 행복을 세상에 되돌려주었으면 좋겠어, 정말."

"잘할 거야. 이랑이도, 이 아이도."

태율의 뜨거운 손바닥이 설화의 배를 가만히 쓸어주었다.

"그리고 당신이 왜 모자라? 얼마나 훌륭한 황후였는데. 또 얼마나 알뜰살뜰한 아내인데!"

"치."

설화가 입술을 삐죽였다. 그 입술 위로 태율이 입을 맞추며 다시 말했다.

"그래, 당신이 그렇게 말한다면 하는 수 없지. 그럼……."

"응?"

묘한 여운을 남겨두는 태율의 말에 설화가 슬쩍 눈을 들었다. 그가 조심스럽게 설화를 침대에 눕히며 히죽 웃음을 보였다.

"우리의 덕을 널리 퍼트려줄 아이들을 많이많이 낳으면 되는 거야. 자, 천계 최초로 다산의 상징이 한번 되어 볼까?"

"뭐? 망측한 소리 말아. 저리 가!"

"나만 믿으라고!"

껄껄껄 웃는 태율의 웃음소리가 침소 밖으로 시원하게 퍼져 나갔다. 깜깜해진 밤하늘 위로 부부의 애정 어린 웃음과 대화를 훔쳐 듣고 있던 별들이 부끄럽게 반짝였다. 오늘도 여느 때처럼 평화롭고 따뜻한 밤이었다.

〈끝〉

작가의 말

　어렸을 적 『톰 소여의 모험』, 『잭과 콩나무』, 『오즈의 마법사』 같은 동화들 중 가장 설레게 읽었던 이야기가 바로 『빨간 머리 앤』이었습니다. 말괄량이 앤과 다이애나의 이야기도 좋았고, 여기저기 다양한 캐릭터들끼리 부대끼는 이야기들도 좋았습니다만 역시 가장 좋았던 것은 그녀를 좋아하던 길버트와의 이야기였습니다. 여자는 여자인지라 어렸을 적에도 두 사람의 연애 감정이 오가는 그 미묘한 한 줄 한 줄을 그렇게 설레며 읽던 소녀가 커서 보니 기어코 '로맨스소설 작가'가 되었습니다.

　아직 배울 점도 많고, 미흡한 글이지만 한 글자 한 글자 적어 내려갈 때마다 저 또한 많은 것을 배우고 있습니다. 후엔 조금 더 매끄럽고, 좀더 가슴 설레게 하고, 또 주인공들과 함께 울고 웃을 수 있는 글을 쓰는 사람이 되고 싶은, 저는 그런 '아직은 새내기' 작가입니다.

새벽에 잠이 오지 않아 뒤척일 때 깜깜한 머릿속에 뛰어든 아이가 바로 '설화'였습니다. 당시 떠오른 키워드는 '옥황상제의 딸'이었습니다. 그 단어가 며칠이나 저에게 치근대더니 기어코 소설로 나오게 된 것입니다.

워낙 동양 판타지를 좋아하는 탓에 글을 쓰는 내내 즐거웠습니다. 동양 판타지라 함은 비단 한국뿐만 아니라 중국, 일본 등 한국과 영향을 주고받는 동양권 나라들의 이야기라 할 수 있습니다. 그것을 아우르기 위하여 '황국'이라는 새로운 나라가 만들어진 것이라고 할 수 있죠.

기초 자료를 조사하는 과정도 즐거웠고, 그 자료를 바탕으로 나만의 아이들을 만들어내는 것도 참으로 황홀하고 재미있었습니다. 그런 저의 즐거운 마음이 반영되었는지 글은 아기자기하고 사랑스럽게 나온 것 같습니다. 다 가졌지만 조금 바보 같다 할 수 있는 '설화'와 뒤늦게 삶의 의미를 찾고 똑똑하게 살아가는 '태율'은 저에게 참 사랑스러운 주인공들입니다. 여러분들에게도 사랑스러운 존재로 기억되면 좋으련만, 부족한 솜씨로 독자 여러분의 마음을 충분히 두드렸는지 걱정이 됩니다.

욕심 많은 언니들과, 춘려와 갈의 애달픈 이야기, 신비한 여인 월하와 그를 사랑하는 백호랑이 그리고 뒤늦게 성실해진 불량 까마귀 신선까지……. 설화와 태율의 이야기는 끝이 났지만, 이 세계 속에서 끝내지 못한 아이들이 지금도 불쑥불쑥 자신들의 이야기도 꺼내달라 아우성치고 있습니다. 또 며칠이고 저를 괴롭히게 된다면 어느 순간 그들의 이야기도 소설이 되어 세상 빛을 보게 될 수 있을지도 모르겠습니다. 그 아이들 또한 하얗고 반듯한 책장 위에서 여러분을 찾아갈 수 있도록, 설화의 이야기가 여러분의 마음에 작지만 깊은 여운으로 남았으면 하는 작은 바람을 슬며시 가져봅니다.

끝으로 이 책을 세상에 내놓기 위하여 밤낮으로 애써주신 네오픽션 에디터분들! 진심으로 감사드립니다. 최고예요!(하하)

앞으로도 더 배우고 성장하여 좋은 글로 다시 뵙기를 바라며, 오늘도 저는 또 다른 이야기를 적으러 가겠습니다.

여기까지 읽어주셔서 무척 감사드리고, 또 감사드립니다.

옥황상제 막내딸 설화 2

ⓒ 이지혜, 2013

초판 1쇄 인쇄일 | 2013년 12월 4일
초판 1쇄 발행일 | 2013년 12월 20일

지은이 | 이지혜
펴낸이 | 정은영
편 집 | 최민석 이수지 박소이
마케팅 | 박제연 전연교
제 작 | 이재욱

펴낸곳 | 네오북스
출판등록 | 2013년 4월 19일 제2013-000123호
주 소 | 121-840 서울시 마포구 서교동 396-33
전 화 | 편집부 (02)324-2347, 경영지원부 (02)325-6047
팩 스 | 편집부 (02)324-2348, 경영지원부 (02)2648-1311
E-mail | neofiction@jamobook.com
독자카페 | cafe.naver.com/jamoneofiction

ISBN 979-11-85327-08-2 (04810)
      979-11-85327-06-8 (set)

이 도서의 국립중앙도서관 출판시도서목록(CIP)은 서지정보유통지원시스템 홈페이지
(http://seoji.nl.go.kr)와 국가자료공동목록시스템(http://www.nl.go.kr/kolisnet)에서
이용하실 수 있습니다.(CIP제어번호: CIP2013025860)